Victoria Brownlee
Mit Liebe gemacht

GOLDMANN
Lesen erleben

Victoria Brownlee

Mit Liebe gemacht

Roman

Aus dem Englischen
von Silvia Kinkel

GOLDMANN

Die englische Originalausgabe erschien 2019 unter dem Titel »Escape to the French Farmhouse« bei Quercus Books, London.

Dieses Buch ist auch als E-Book erhältlich.

MIX
Papier aus verantwortungsvollen Quellen
FSC® C014496

Verlagsgruppe Random House FSC® N001967

1. Auflage
Deutsche Erstveröffentlichung März 2020

Umschlaggestaltung: UNO Werbeagentur, München
Umschlagmotiv: FinePic®, München
Redaktion: Gisela Klemt; lüra – Klemt & Mues GbR
MR · Herstellung: kw
Satz: Vornehm Mediengestaltung GmbH, München
Druck und Bindung: GGP Media GmbH, Pößneck
Printed in Germany
ISBN 978-3-442-48871-1
www.goldmann-verlag.de

Besuchen Sie den Goldmann Verlag im Netz

»Hinter jedem Käse steckt eine Weide von Grün unter anderem Himmel.« Italo Calvino

Teil eins

Herbst

Kapitel 1

Ungläubig starrte ich auf den Test. Dass sich ein derartig lebensverändernder Moment bei heruntergelassener Hose ereignet, ist wirklich krass. Ein Baby, *un bébé*, es klang furchteinflößend – egal, in welcher Sprache.

Merde!, fluchte ich innerlich, zog die Hose hoch und drückte auf die Klospülung. Wie konnte das nur passieren?

Als ich mir am Vorabend den Test besorgt hatte, war er nur zur Beruhigung gedacht, weil ich – so nahm ich jedenfalls an – ein bisschen hysterisch reagierte. Ich hatte nicht im Traum damit gerechnet, dass das Ergebnis positiv ausfallen würde. Rasch stopfte ich das Stäbchen mit den zwei blauen Strichen in meinen BH und atmete tief durch.

»Bonjour, ma belle!«, rief Serge aus der Küche.

»Bonjour«, antwortete ich und ging zu ihm.

»Hast du gut geschlafen?«, fragte er mich auf Französisch und reichte mir eine große Tasse Kaffee.

Wir bekommen ein Baby und werden nie wieder schlafen!, wollte ich schreien, sagte aber stattdessen wie auf Autopilot: *»Très bien. Et toi?«* Meine Gedanken kreisten nur um die Frage, wann ich Serge sagen sollte, dass er *papa* wurde. Er nickte und wollte mich umarmen. Aber ich duckte mich weg, durfte auf keinen Fall riskieren, dass das Teststäbchen aus meinem BH rutschte und alles verriet.

»Ich muss mich beeilen«, ergänzte ich auf Englisch und warf ihm eine Kusshand zu. »Vor der Arbeit muss ich noch in die Apotheke …« *Um ein Dutzend weitere Schwangerschaftstests zu kaufen*, fügte ich im Kopf hinzu.

»Ist alles in Ordnung?«, fragte er.

»Aber klar, nur Stresskopfschmerzen«, versicherte ich. Zumindest der Teil mit dem »Stress« war nicht gelogen.

Hastig trank ich einen Schluck Kaffee und spuckte ihn sofort wieder aus – Koffein ist schlecht für Schwangere!

Serge sah mich stirnrunzelnd an, und ich wedelte mit der Hand vor dem Mund herum. »Zu heiß«, murmelte ich mit entschuldigendem Blick und schüttete den Rest des köstlichen Getränks in den Ausguss.

»Kein Problem, Bella«, sagte er lächelnd. Serge nannte mich seit neuestem Bella. Eine Kombination aus *belle* und Ella. Das war charmant und liebevoll, genau wie er selbst. Ich dachte daran, ihm auf der Stelle die Neuigkeit zu erzählen, während mich seine muskulösen Arme umschlossen und sein Gesicht strahlte, aber aus irgendeinem Grund brachte ich die Wörter nicht über die Lippen. Zuerst musste ich begreifen, was es für Konsequenzen hatte, dass ich in Frankreich schwanger war.

Serge und ich waren erst seit Anfang des Jahres zusammen, obwohl unsere Freundschaft sich entwickelte, seit ich an meinem ersten Tag in Paris in seine *fromagerie* stolperte und ihn Mr. Cheeseman taufte. Wir hatten gemeinsam eine Menge durchgestanden, angefangen von meiner naiven Wette mit ihm, ich könne 365 Käsesorten in einem

Jahr probieren, seiner Hilfe, die Wette dann doch noch zu gewinnen, einem innigen Kuss nach einem dekadenten Käsedinner, den ich erwiderte, weil mir plötzlich klar wurde, dass ich ihn liebte.

Als ich in Paris ankam, war ich nicht auf der Suche nach einem neuen Freund, verliebte mich jedoch Hals über Kopf in einen Mistkerl namens Gaston. Mich auf diese Weise von einer gescheiterten Beziehung abzulenken war das Dämlichste, was ich hatte tun können. Aber Gaston war unglaublich charmant, und nachdem sich in Australien mein langjähriger Freund von mir getrennt hatte, erlag ich seinem französischen Charme, bis ich ihn nur wenige Monate später bei einem Dreier erwischte. Das war hoffentlich die letzte Lektion, die ich brauchte, um mich nicht mehr in Idioten zu verlieben.

Nachdem ich dann, ähnlich wie George Orwell, meinen persönlichen Erledigt-in-Paris-Moment durchlebte, wurde mir klar, wie dumm ich gewesen war, nicht den wahren Helden in meiner Geschichte zu erkennen, nämlich Serge. Er war nicht der Typ Mann, auf den ich normalerweise stehe – will heißen, dass er nett war und sich dafür interessierte, was mir wichtig war –, aber ich hatte lange genug die Augen gegenüber der wahren Liebe geschlossen. Also fuhr ich ihm hinterher, als er auf einer Käseeinkaufstour im Loire-Tal unterwegs war, um ihm zu sagen, was ich für ihn empfand. Das war eine verdammt große Geste und zum Glück für mein Liebesleben – und meinen Stolz – erfolgreich.

Serge entpuppte sich als jemand, den ich mir nie erträumt hätte. Er war süß, abenteuerlustig, loyal und zielstrebig, ein hoffnungsloser Romantiker und eiserner Verfechter der französischen Kultur und Tradition, was sich in seiner Hingabe und Bewunderung für französischen Käse niederschlug.

Seit meiner Liebeserklärung erblühte unsere Beziehung, und ich bewunderte diesen Mann. Natürlich hatten wir auch unsere Differenzen, zum Beispiel wegen seiner Abneigung gegenüber allem, was mit Technik zu tun hat, einschließlich des von mir eingerichteten Instagram-Accounts, auf dem ich meine Follower über Käse informiere und durch den seine *fromagerie* Kultstatus bei englischsprachigen Touristen erlangt hatte. Aber in anderen Dingen waren wir fast immer einer Meinung.

Trotzdem fragte ich mich jetzt, ob wir die Probleme nicht geradezu heraufbeschworen, wenn wir unsere Beziehung durch ein Baby auf ein neues Level brachten. Wir waren noch nicht einmal ein Jahr zusammen, hatten noch keinen heftigen Streit gehabt. Und ganz sicher hatten wir noch nicht über Kinder gesprochen. Konnte eine gemeinsame Liebe für Käse, Paris und einander reichen, um das durchzustehen?

Zum Glück musste ich ins Büro und hatte den ganzen Tag Zeit, um über alles nachzudenken. Für derart ernste Themen war es noch zu früh am Morgen.

Draußen war es kalt. Die Sommerwärme hatte sich verflüchtigt, sobald ich das Kalenderblatt umgeblättert hatte auf Oktober. In Paris gibt es einen bestimmten Geruch, den ich seit dem letzten Jahr mit Herbst und Winter verband. Es war eine Mischung aus warmer Luft, die aus den

Gitterrosten der Métro strömte, und Kochdüften, die aus den Schulkantinen waberten. Gelegentlich schleicht sich ein Hauch Urin dazu, der aber von dem häufigen Herbstregen zum Glück schnell weggewaschen wird.

Als ich im Büro von Food To Go Go eintraf, überraschte es mich nicht, dass Tim schon dort war. Seit er vor ein paar Monaten die Fördermittel bekommen hatte, arbeitete er fast rund um die Uhr. Die Firma war unterbesetzt, schaffte es aber trotz allem zu wachsen, was manchmal an ein Wunder grenzte. Aber Tim war wild entschlossen, und seine Leidenschaft für einen Lieferservice von qualitativ hochwertigem Essen schien unseren Erfolg anzutreiben.

»Oh, hey, Ella«, begrüßte er mich und klang erschöpft.

»Alles okay?«, fragte ich.

»Anstrengende Nacht mit dem Baby.«

Ich fühlte mit ihm. »Schläft sie immer noch nicht durch?«

»Nein, sie ist wie auf Dauerbetrieb. Mein Leben wird nie wieder normal sein.«

»Wie alt ist die Kleine jetzt?«, fragte ich.

»Fast zehn Monate …«, stöhnte er.

»Und es ist immer noch so schlimm?« Normalerweise wäre ich nicht weiter auf Tims Baby-Klagelied eingestiegen. *Wieso sollte man Kinder kriegen, wenn man gern schläft?,* hätte ich gedacht. Aber nun waren die Karten neu gemischt, und ich hatte ein anderes Blatt in der Hand.

»Allerdings. Ich gebe dir den guten Rat, nie ein Kind zu bekommen – jedenfalls nicht, wenn du ein normales Leben behalten willst. Im Vergleich dazu ist der Mist hier die reinste Erholung.«

Ich lachte und hoffte, dass Tim übertrieb. Aber seine Miene blieb ernst, und mit den dunklen Rändern unter den Augen sah er aus wie ein Zombie. *Shit*, fluchte ich innerlich, setzte mich hin und schaltete den Computer ein.

Ich scrollte durch meine Projekte, konnte mich aber nicht auf die Arbeit konzentrieren. Ständig musste ich an das Testergebnis denken. Was sollte ich denn nur tun? Ich fragte Tim, ob ich ihm einen Kaffee holen solle. Vor lauter Dankbarkeit stand er auf und drückte mich.

»Hol mir bitte einen dreifachen Latte, Ella. Das wird ein langer Tag.«

Zum Glück lag unser neues Büro nur einen kurzen Fußmarsch vom Flat White entfernt, einem der meiner Meinung nach besten Coffee Shops von Paris (völlig unbeeinflusst von der Tatsache, dass ich fast ein Jahr lang hier gearbeitet habe und immer noch Freunde- und Familienrabatt genieße). Als ich eintrat, entdeckte ich erleichtert Chris' lächelndes Gesicht hinter der Kaffeemaschine.

Ich ließ mich auf einen Hocker an der Bar fallen. Es fühlte sich tröstlich an, in dem Café zu sein, auf vertrautem Boden. Die Wärme des Backofens und der Duft von Chocolate Chip Cookies ließen mich das Teststäbchen in meiner Handtasche beinahe vergessen. Ich sehnte mich des Öfteren nach der Ruhe und Vertrautheit der Arbeit im Flat White. So sehr ich meinen Job im Büro auch mochte, das soziale Umfeld im Café vermisste ich.

»Was hättest du gern, El?«, fragte Chris, und sein australischer Akzent verstärkte das Gefühl von Heimat. »Das Übliche?«

»Klar«, antwortete ich, ohne nachzudenken. »Nein, warte … Hast du auch koffeinfreien?«

»Hä? Natürlich nicht. Blasphemie! Was ist los?«

»Nichts«, log ich und hoffte, dass er nicht mitbekam, wie mir das Blut in die Wangen schoss. »Dann nehme ich eine heiße Schokolade.«

Chris zog die Brauen hoch, sagte jedoch nichts. Wenn es um mich ging, blieb er stets Gentleman, was für diesen Weiberhelden echt erstaunlich war. Wir stammen beide aus Melbourne und hatten uns kennengelernt, als ich kurz nach meiner Ankunft in Paris einen Job suchte und im White Flat anfing. Seither sind wir Freunde. Anfangs stand ich schon ein bisschen auf ihn, aber das war kein Thema, weil ich keine Französin bin. Chris hatte nämlich eine Schwäche für (meist emotional instabile) Französinnen. Abgesehen von seinen Beziehungsdramen ist Kaffee seine Passion. Mittlerweile war er für mich fast wie der Bruder, den ich nie gehabt hatte.

»Und einen dreifachen Latte für Tim«, fügte ich hinzu.

»Immer noch Stress mit dem Baby?«, fragte Chris, der nur allzu gut mitbekommen hatte, wie sehr sich Tims Lebens verändert hatte, und keinen Hehl aus seinem Bedauern machte, seinen Saufkumpan verloren zu haben.

»Yep«, antwortete ich. »Und gib uns noch ein paar von den Cookies dazu.«

Langsam ging ich zurück zum Büro, umklammerte die Takeaway-Becher, damit sie warm blieben. Als ich vorsichtig den ersten Schluck trank, wurde ich unsanft daran erinnert, dass es kein Kaffee war und ich auch für längere Zeit keinen trinken würde. Und schon grübelte ich wieder, was für Auswirkungen ein Kind auf mein Leben in Frankreich und auf meine Beziehung mit Serge haben würde.

Ist es für uns beide überhaupt der richtige Zeitpunkt? Ich hatte einen guten Job und fühlte mich wohl in Paris. Ich hatte Kollegen, Freunde, ein mich unterstützendes Netzwerk. Und Serge hatte sich gerade entschieden, eine Filiale seiner *fromagerie* zu eröffnen, und suchte nach einem Ladenlokal. Er war motiviert und freute sich darauf zu expandieren. Ein Baby wäre wie ein Bremsklotz. Womöglich würde Serge es sogar bedauern, wenn er deshalb seine Pläne nicht umsetzen konnte.

Wollte er überhaupt Kinder? Als er mir erzählte, dass er schon einmal verheiratet gewesen war, versetzte mir das einen ziemlichen Schock. Allerdings lief es wohl zwischen ihm und seiner Frau schon länger nicht besonders gut, sodass Kinder bestimmt kein Thema waren.

Und was war mit mir? Wollte ich *ein Kind? Einen kleinen Franzosen oder eine kleine Französin?* Als ich noch in Australien lebte, dachte ich schon, dass ich irgendwann Kinder bekommen würde. Aber nach der unerwarteten Trennung von meinem langjährigen Freund Paul hatte ich mir gesagt, dass ich mir bei einem Mann erst 100-prozentig sicher sein musste, bevor ich mich auf das Thema Kinder einlasse. Nun, ich *war* mir zwar sicher, dass ich Serge liebte, aber wie würde er auf die Neuigkeit reagieren? *Und wenn ich es allein aufziehen muss?*

Und dann wurde mir schlagartig noch etwas klar. Schwanger zu sein bedeutete: Schluss mit Wein, Rohmilchkäse und wer weiß was sonst noch.

Außerdem hatte ich nicht die geringste Ahnung, wie man ein Kind aufzieht, ganz davon zu schweigen, wie man mit einem Neugeborenen umgeht.

Ich versuchte auszurechnen, wann es passiert sein musste. Es konnte nicht länger als sechs Wochen her sein. Serge und ich hatten Ende des Sommers ein ziemlich heißes Wochenende in der Provence verbracht und es dabei mit der Verhütung wohl nicht ganz so genau genommen.

Ich würde ja gern sagen, dass der Sex es wert war, aber gemessen an den kommenden etwa achtzehn Jahren … Aber wie auch immer es passiert war – es war noch früh genug für sämtliche Optionen. In jedem Fall war es eine Entscheidung, die Serge und ich gemeinsam treffen mussten. Er war mein Leben in Paris und überhaupt der Grund, warum ich in Frankreich geblieben war. Aber wie soll ich ihm klarmachen, dass ich fürchtete, dieses Kind könnte eine große Belastung für unsere Beziehung sein? Und dass wir schwierige Entscheidungen treffen müssten, falls es nicht funktionierte?

In Momenten wie diesen fehlte mir Clotilde. Wir hatten zusammengewohnt, und sie hatte mir auch den Job bei Food To Go Go besorgt. Aber sie war schon seit Monaten unterwegs und machte Karriere als Model. Die meiste Zeit reiste sie nun im Ausland. Sie wüsste bestimmt, was zu tun wäre, damit ich mich besser fühlte. Seit dem Tag, als wir uns kennenlernten, war sie mir immer eine große Hilfe gewesen, sodass ich mich in Frankreich einleben konnte. Sogar nach der Katastrophe mit Gaston, der sich übrigens als ihr Cousin entpuppte, hatte sie mich mit viel Wein und moralischer Unterstützung durch diese schwierige

Phase gebracht. Nach Serge stand sie mir in Frankreich am nächsten, und dass sie nun so viel herumreiste, machte Paris für mich ein bisschen einsamer. Zum Glück kam sie dieses Wochenende nach einem einmonatigen Job in New York zurück. Falls ich bis dahin noch nicht den Mut aufgebracht hatte, Serge von der Schwangerschaft zu erzählen, würde sie mir bestimmt helfen, einen Plan auszuarbeiten.

Ich zwang mich, nicht länger zu grübeln und mich stattdessen auf die Arbeit zu konzentrieren. Als sich jedoch gegen sechs Uhr abends das Büro leerte, kehrte der Druck zurück, und ich verspürte ein mulmiges Gefühl in meiner Bauchgegend. In der Hoffnung, dass es sich lediglich um Hunger handelte, checkte ich in meinem Handy, welche Lebensmittel Schwangere gefahrlos zu sich nehmen dürfen – nur für den Fall, dass es zum Abendessen eine Käseplatte geben würde (was nicht unwahrscheinlich war, da Essen ohne Käse für Serge nahezu undenkbar schien).

Das Ergebnis meiner Suche war so niederschmetternd, wie ich befürchtet hatte. Schnitt- und Weichkäse nur aus pasteurisierter Milch, kein Weiß- oder Blauschimmelkäse – leb wohl, Camembert Roquefort. Ich versuchte, mich auf das Positive zu konzentrieren. Es gab immer noch Comté. Und Gouda und Gruyère. Wenigstens war nicht alles verloren.

»Was sollen wir heute Abend essen?«, fragte Serge stirnrunzelnd, als ich nach Hause kam. Er hielt einen Neufchâtel hoch, den herzförmigen Kuhmilchkäse aus der Normandie. Auf unserer Küchenanrichte reihten sich weitere Käsesorten auf.

»Mir ist heute nicht so nach Käse.« Ich bemühte mich, fröhlich zu klingen, obwohl mir zum Heulen war.

Serge starrte mich an, als sei ich eine Fremde. »Ella, *ça va*?«

»Natürlich geht es mir gut. Ich finde nur, wir haben in letzter Zeit ziemlich kalorienreich gegessen. Vielleicht sollten wir mal eine Käse-Pause machen. Eine Art Käse-Entgiftung?«

»Keine gute Idee, Ella.«

»Du hast recht. Aber vielleicht können wir es etwas fettreduzierter angehen. Ein 30 Monate alter Comté?«

Fettreduziert war wirklich etwas anderes, aber wenn ich schon neun Monate lang nur eingeschränkt Käse essen durfte, warum dann nicht aufs Ganze gehen bei den Sorten, die überhaupt möglich waren? *Bébé* würde mir sicher zustimmen.

»Gute Idee.« Serge wirkte erleichtert. Während er die Käsepäckchen zurück in den Kühlschrank räumte, dachte ich an all die Bries und mit Asche überzogenen Ziegenkäse, die förmlich danach schrien, verspeist zu werden. Wie schade, dass ich keine Gelegenheit hatte, eine Käse-Abschiedsparty zu feiern.

Serge bereitete uns Schweinekoteletts und Berglinsen zu, während ich so tat, als müsse ich an meinem Laptop noch eine Arbeit fertigstellen. Er brachte mir ein Glas Rotwein, das mich verhöhnte, derweil ich gerade googelte, wie wahrscheinlich es war, dass ein Schwangerschaftstest falsch positiv ausfiel (sehr gering), und wie man seinem Freund am besten beibringt, dass man schwanger ist. Mir war nicht wohl dabei, als ich Vorschläge las wie:

»Präsentieren Sie dem zukünftigen Vater den Teststreifen plus Strampler.« Oder: »Schenken Sie ihm ein T-Shirt mit der Aufschrift ›Weltbester Vater‹.« Das alles kam mir ein bisschen gekünstelt vor, insbesondere bei einem bodenständigen Kerl wie Serge.

Aber wenn dir ständig Kaffee, Wein oder Käse angeboten wird, ist es ganz schön anstrengend, eine Schwangerschaft zu verheimlichen. Außerdem brauchte ich Serges Hilfe, um herauszufinden, wie das mit der ärztlichen Versorgung in Frankreich funktioniert.

Ein Teil von mir wollte natürlich auch unbedingt wissen, wie er dazu stand. Es hatte etwas von einer Belastungsprobe für die Beziehung, aber eine, für die es mir ein bisschen früh schien.

Als Serge rief, dass das Abendessen fertig sei, schnappte ich das nicht angerührte Glas Rotwein, klappte den Laptop zu und atmete ein paar Mal tief durch. *Jetzt oder nie, Ella! Du schaffst das!*

Ich schlang mein Essen förmlich hinunter. Lag das an der Schwangerschaft? Vielleicht waren es nur die Nerven. Serge erzählte mir währenddessen, dass tagsüber eine Amerikanerin bei ihm im Laden war, die für ihre Hochzeit einen ganzen Berg verschiedener Käsesorten kaufen wollte.

»Und sie bestand allen Ernstes darauf, dass sie zu einer Pyramide gestapelt werden, die größten ganz unten und die kleinsten oben auf der Spitze. Ich habe versucht, ihr klarzumachen, dass man die Käse separat voneinander anrichten sollte, um das Aroma nicht zu zerstören. Aber sie wollte einfach nicht hören!«

»Geschmack kann man eben nicht kaufen«, scherzte ich, aber Serge war zu aufgebracht für Witze.

»Sie sagte, sie brauche keine Ratschläge, sie wolle lediglich Käse bestellen. Aber ich will nicht, dass sie bei der Hochzeit dann enttäuscht ist – schließlich ist es ein wichtiger Tag –, deshalb sagte ich, dass man zu einer Riesentorte aufgestapelten Käse auch nicht schneiden könne. Aber dann zeigte sie mir ein Foto von einer solchen Konstruktion – interessant sah es schon aus, funktionieren kann es trotzdem nicht. Es war zum Verzweifeln.«

Ich lachte. Serge hat präzise Vorstellungen, wie man Käse servieren muss, aber diese amerikanische Braut schien das nicht zu beeindrucken. Den Schlagabtausch hätte ich gern miterlebt.

»Und? Hat sie am Ende etwas gekauft, oder hast du sie in die Flucht geschlagen?«, fragte ich.

»Sie hat natürlich eine Riesenbestellung aufgegeben, aber ich werde exakte Anweisungen dazulegen, wie man den Käse servieren muss. Dann ist sie selbst schuld, wenn sie das Optische über das Aroma stellt. Wenigstens verursacht es mir dann keine schlaflosen Nächte.«

»Apropos schlafen.« Das schien mir ein guter Anknüpfungspunkt zu sein. »Ich habe Neuigkeiten.«

»Ich auch«, erwiderte er.

»Oh«, murmelte ich überrascht. *Was in aller Welt konnte das sein?* »Dann du zuerst.«

»Ich habe im sechsten Arrondissement das perfekte Ladenlokal für eine zweite *fromagerie* gefunden. Der bisherige Inhaber, ausgerechnet ein Schuster, war dort 30 Jahre. Aber nun ist er gestorben«, fügte Serge sachlich hinzu.

»Ach«, sagte ich und wollte gerade mein Mitgefühl bekunden, als er fortfuhr: »Deshalb ist es jetzt zu haben. Ich muss dem Makler so schnell wie möglich Bescheid sagen, am besten noch heute Abend. Was meinst du?«

Er holte das Angebot samt Fotos hervor. Ich konnte nicht einschätzen, inwiefern die Schwangerschaft Serges Entscheidung beeinflussen würde. Vielleicht sollte ich mit meiner Neuigkeit noch warten.

»Bist du sicher, dass du die Verantwortung für ein zweites Geschäft übernehmen willst?«

»Mai oui«, versicherte er. »Es ist doch schon entschieden, *non*?«

»Ja, natürlich …« Irgendwie steckte ich in einer Sackgasse. »Aber schaffst du das zeitlich? Du hattest in den letzten Wochen so viel um die Ohren.«

»Fanny hat sich schon bereit erklärt, während der Anfangsphase in dem alten Geschäft mehr Stunden zu arbeiten.«

»Oh, gut.« Mir fiel nichts mehr ein.

»Du hältst es für keine gute Idee?«

»Das ist eigentlich nicht der Punkt …«, erwiderte ich.

»Wo liegt dann das Problem?«

»Kein Problem. Hört sich toll an.« Ich rang mir ein Lächeln ab.

»Bon.« Er nickte.

»Bon«, stimmte ich zu.

»Und was wolltest du mir erzählen?«, fragte er, schnitt sich ein großes Stück Kotelett ab und schob es sich in den Mund.

Es bringt nichts, um den heißen Brei herumzureden, sagte ich mir.

»Ich bin schwanger.«

Er hüstelte verlegen. »Du bist was?«

»Je suis enceinte«, wiederholte ich. Das französische Wort für schwanger kannte ich, seit ich heute Morgen diesen Test gemacht hatte. In Anbetracht der Tatsachen eine sinnvolle Bereicherung meines Französisch-Vokabulars.

»Bébé.« Zur Betonung zeigte ich auf meinen Bauch.

Serge starrte mich mit großen Augen an, dann leerte er sein Weinglas auf ex.

»Oh là«, war alles, was er kopfschüttelnd herausbrachte.

Kapitel 2

Als ich schon zu fürchten begann, dass Serge einen stummen Herzinfarkt erlitten hatte, fragte ich ihn, ob er mich verstanden habe.

»Das ist wohl kaum misszuverstehen, aber bist du dir sicher, Ella?« Seine Miene blieb ausdruckslos, und mir wurde schwer ums Herz.

»Ziemlich sicher, ja. Aber es ist ganz am Anfang, und es kann noch viel passieren. Es muss an unserem Wochenende in der Provence gewesen sein.«

Er grinste und erinnerte sich offenbar sofort. Ich wartete darauf, dass sein Gehirn die Dimension meiner Neuigkeit vollständig aufnahm, und wünschte, er würde mich in die Arme schließen und mir sagen, dass alles gut werden würde.

Aber stattdessen sagte er: »Na schön«, stand auf und räumte den Tisch ab, einschließlich meines noch vollen Weinglases.

»Mehr sagst du nicht dazu?«, rief ich ihm nach und wurde immer nervöser. Lautstark spülte er die Teller ab, während ich am Tisch sitzen blieb und auf ihn wartete. Ich hielt ihm zugute, dass ich immerhin den ganzen Tag Zeit gehabt hatte, um mich an den Gedanken zu gewöhnen (und schließlich immer noch nicht wusste, wie es weitergehen sollte). Vielleicht brauchte er wenigstens ein paar Minuten.

Serge kam zurück und brachte den Comté, ein weiteres (randvolles) Glas Wein und ein Glas Wasser für mich mit.

»*Ma Bella*«, begann er und machte eine schier endlos lange Pause, bevor er fortfuhr, »geht es dir gut?«

»Klar. Ich meine, es war natürlich ein Schock, aber ich habe keine Beschwerden oder so. Noch nicht jedenfalls«, druckste ich herum und verstand nicht, worauf er hinauswollte.

»Nein, nicht körperlich. Diese Neuigkeit. Ist es das, was du willst?« Ich konnte ihm ansehen, wie er meine Reaktion einzuschätzen versuchte. Er wollte mir auf den Zahn fühlen, genauso wie ich ihm.

Also schwafelte ich herum. »Nun, wir haben ja bisher noch nie über so etwas gesprochen. Ich bin sehr glücklich mit dir, und wir sind beziehungsmäßig auf einem guten Weg, aber ich bin nicht sicher, ob ich mir vorstellen kann, ein Kind zu haben.«

Serge wirkte verloren, also schaltete ich einen Gang herunter. Ich vergaß oft, dass Englisch nicht seine Muttersprache war, trotz seines wunderbaren Akzents. Ich holte tief Luft. »Aber ich denke, es kann funktionieren«, sagte ich und fühlte mich, als würde ich auf einem Brückengeländer stehen und um einen Grund betteln, nicht springen zu müssen.

»Ich auch«, sagte er nach einer kurzen Pause. Erleichtert fiel ich zurück auf den sicheren Boden. Dann stand ich auf und umarmte ihn. Er zog mich auf seinen Schoß und küsste mich.

»Ist es das, was du willst?«, fragte er und schlang die Arme um mich.

»Wenn du es auch willst …« Zum ersten Mal, seit ich heute Morgen auf das Stäbchen gepinkelt hatte, fühlte ich mich geborgen und sicher.

»*Ah, oui.* Ein sehr glücklicher Unfall.«

Der glückselige Moment sollte jedoch rasch vorbei sein. Serge schob mich zurück auf meinen Stuhl, umfasste meine Schultern und sagte mit ernster Miene: »Das ändert vieles, Ella.«

»Hä? Warum?«

»Nun ich halte es für verrückt, jetzt einen neuen Kredit aufzunehmen, um ein zweites Geschäft zu eröffnen.«

»Blödsinn«, widersprach ich, weil ich genau das befürchtet hatte.

»*Mais oui.* Mit der Schwangerschaft und der Ankunft des Babys haben wir schon genug zu tun.«

»Aber was ist mit dem Ladenlokal, das du gefunden hast? Das planst du doch schon seit Ewigkeiten.«

»Diese Dinge können warten, Ella«, erklärte er pragmatisch.

»Aber bist du sicher, dass sie das müssen?« Ich fühlte mich schuldig, weil er seinen Traum jetzt aufgeben wollte.

»Natürlich. Und wir müssen umziehen.« Das traf mich noch unerwarteter.

»Wohin? Doch nicht zurück nach Australien?«, fragte ich entsetzt.

Obwohl das im Nachhinein betrachtet eine logische Schlussfolgerung gewesen wäre, war es mir nicht in den Sinn gekommen. Mein Leben fand hier in Paris statt.

»Non, non, non.« Er schüttelte den Kopf. »Es sei denn, du willst das?«

»Non«, erwiderte ich gekränkt. *»J'adore la France!«*

Serge wirkte erleichtert. »Aber hier können wir kein Kind großziehen.«

»Wieso nicht?« Ich ließ den Blick durch Serges wunderschönes Apartment schweifen und fragte mich, warum wir umziehen sollten. »Babys brauchen nicht viel Platz.«

»Ein Kind kann nicht in einer vollgestopften Wohnung aufwachsen. Das ist nicht gut für seine Entwicklung und Kreativität. Und für unsere Beziehung auch nicht.«

Sprachlos saß ich da. Kaum zu glauben, wie souverän und besonnen Serge bei dem Thema plötzlich agierte. Allmählich fragte ich mich, ob er sich über diese Dinge bereits vorher mal Gedanken gemacht hatte. »Ja, wir brauchen mehr Platz«, fuhr er fort. »Wir könnten ein Haus mit Garten suchen. Vielleicht sogar ein paar Tiere halten.«

»Das klingt idyllisch, aber können wir uns das in Paris denn leisten?«, fragte ich.

Er lachte. »Ella, du weißt schon, dass es Frankreich auch außerhalb von Paris gibt, oder?«

Mir klappte die Kinnlade herunter.

»Nicht für mich«, erwiderte ich. Zugegeben, das mit dem Garten klang nett, aber die Vorstellung, hier wegzugehen und uns irgendwo anders niederzulassen, machte mir Angst. Davon abgesehen war ich ein Großstadtmensch. Und ich hatte lange genug gebraucht, um zu lernen, hier wie eine Einheimische zu leben. Das wollte ich nicht noch einmal durchmachen.

»Weißt du noch, wie du mir ins Loire-Tal gefolgt bist?«, fragte er.

»Natürlich.«

»Das ist das echte Frankreich. Das Frankreich, wo die Menschen ›*Bonjour*‹ sagen, wenn sie einander auf der Straße begegnen, wo sie nach der Arbeit nach Hause gehen, um mit der Familie zu Abend zu essen. Und wo du eine Straße entlanggehen kannst, ohne dass es nach Urin stinkt.«

»Und?«, fragte ich.

»Und vielleicht ist es an der Zeit, dass du erlebst, wie das Leben außerhalb der Großstadt sein kann.«

»Lass uns nichts überstürzen, Serge. Vielleicht sollten wir erst einmal abwarten, wie sich die Schwangerschaft entwickelt.«

»Ich werde mich um alles kümmern, Bella. Du schonst dich.«

»Ich bin erst wenige Wochen schwanger! Ich muss mich nicht schonen«, protestierte ich.

Er drückte mir den Teller mit dem Comté in die Hand und sagte, ich solle mich aufs Sofa setzen.

Ich gehorchte – auf dem Sofa zu sitzen und Comté zu essen gehört schließlich zu meinen Lieblingsbeschäftigungen, und vermutlich brauchte Serge einfach mehr Zeit, um sich an die Neuigkeit zu gewöhnen.

Während ich es mir gemütlich machte und mir Käsestückchen in den Mund schob wie eine römische Göttin Trauben, versuchte ich mir vorzustellen, wie es wäre, aus Paris wegzuziehen. Weit kam ich nicht. Ich liebte unser *quartier*, Le Marais, und ich liebte es, in der Nähe meines Jobs und Serges *fromagerie* zu wohnen.

Wieso sollten wir unser gemütliches Apartment aufgeben, nur weil ein winziges Wesen in unser Leben trat? Serges Gerede vom Umziehen und Ändern seiner beruflichen Pläne war sicher nur die spontane Reaktion auf den Schock. Ich sollte ihn einfach eine Weile rotieren lassen und ihn dann zur Vernunft bringen.

Es war ein aufwühlender Tag gewesen, und die Mischung aus dem Käse und der kuscheligen Decke, auf der Serge bestanden hatte, waren zu verführerisch. Nachdem mir ein paar Mal die Augen zugefallen waren, gab ich den Widerstand auf und schlief ein.

Als ich um Mitternacht aufwachte, saß Serge an seinem Computer. Sobald er merkte, dass ich die Augen geöffnet hatte, kam er zu mir geeilt und brachte mich ins Bett.

»Was hast du gemacht?«, fragte ich schläfrig.

»Mach dir keine Gedanken, Bella, ich organisiere nur ein paar Dinge.«

Ich war zu müde, um zu protestieren, und erlaubte ihm, mich zuzudecken.

»Kommst du auch?«, fragte ich.

»In zwei Minuten« versprach er. Allerdings war ich nicht in der Lage, das nachzuprüfen, denn innerhalb von Sekunden, nachdem mein Kopf das Kissen berührt hatte, schlief ich bereits wieder.

Als ich am nächsten Morgen erwachte, war das Bett neben mir leer. Ich war nicht sicher, ob sich Serge überhaupt hingelegt hatte, denn die Laken wirkten unberührt. Ich schlurfte in die Küche, wo er immer noch oder schon wieder an seinem Computer saß und in einem alten grauen

Sweatshirt und verwaschenen blauen Boxershorts leicht derangiert wirkte.

»Warst du die ganze Nacht auf?«, fragte ich, umarmte ihn von hinten und versuchte, einen Blick auf das zu erhaschen, was er machte.

»Ich habe ein paar Stunden auf dem Sofa geschlafen«, sagte er und klappte den Laptop zu.

»Ist wirklich alles in Ordnung, Serge?«

»Natürlich. Dieses Baby ist eine wunderbare Überraschung.«

Erleichtert atmete ich auf.

»Was recherchierst du denn die ganze Zeit? Dir ist schon klar, dass wir noch fast neun Monate Zeit haben, um alles zu planen?«

»Ich wollte mir über ein paar Dinge klar werden. Aber ich glaube, ich habe eine Lösung gefunden.«

»Aha?« Hoffentlich würde ich nicht gleich bedauern, die ganze Nacht geschlafen zu haben.

»Aber lass mich erst etwas regeln, bevor ich dir meine Idee erkläre«, sagte er. »Kaffee?«, fragte er dann und stand auf.

»Ich nehme Tee.«

»Natürlich, kein Kaffee wegen des Babys«, sagte er verständnisvoll.

Er beugte sich herunter und küsste meinen Bauch, sagte hallo zu dem Zellkügelchen, das in mir schlummerte. Bei dem Gedanken an unsere kleine Familie breitete sich das Gefühl von Liebe in meinem ganzen Körper aus.

Ich nippte an meinem Tee, spielte im Kopf unser Gespräch noch einmal durch und suchte nach Hinweisen.

»Serge«, sagte ich schließlich behutsam, »ich mache mir Sorgen, dass du denkst, wir müssten wegen des Kindes unser ganzes Leben auf den Kopf stellen.«

»Ella, jetzt ist nicht der Moment, um sich Sorgen zu machen«, erwiderte er. »Wieso fahren wir nicht mal ein bisschen raus aus der Stadt? Sehen uns mehr von dem Frankreich an, von dem ich dir erzählt habe? Die frische Luft wird uns guttun.«

Lange Spaziergänge auf dem Land – das klang gut. Wir könnten in Ruhe über unsere Zukunft reden, und ich würde ihn davon überzeugen, dass unsere derzeitige Lebenssituation auch mit einem Kind absolut perfekt war.

»Ja, ein Wochenende nur für uns beide«, sagte ich.

»Oder wir besuchen Jacques und Marie.«

Jacques war Serges Freund, der zusammen mit seiner Frau Marie eine Pension nahe Sainte-Maure-de-Touraine betrieb. Jacques war sehr französisch und sehr nett. Er war sogar zum Zeugen meiner Liebeserklärung an Serge geworden, als ich diesem gegen Ende des vergangenen Winters dorthin gefolgt war. Die Pension war wunderschön und so weit wie nur möglich vom Pariser Nachtleben entfernt.

»Klar, das ist auch eine Idee«, erwiderte ich, um seinen Vorschlag nicht kategorisch abzulehnen. Davon abgesehen konnte ich nachvollziehen, dass Serge an den Ort zurückkehren wollte, an dem er aufgewachsen war. Vermutlich konnte er die Neuigkeiten dann besser verarbeiten.

Er nickte, und ich hatte den Eindruck, dass wir uns langsam einig wurden.

»Dann sollte ich wohl mal einen Termin bei einem Arzt machen«, sagte ich.

»Wichtiger Punkt. Darum habe ich mich bereits gekümmert und für dich gleich um 9:30 Uhr einen Termin vereinbart. Die Ärztin spricht offenbar Englisch, aber ich komme natürlich sicherheitshalber mit.« Serge war offenkundig in den Action-Modus gewechselt.

Ich schaute auf meine Armbanduhr. Es war bereits kurz nach halb neun. Ich konnte es kaum erwarten, meine Mum und Billie anzurufen, meine beste Freundin daheim in Australien, um ihnen die Neuigkeiten zu erzählen. Aber das musste wohl warten.

Serge schob mich ins Badezimmer und sagte, er würde mir schnell ein Croissant holen. Mir schoss die Fantasie durch den Kopf, dass er nicht wiederkommen würde und ich unserem Kind später erzählen musste, dass sein Vater nur kurz Brötchen holen gegangen war und nie zurückkehrte. Zum Glück wusste ich, dass das nicht Serges Art war.

Eigentlich hatte er sehr beruhigend reagiert. Wir hatten nicht gestritten, er wirkte nicht enttäuscht und war nicht geflohen. Wenn überhaupt etwas, dann schien sein Beschützerinstinkt noch zugenommen zu haben. Und ich liebte ihn. Obwohl wir noch nicht sehr lange zusammen waren (im Vergleich zu den fast zehn Jahren mit Paul), war ich überzeugt, dass er einen wunderbaren Vater abgeben würde.

Im Badezimmerspiegel begutachtete ich meinen Bauch, der aussah wie immer. Nicht ganz flach, aber auch nicht darauf hindeutend, dass in mir Leben heranwuchs. Zärtlich rieb ich darüber und machte mich dann fertig für den Termin bei der Ärztin.

Kapitel 3

»Sie nehmen also an, dass Sie schwanger sind?«, fragte mich Doktor Caron, eine zierliche und ziemlich hübsche Frau etwa Ende zwanzig, auf Französisch.

Ich nickte und fragte mich, wann sie zu Englisch wechseln würde.

»Nun, bevor wir dazu kommen, habe ich ein paar allgemeine Fragen an Sie …« Sie redete schnell, und ich hatte schon nach der Hälfte des Satzes den Faden verloren. Mein Herz pochte laut in meinen Ohren, was auch nicht hilfreich war. Verzweifelt schaute ich zu Serge. Er nickte und sagte der Ärztin, dass er übersetzen würde. Dann begann die Befragung über meine Anamnese, alles übersetzt von einem erstaunlich wenig zimperlich wirkenden Serge.

»Wann hattest du den ersten Geschlechtsverkehr?«, übermittelte Serge.

»Ähm …« Ich lief rot an. »Ich glaube, ich war sechzehn«, stotterte ich und schaute Serge entschuldigend an.

»Ist deine Periode regelmäßig?«

Ich nickte peinlich berührt. Serge und ich hatten bisher nicht einmal in Anwesenheit des anderen gepinkelt, ganz davon zu schweigen, uns über intime Körperfunktionen auszutauschen.

»Hast du dabei starke Schmerzen?«

Ich schüttelte den Kopf.

»Wann war deine letzte Untersuchung …«, Serge suchte offenbar nach dem richtigen Wort, »… auf Geschlechtskrankheiten?«

»Sexuell übertragbare Krankheiten«, mischte sich die Ärztin ein, die offenbar die Gratis-Englischstunde genoss.

Ich wollte nur noch im Erdboden versinken. Wieder sah ich Serge entschuldigend an und sagte, dass es schon ein paar Jahre her sei. Die Ärztin tippte etwas in ihren Computer ein, und ich fragte mich, was sie da notierte.

»Und jetzt möchte die Ärztin wissen, ob es eine geplante Schwangerschaft ist«, sagte Serge.

Beinahe hätte ich laut gelacht, konnte mich aber gerade noch zusammenreißen.

»*Non*, aber wir freuen uns.« Serge ergriff unter dem Tisch meine Hand und drückte sie.

Nach ein paar weiteren Fragen zur Krankengeschichte unserer beider Familien sollte ich mich auf eine Waage stellen (ein Zeitvertreib, den ich normalerweise meide), und dann sagte sie irgendetwas von wegen, ich solle nicht zu viel Brot essen. Entsetzt starrte ich sie an. Teilte sie mir etwa gerade mit, dass ich auf mein Gewicht achten musste? Woher wollte sie überhaupt wissen, wie viel Brot ich esse? Zum Glück sagte sie nichts zu Käse. Wenn ich meinen sowieso schon abgespeckten Verbrauch noch weiter hätte reduzieren müssen, wäre bei mir vermutlich eine Sicherung durchgebrannt.

Während ich immer noch erschüttert war von der Vorstellung, weniger Baguette zu essen, fragte Serge die Ärztin, ob es zu anstrengend für mich sei, im ersten Schwangerschaftsdrittel umzuziehen. *Er überlegt das also immer noch*, dachte ich. Sie gab ihm eine rasche Antwort, die beinhaltete, dass ich nichts Schweres heben dürfe, und bat ihn dann hinauszugehen, damit sie den »Dating-Scan« machen könne. Das holte mich abrupt zurück in die Gegenwart.

»Was zum Teufel ist ein Dating-Scan?«, fragte ich und umklammerte verzweifelt Serges Hand.

»Ein Ultraschall, um festzustellen, in der wievielten Woche du bist«, antwortete Serge und wirkte überrascht von meinem Informationsdefizit. »Alles gut«, beruhigte er mich und ging hinaus.

Aber es fühlte sich nicht gut an, sondern furchterregend. Selbst wenn ich es durch die neun Monate Schwangerschaft schaffte, während ich in einem fremden Land war, wie sollte ich eine Geburt auf Französisch durchstehen? Ein Stück Brie zu kaufen ist eine Sache, aber eine Geburt?

Doktor Caron schien mein Unbehagen nicht zu bemerken. Sie wies mich an, meine Hose auszuziehen und auf den Untersuchungsstuhl zu steigen. In Australien bekommst du an dieser Stelle einen Umhang angeboten, in dem Versuch, deine Würde zu wahren, aber in Frankreich herrscht wohl eher die Politik des offenen Buches, besser gesagt der gespreizten Beine. Eigentlich verstand ich auch nicht, warum ich die Hose ausziehe sollte, wo sie doch nur an meinen Bauch musste. *Vermutlich, damit ich mir nicht die Klamotten versaue*, sagte ich mir. Im Fernsehen hatte ich schon hunderte Male gesehen, wie ein Ultraschall bei Schwangeren abläuft. Ich musste mich also nur zurücklehnen, Gel würde auf dem Bauch verteilt werden, und dann konnte ich mein Baby auf dem Monitor sehen. Es stellte sich jedoch heraus, dass Hollywood die meisten Aspekte einer Schwangerschaft und Geburt verherrlicht.

Sie rollte einen Apparat heran und schnappte sich einen langen Stab, der einem Dildo wohl kaum noch ähnlicher hätte sehen können.

Eine Portion Gel später verrichtete der Ultraschallstab seine Arbeit. Ich hatte den Schreck noch gar nicht verarbeitet, da tauchte auf dem Bildschirm ein verschwommenes Etwas auf, das mehr Ähnlichkeit mit einem Geleebonbon als einem Menschen hatte. Doktor Caron vermaß den Fötus und sagte dann voller Überzeugung: »Sechste Woche.«

Es war also das Wochenende in der Provence, dachte ich.

»*Et voilà, le battement de coeur*. Der Herzschlag«, sagte sie.

Ich hatte keine Ahnung gehabt, dass etwas so Kleines überhaupt schon ein Herz hatte, aber als ich das schnelle Pochen hörte, wurde mir klar, wie sehr ich mich bereits auf dieses Kind freute. Tränen traten mir in die Augen.

Die Ärztin reichte mir ein Papierhandtuch. *Das ist aber nett*, dachte ich und wischte mir die Tränen fort.

Sie sah mich an, als sei ich nicht ganz dicht, reichte mir noch ein Tuch und sagte, ich solle das Gel abreiben, bevor ich mich wieder anziehe.

Als der Termin vorbei war, machte ich drei Kreuze. Ich war bestimmt nicht prüde oder hatte mich zumindest nie dafür gehalten, aber meine Gesichtsfarbe verriet mir, dass noch ein weiter Weg vor mir lag, bis es mir nichts mehr ausmachen würde, mich in einer Arztpraxis untenrum auszuziehen.

»Sechste Woche!«, sagte ich zu Serge, zeigte ihm den Ausdruck mit dem Bild unseres winzigen Babys und wusste nicht, ob das, was ich fühlte, Freude, Panik oder eine Mischung aus beidem war.

Er umarmte mich und sagte: »Du machst mich so 'appy.« Wie er »happy« sagte, machte wiederum mich glücklich. Und dann begann ich zu weinen. Es war unbeabsichtigt, aber die Tränen flossen aus mir heraus wie ein mächtiger Wasserfall. Sorgfältig faltete ich das erste Foto von unserem Kind zusammen und schob es in meine Jackentasche.

Seit ich am Morgen des vergangenen Tages auf das Stäbchen gepinkelt hatte, entwickelten sich die Dinge verdammt schnell. Nun würde ich damit klarkommen müssen, dass mein Pariser Leben mit viel Käse und Wein erst einmal auf Eis gelegt war.

Ein Schritt nach dem anderen, Ella, sagte ich mir immer wieder.

Am darauffolgenden Morgen rief ich Mum an. Ich wartete, bis Serge losgegangen war, um Baguette zu kaufen (auf meine Bitte hin, die Schwangerschaftsgelüste seien bereits sehr ausgeprägt, behauptete ich und ignorierte fröhlich den Rat der Ärztin), damit ich für einen Augenblick allein war.

Ich war nicht sicher, ob ich Mum überhaupt von der Schwangerschaft erzählen sollte, bis das erste Drittel überstanden war, aber ich musste einfach mit ihr reden. Ich brauchte Zuspruch.

»Ella, Schatz, wie geht es dir? Und wie geht es Serge?«, fragte sie. Seit ihrem letzten Besuch in Paris im August waren sie und mein zukünftiger Stiefvater Ray noch mehr von Serge angetan als zuvor. Er hatte die beiden mit Charme und Käse um den Finger gewickelt, genauso wie er es bei mir gemacht hatte. Jedes Mal, wenn ich seither mit Mum sprach, fragte sie mit besorgter Stimme nach ihm, als fürchte sie, ich könne irgendetwas Dummes tun, das diese Beziehung aufs Spiel setzte.

»Ihm geht es gut. Er ist gerade Brot holen«, berichtete ich wahrheitsgemäß.

»Wie wunderbar französisch«, erwiderte sie. Mum liebte Klischees über alles.

»Und was ist bei euch so los? Wie läuft es mit dir und Ray?«, fragte ich. Trotz meiner ursprünglichen Überzeugung, dass niemand gut genug für meine Mum wäre, mochte ich diesen Mann mittlerweile, der sich seinen Weg in Mums Leben mit Rasentrimmen erarbeitet hatte. So sehr, dass auch ich fürchtete, sie könne diese Beziehung in Gefahr bringen. Wie die Mutter, so die Tochter.

»Ray und ich haben endlich einen Termin für die Hochzeit festgelegt, nächstes Jahr um diese Zeit. Wir denken an eine kleine Feier, Familie und enge Freunde, so in der Art. Zu der Jahreszeit ist der Garten wunderschön, und außerdem haben Serge und du genügend Vorlauf, um Flüge zu buchen. Dann ist auch keine Hochsaison, es sollte also nicht zu teuer sein«, plapperte sie drauflos.

»Prima«, antwortete ich, bevor mir klar wurde, dass ich nächstes Jahr um diese Zeit ein Baby haben würde. Wirklich realisiert hatte ich das immer noch nicht. »Nächstes Jahr Oktober könnte allerdings für uns ein bisschen schwierig werden«, fügte ich hinzu.

»Wieso? Was hast du denn so lange im Voraus schon geplant?«

»Nichts Bestimmtes«, log ich. »Aber ich muss erst noch mit Serge reden. Ich glaube, er wollte etwa um diese Zeit in Urlaub fahren.«

»Perfekt! Dann verbringt ihr euren Urlaub in Australien. Serge sagte doch, er möchte unbedingt deine Heimat kennenlernen.«

»Mum, es ist immerhin eine ordentliche Entfernung ...«

»Versuchst du mir etwa zu sagen, dass du keine Lust hast, zur Hochzeit deiner Mutter nach Hause zu fliegen?« Ich merkte, dass sie sauer wurde.

»Natürlich möchte ich kommen«, versicherte ich.

»Dann sag mir, was dich davon abhält«, verlangte sie.

Ich kam hier auf keinen Fall mehr raus, ohne ihr von dem Kind zu erzählen.

»Sehr wahrscheinlich werde ich dann ein Baby haben«, sagte ich.

Stille.

»Mum?«, fragte ich.

»Du wirst sehr wahrscheinlich *was* haben? Ist das deine entzückende Art, mir mitzuteilen, dass du dir ein Kätzchen zulegst oder etwas in der Art?«

»Nein, ein Kind. Du weißt schon, wenn sich zwei Menschen sehr lieben, dann umarmen sie sich manchmal auf besondere Weise und ...«

»Ella!«

Offenbar war jetzt nicht der Moment für Scherze.

»Ich bin schwanger«, sagte ich in ernstem Ton.

»Von Serge, hoffe ich«, entgegnete sie.

»Natürlich von Serge!«

»Habt ihr das geplant? Wie weit bist du?«

»Ich würde nicht gerade sagen, dass wir es geplant haben, aber wir freuen uns. Ich bin erst in der sechsten Woche, es ist also noch viel zu früh, um allen Leuten davon zu erzählen.«

»Ich behalte es für mich«, versicherte sie kühl.

»Ray kannst du es natürlich sagen«, sagte ich und hoffte, sie dadurch ein bisschen mehr zu begeistern.

»Wie du meinst. Aber ich muss jetzt los.«

»Sonst sagst du nichts dazu?« Ich hatte immerhin auf Glückwünsche oder ein paar aufmunternde Worte gehofft.

»Was möchtest du denn hören? Wie toll es ist, dass du meine Hochzeit verpasst? Dass ich es schön finde, die Geburt meines Enkelkinds zu verpassen?«

Ich verdrehte die Augen. *Sogar bei meiner Schwangerschaft geht es nur um meine Mutter.*

»So ist es nicht, Mum.«

»Habt ihr schon überlegt umzuziehen?«

»Serge denkt darüber nach«, antwortete ich.

»Nach Australien?« In ihrer Stimme schwang Hoffnung mit.

»Nein«, erwiderte ich, und sie seufzte. »Serge denkt an eine größere Wohnung oder ein Haus. Ich versuche, ihn zu überzeugen, dass wir nicht umziehen müssen. Ich glaube, es ist bei ihm nur der Schock.«

»Du *wirst* mehr Platz brauchen, sobald das Baby da ist«, sagte sie. »Du kannst nicht bis in alle Ewigkeit in einem Ein-Zimmer-Apartment bleiben. Und es ist mit Sicherheit klüger umzuziehen, solange ihr noch zu zweit seid.«

Irgendwie hatte sie ja recht, aber sie vergaß dabei, wie hart ich gekämpft hatte, diesen kleinen Teil von Paris zu meinem Zuhause zu machen. Davon abgesehen war ich die Schwangere, aber alle meinten mir plötzlich sagen zu müssen, was ich tun sollte.

»Aber wenn ich doch nun mal gern hier lebe?«, erwiderte ich.

»Ella, es geht nicht länger nur um dich. Du musst jetzt auch an das Baby denken. Und an Serge. Ihr drei seid von nun an miteinander verbunden. Hast du das nicht bedacht, bevor du schwanger wurdest?«

Ihre Worte hingen in der Luft.

Die Stille wurde unterbrochen durch das Geräusch von Serges Wohnungsschlüssel im Türschloss.

»Ich muss Schluss machen, Mum«, sagte ich. »Und sorry wegen der Hochzeit«, fügte ich hinzu, aber sie hatte bereits aufgelegt.

»Ich habe für Freitag Tickets gekauft«, verkündete Serge beim Eintreten.

»Was für Tickets?« Ich hielt den Atem an.

»Für die Fahrt zu Jacques und Marie. Fanny wird sich das ganze Wochenende um den Laden kümmern.«

»Oh.« Ich war immer noch verwirrt. »Mir war nicht klar, dass du gleich dieses Wochenende meinst. Ich kann nicht weg. Clotilde ist in der Stadt.«

»Sie hat schon zugesagt mitzukommen. Zusammen mit Jean«, antworte er. Clotilde und ihr Vater Jean standen sich sehr nah, obschon er nicht alles über sein kleines Mädchen wusste. Als Clotilde und ich noch zusammenwohnten und er herausfand, dass Clotilde als Model für Fußfetischisten posierte, wollte er tatsächlich den Kontakt zu ihr abbrechen. In mancherlei Hinsicht war er ziemlich altmodisch, aber am Ende hatte er sich mit Clotildes Modelkarriere abgefunden.

»Du hast mit Clotilde gesprochen?«, fragte ich überrascht. Kaum zu glauben, wie er plötzlich aufdrehte. Normalerweise war unser gesellschaftliches Leben mein Ressort.

»Ich hoffe, du hast nichts dagegen«, sagte er.

»Nein, das ist toll. Dann scheint ja alles geregelt zu sein.« Ich versuchte, positiv zu klingen, war aber komplett neben der Spur.

»Du ruhst dich einfach aus, und ich kümmere mich um dich«, sagt er.

Ich riss ein Stück Baguette ab und bestrich es mit Butter und Himbeermarmelade. Es fiel mir nicht leicht, die Kontrolle aufzugeben, aber wenn das hier funktionieren sollte, musste ich Serge vertrauen.

Kapitel 4

Jacques holte uns am Bahnhof von Tours ab. Als wir zu seiner Pension fuhren, stieg die Erinnerung in mir hoch, wie ich damals Serge hierher gefolgt war und wir anschließend unser perfektes erstes Date hatten.

Marie begrüßte uns herzlich und führte uns in den Garten, wo sie unter einer großen Kastanie den Tisch gedeckt hatte. Kleine Blumensträuße aus Wildblumen bildeten einen hübschen Kontrast zu der cremefarbenen Tischdecke, und auf den Stühlen lagen bunte Sitzkissen. Als das durchs Blätterdach fallende Sonnenlicht meine Haut wärmte, konnte ich regelrecht spüren, wie sich meine Schultern entspannten. Clotilde und Jean trafen kurz nach uns in Jeans Cabrio ein.

Während des Essens floss der Wein in Strömen – wenn auch nicht in meine Richtung. Marie tischte Lauch in Vinaigrette auf, gefolgt von einem fleischigen Brathähnchen und einer üppig bestückten Platte Käse aus der Region, von der ich mich geradezu verhöhnt fühlte.

»Es muss eine solche Wohltat sein, aus Paris herauszukommen«, sagte Jacques. »Ich verstehe gar nicht, dass ihr leben könnt wie die Sardinen.«

»Genau das habe ich kürzlich auch zu Ella gesagt«, stimmte Serge zu.

»Aber Paris hat alles, was wir brauchen«, verteidigte ich meine Stadt.

»Abgesehen von Weinbergen«, erwiderte Jacques.

»Gibt es nicht einen auf dem Montmartre?«, fragte ich.

»Nur einen?« Er schmunzelte, und ich musste mich zurückhalten, nicht die Million anderer Dinge aufzuzählen, die ich am Leben in Paris liebte.

Ich hatte gerade in eins von Maries Obsttörtchen mit Birnen aus dem eigenen Garten gebissen – und dachte, dass ich dank der Schwangerschaft die perfekte Entschuldigung hatte, ein zweites Mal zuzugreifen –, als Marie Serge aus heiterem Himmel fragte: »Und wie geht es Françoise?«

Beinahe hätte ich mich verschluckt. Wieso sprach sie in meiner Anwesenheit Serges Exfrau an? Dachte sie, ich würde nicht zuhören oder könnte bis auf ein paar Brocken kein Französisch? Ich versuchte, es nicht persönlich zu nehmen und mir zu sagen, dass ihr Name unweigerlich hin und wieder fallen würde, vor allem hier, da ihre Familie ebenfalls an der Loire ansässig war.

Trotzdem machte mich das nervös, weil ich so wenig über Françoise wusste. Serge berief sich immer darauf, »die Vergangenheit ruhen zu lassen«, und erzählte so gut wie nichts. Und ich forcierte das Thema auch nicht, da ich nachvollziehen konnte, dass er nicht gern alte Geschichten aufwärmen wollte. Allein der Gedanke an Paul oder Gaston machte mich schon wütend.

Verstohlen musterte ich Serges Gesicht, während er zu Ende kaute. Er mied meinen Blick und sagte dann ein bisschen spitz zu Marie: »Ich habe in letzter Zeit nicht mit ihr gesprochen.« Ich schätzte den Klang von Endgültigkeit in seiner Stimme, allerdings machte er damit auch die Stimmung am Tisch kaputt.

Clotilde sah mich prüfend an, stand auf und sagte: »Ella, hilfst du mir abräumen?« Sie wollte zweifelslos diese unangenehme Situation beenden.

Sobald wir außer Hörweite der anderen waren, fragte sie mich: »Also, Ella, was ist los?«

War derart offensichtlich, wie unwohl ich mich allein beim Gedanken an Françoise fühle?

»Nichts ist los«, erwiderte ich und versuchte zu lächeln.

»Bullshit.«

»Nein wirklich. Im Grunde ist es albern. Ich weiß auch nicht, wieso mich das so aufregt.«

»Na ja, es ist ja auch eine große Sache«, erwiderte sie.

Jetzt bekam ich Panik. *Serges Exfrau ist eine große Sache? Musste ich mir ernsthaft Sorgen machen?*

»Findest du?«

»Ja, als ich sah, dass du den Rohmilchkäse und Wein gemieden hast, habe ich eins und eins zusammengezählt.«

»Hä?« Ich verstand gar nichts mehr. Was hatte Françoise damit zu tun, ob ich Käse aß?

Und dann fiel der Groschen.

»Ah, du redest von der Schwangerschaft!«, sagte ich erleichtert.

»Du bist also wirklich schwanger? Ella, das *ist* eine Riesensache!« Ihre Stimme war eine Mischung aus Begeisterung und Sorge.

»Den Riesenbauch habe ich erst in ein paar Monaten«, versuchte ich zu scherzen.

Sie lächelte höflich.

»Ich muss das selbst noch verarbeiten«, fuhr ich fort. »Eigentlich sollte ich es auch noch gar nicht herumerzählen.«

»Krass!«

»Ist es eine Katastrophe?«, fragte ich ängstlich.

»Ist es für dich eine Katastrophe?«, entgegnete sie.

»Vielleicht ein bisschen verfrüht«, gestand ich.

»Aber bist du unglücklich darüber?«

»Ich glaube nicht«, sagte ich ehrlich.

»Dann sind wohl Glückwünsche angebracht.« Sie küsste mich auf beide Wangen.

Es tat gut, mit jemandem, der mir so nah stand, über die Neuigkeit reden zu können. Vor allem, nachdem meine Mutter so zurückhaltend reagiert hatte.

»Danke«, sagte ich aus vollem Herzen. »Jetzt muss ich nur noch meinen Plan in die Tat umsetzen, dich zurück nach Paris zu holen, damit du mir durch dieses ganze Schwangerschaftszeug helfen kannst.«

»Dafür musst du dich nicht allzu sehr anstrengen. Ich überlege ohnehin zurückzukommen, weil ich diese Reiserei satt habe«, sagte sie mit ernster Stimme.

»Echt? Warum hast du das nicht schon früher gesagt? Ich dachte, alles wäre so toll?«

»Ich vermisse mein Leben hier. Ich vermisse dich und Papa. Noch habe ich mich ja nicht entschieden …«, sagte sie und schaute aus dem Fenster. »Aber wir sollten wieder zu den anderen gehen.«

Als wir an den Tisch zurückkamen, drückte ich Clotildes Hand. Ihre Besonnenheit und ihre positive Einstellung waren beruhigend. Eine Prise ihrer französischen Gelassenheit würde mir jetzt guttun, dachte ich und versuchte, mich zu entspannen.

Ich hatte gerade noch das Ende des ernst wirkenden Gesprächs zwischen Jacques und Serge mitbekommen. »... und bei den niedrigen Zinsen macht es vermutlich mehr Sinn zu kaufen, als zu mieten«, sagte Jacques.

»Willst du umziehen, Jacques?«, fragte ich.

»Ich?« Er sah mich erstaunt an, sodass ich mich fragte, ob ich irgendetwas missverstanden hatte.

»Jacques hat mir von einer Ziegenfarm erzählt, die hier in der Gegend zum Verkauf steht«, klärte mich Serge auf. »Anscheinend ist es ein schönes Stück Land und auch nicht allzu teuer.«

»Und?«, hakte ich verständnislos nach.

»Jacques will es sich morgen früh ansehen. Vielleicht sollten wir ihn begleiten.«

Ich wollte gerade vorschlagen, dass wir besser hierbleiben und über unsere Zukunft reden sollten, als Clotilde begeistert rief: »Ich komme auch mit! Ich liebe es, Immobilien anzusehen.« Und schon stimmten alle anderen ebenfalls zu.

Während überlegt wurde, wie wir dorthin fahren sollten, fragte ich mich nervös, ob Serge wirklich mit dem Gedanken spielte, aufs Land zu ziehen. Er wollte, dass wir mehr Platz hatten. Aber hier? Echt?

Als sich das Gespräch der Politik zuwandte, fragte ich Clotilde leise, was sie von der ganzen Situation hielt.

»Das ist ein gängiges Phänomen«, antwortete sie.

Mein verwirrter Blick brachte sie dazu, ihre Bemerkung

genauer auszuführen. »Viele Menschen in Paris, zumindest die keine gebürtigen Pariser sind, träumen davon, dorthin zurückzukehren, wo sie aufgewachsen sind, wenn sie eine Familie gründen. Serge hatte diesen Plan vielleicht schon seit Jahren. Bevor er dich kennenlernte, hatte er nur keinen Anlass, darüber nachzudenken.«

»Im Ernst? Du denkst also, darum geht es gerade? Ich kann nicht auf dem Land leben! Was in aller Welt soll ich dort den ganzen Tag machen?« Der Gedanke an die viele frische Luft machte mir Angst.

»Keine Sorge. Es ist bestimmt nur eine Träumerei.«

»Möglich. Er wird also darüber hinwegkommen?«, fragte ich nervös.

Sie antwortete mit diesem französischen Schulterzucken, das eine verwirrende Diskussion noch uneindeutiger machte.

Nach dem Mittagessen zeigte Marie uns unsere Zimmer und sagte, wir sollten uns ganz wie zu Hause fühlen, während Jacques und sie ein paar Besorgungen machten.

Sobald ich die Zimmertür hinter mir geschlossen hatte, war das Fehlen von Sirenen, Hupen und anderen Geräuschen, die man in Paris vernehmen könnte, geradezu fühlbar. Man hörte nur die Vögel und den Wind. Diese Stille war richtig unheimlich.

»Möchtest du mir vielleicht etwas dazu sagen, warum wir uns morgen diesen zum Verkauf stehenden Bauernhof ansehen?«, fragte ich Serge.

»Keine Sorge, Bella. Das hatte Jacques bereits geplant, bevor ich ihm erzählte, dass wir zu Besuch kommen. Wir gehen einfach mit, um ihn nicht zu kränken«, sagte er und massierte meine Schultern.

»Es ist also allein Jacques' Sache? Oder hat es etwas mit deiner Idee zu tun, aus Paris wegzuziehen?«

»Anschauen schadet doch nicht, oder?«, wich er meiner Frage aus.

»Serge, ich mache mir Sorgen, dass die Nachricht von dem Baby bei dir die Vorstellung geweckt hat, wir müssten unser ganzes Leben umkrempeln«, sagte ich so behutsam wie möglich. Gleichzeitig grübelte ich angestrengt, warum er sich ausgerechnet hier ein Grundstück ansehen wollte. Doch bestimmt nicht nur wegen Jacques.

»Aber du stimmst mir doch zu, dass wir ein paar Dinge ändern müssen, oder?«

»Wir haben noch jede Menge Zeit, bis das Baby kommt. Wir sollten nichts überstürzen.«

»Aber du kommst morgen zumindest mit?«, ließ er nicht locker. »Alle anderen finden es spannend.«

»Ich denke schon. Allerdings weiß ich nicht, was es bringen soll. Ich dachte, wir würden hier rausfahren, um wegen der Schwangerschaft einen klaren Kopf zu bekommen. Diese Bauernhofbesichtigung hilft uns dabei nicht.«

»Wir können dort bestimmt ein bisschen Ziegenkäse probieren«, fügte er hinzu. Dieses »Verkaufsargument« hatte er offenbar als Ass im Ärmel behalten.

»Warum hast du das nicht sofort gesagt?«, scherzte ich und fügte mich in mein Schicksal. Serge würde mit mir oder ohne mich hinfahren. Und wenn ich dabei war, konnte ich zumindest Schadensbegrenzung betreiben.

Als ich sah, wie sich Serges Gesicht sofort entspannte,

wurde ich noch misstrauischer, was seine Motive betraf. Vielleicht war er nur nostalgisch, weil sein Vater früher eine Ziegenfarm bewirtschaftet hatte. Oder er musste einfach mal von nahem sehen, was es bedeutete, einen Bauernhof zu betreiben, damit er erkannte, dass unser Leben in Paris verdammt gut war.

»Was sollen wir jetzt machen? Lust auf einen Spaziergang?«, fragte ich.

»Ehrlich gesagt muss ich noch etwas arbeiten«, erwiderte Serge.

»Ich dachte, Fanny kümmert sich um den Laden?«, entgegnete ich, frustriert darüber, dass wir nicht einmal den Nachmittag zusammen genießen konnten.

»Ich muss nur eine Sache klären. Leg dich doch ein bisschen hin«, schlug er vor.

»Wenn ich darüber nachdenke, bin ich tatsächlich etwas erschöpft«, räumte ich ein.

Bevor ich einschlief, sah ich noch, wie Serge einen Stift und einen Taschenrechner hervorholte.

Ich wurde von einer sanften Brise geweckt, die durchs Fenster hereinwehte. Serge arbeitete immer noch, tippte auf dem Taschenrechner herum und machte Notizen. Ich rief ihn zu mir, damit er mich umarmte, und innerhalb von Sekunden war er bei mir und schloss mich in die Arme.

Kapitel 5

Am darauffolgenden Morgen weckte mich das Krähen eines Hahns, und ich musste lächeln, wie klischeehaft das war.

Nach ein paar Minuten ließ der Reiz des Neuen jedoch nach, und ich fragte mich, ob dieser Bursche jemals wieder aufhören würde.

Serge musste es auch vernommen haben – es ging gar nicht anders –, denn er begann verschlafen, mein Gesicht mit Küssen zu bedecken, und sagte, wie sehr er die Geräusche auf dem Land liebe. *Jedem das seine*, dachte ich, als er mich an sich zog.

Bald darauf machten wir uns auf den Weg, um in Chinon den Farmer Michel zu treffen. Aus irgendeinem Grund trugen alle »Country-Chic« – herbstliche Karomuster und schicke Gummistiefel, als hätten sie sich von einem Ralph-Lauren-Katalog inspirieren lassen. In meiner Jeans und dem gestreiften Pulli fühlte ich mich deplatziert, und Clotilde wies mich amüsiert darauf hin, dass ich perfekt für einen Tag am Meer gekleidet sei. *Natürlich haben die Franzosen für alles Bekleidungsregeln*, dachte ich nur.

Unterwegs wies Marie immer wieder auf Weinbauern und Käsehersteller hin und auf die bekanntesten Burgen und Schlösser, die man unbedingt besuchen sollte. Normalerweise schätze ich nichts mehr als ein Gespräch über französischen Wein, Käse und Kultur, aber diesmal war ich zu sehr abgelenkt von der leisen Unterhaltung, die vorn zwischen Serge und Jacques stattfand.

»Und lass dich nicht von dem Gebäude abschrecken«, sagte Jacques.

»Aber der Hof ist den Preis wert?«, fragte Serge daraufhin.

»Du wirst nicht enttäuscht sein.«

»Und die Bausubstanz?«, wollte Serge wissen.

»Überlass das mir«, beruhigte ihn Jacques.

Serge nickte, und meine Sorge bezüglich seiner Absichten kehrte zurück.

Als wir Chinon erreichten, war ich sofort verzaubert. Die Vienne floss zwischen leuchtend grünen Ufern, die hinaufführten zu Häuserreihen, über denen im Hintergrund die Burg Chinon thronte. Es war zweifellos einer der malerischsten Orte, die ich je gesehen hatte.

Papa Jean und Clotilde hupten, als wir sie einholten, und gemeinsam überquerten wir die Brücke in Richtung Stadtzentrum. Jeans ungeduldigem Gesichtsausdruck nach zu urteilen hatte er schon eine Weile auf uns gewartet.

Kaffee zu trinken war offenkundig der erste Programmpunkt bei unserer Hofbesichtigung, denn, nun ja, wir waren in Frankreich. Wir trafen Michel in einem Café am Place du General de Gaulle.

Michel war groß, muskulös und mit wettergegerbter Haut. Es war schwierig, sein Alter zu schätzen, aber da er den Hof verkaufen wollte, weil er sich zu alt fühlte, um ihn weiterhin zu bewirtschaften, musste er mindestens siebzig sein. Er trug Jeans und einen beigefarbenen Strickpullover, und als er meine Hand schüttelte, konnte ich die Jahre harter Arbeit an meiner zarten Büro-Hand fühlen.

Er sprach langsam, und ich stellte erfreut fest, dass ich fast alles verstehen konnte.

Wir saßen in der Nähe eines alten Brunnens, von Bäumen umgeben, die zu dieser Jahreszeit allmählich ihre Blätter verloren. Es war die perfekte Kulisse. Ich fragte mich beinahe, ob Serge dieses Wochenende so inszeniert hatte, dass es eine gelungene Präsentation des wunderbaren Landlebens wurde. Ich musste auf der Hut sein, denn wenn jetzt auch noch ein Reh oder etwas Ähnliches unseren Weg kreuzte, wusste ich, wie der Hase lief.

Meine Fantasien, in dem Film *Funny Farm* gelandet zu sein, fanden jedoch ein rasches Ende, als der Kaffee serviert wurde und fürchterlich schmeckte. Ich musste an meine ersten Tage in Paris denken, bevor ich das Flat White entdeckte und noch diese bittere Brühe trank, die die alten Kaffeemaschinen den ganzen Tag lang ausspuckten. Aber vielleicht lag es an meiner koffeinfreien Variante. Ich nippte an Serges Espresso, meine Befürchtung bestätigte sich jedoch. Falls ich noch einen weiteren Grund gebraucht hätte, um Paris nicht zu verlassen, so war es dieser ungenießbare Kaffee.

Alle plauderten auf Französisch, deshalb schaltete ich irgendwann ab und beobachtete stattdessen die Leute. Seit meiner Ankunft in Frankreich hatte ich noch nicht viel Zeit außerhalb von Paris verbracht und war von daher neugierig auf die Unterschiede zur Großstadt.

Fasziniert betrachtete ich einen relativ jungen Mann –

jung im Vergleich zu den anderen Menschen, die ich bisher hier gesehen hatte – in einem Café auf der gegenüberliegenden Seite des Platzes, der auf seinem Laptop tippte. Für einen Franzosen war er ziemlich groß, und er trug eine Brille mit dunklem Rand. Obwohl Serges liebevolle Hand auf meiner lag, konnte ich nicht verhehlen, dass der Mann attraktiv war.

Was er wohl schrieb? Um seinen Laptop herum war der Tisch übersäht mit Büchern und Notizblöcken. Ich saß zu weit weg, um die Titel auf den Buchrücken lesen zu können, aber ich vermutete, dass sie alle recht anspruchsvoll waren. Er schien hin und wieder aus tiefen Gedanken aufzutauchen, stützte sein Kinn für einen Moment auf die zur Faust geballte Hand und tippte dann wie rasend weiter oder notierte etwas auf einem Block. Was auch immer er tat, er schien es sehr ernst zu nehmen.

Plötzlich schaute er hoch und ertappte mich dabei, wie ich ihn anstarrte. Ich wurde rot und hoffte, dass er es wegen der Entfernung nicht bemerken konnte. Er lächelte, nickte mir kurz zu und tippte dann weiter.

Wieso interessierte mich so sehr, was er machte? Vielleicht hatte er nur deshalb meine Aufmerksamkeit erregt, weil er nicht hierher zu gehören schien. Was auch immer es mit diesem Fremden auf sich hatte, es erschütterte meine Vorstellung vom Landleben, das sich ausschließlich um Gartenarbeit und Kochen drehte.

»Wie geht es Françoise?«, fragte Michel auf Französisch und lenkte meine Aufmerksamkeit ruckartig zurück auf das Gespräch. Wieso interessierten sich alle in dieser Gegend so sehr für Serges Exfrau?

Forschend musterte ich Serges Gesicht, aber er verzog keine Miene, sondern murmelte nur etwas von wegen gut, nach allem, was er zuletzt gehört hatte.

Aber Michel setzte noch eins drauf: *»Et son papa?«*

Ich wusste nicht, warum mich dieses Thema so aufregte, spürte jedoch, dass meine Wangen glühten.

Dachte eigentlich irgendjemand daran, wie es für mich war, ständig an Serges Ex erinnert zu werden? Diese Momente machten mir umso deutlicher, dass ich im Grunde nichts über Serges frühere Ehe wusste. Bisher schien das auch nicht weiter wichtig zu sein, aber jetzt, wo ein Baby unterwegs war, stand mehr auf dem Spiel. Wenn ich verstehen würde, warum diese Ehe nicht funktioniert hatte und schließlich geschieden wurde, müsste ich vielleicht nicht mehr innerlich zusammenzucken, sobald ich den Namen Françoise hörte.

Wir folgten Michels zerbeultem, altem Citroën aus der Stadt hinaus zum Hof.

Als ich ihn nach etwa zehn Minuten blinken sah, war ich froh, dass wir nicht ewig durch die Pampa fahren mussten.

Der lange, staubige Weg führte zu einem bescheidenen, nicht wirklich hässlichen Bauernhaus aus Natursteinen mit Schieferdach. Das Wohnhaus war umgeben von anderen Gebäuden, was das Ganze wohl zu einem »Hof« machte. Diese waren weniger ansehnlich, und ohne sie hätte ich die Anlage wesentlich ansprechender gefunden, aber da hier Ziegenkäse produziert wurde, waren sie vermutlich notwendig. Ein recht schöner Anblick war ein kleiner Teich, der in dem Moment in Sichtweite kam.

Wieso bloß war Jacques so erpicht darauf, uns diesen Hof zu zeigen? Er sah wohl kaum aus wie das Schloss, das einen dazu bringt, sofort die Koffer zu packen und herzuziehen. Genau genommen sah er aus wie viele andere dieser nichtssagenden Höfe, an denen wir unterwegs vorbeigekommen waren. Natürlich, der Garten war recht hübsch, aber uns beglückte auch perfektes Herbstwetter – strahlend blauer Himmel als Kontrast zu saftigen grünen Wiesen und Laubbäumen in allen Schattierungen von Gelb und Rot. Das konnte Menschen vermutlich zu dem Glauben verleiten, aufs Land zu ziehen würde all ihre Probleme lösen. *Narren*, dachte ich innerlich kichernd.

Michel fuhr in die offene Garage neben zwei weitere Autos. (Ich hatte mich schon immer gefragt, warum Leute auf dem Land so viele Fahrzeuge brauchen. Vielleicht würde ich es nun endlich erfahren.) Sobald wir ausgestiegen waren, erklärte er uns die Anlage. Die Scheune, der Melkschuppen und die Käserei befanden sich offenbar hundert Meter die Straße weiter hinunter. Die Gebäude neben dem Haus dienten für Fahrzeuge und den ganzen Kram, den man ansammelt, wenn man nicht auf die Quadratmeter einer Pariser Wohnung beschränkt ist. *Lektion eins über das Landleben*, sagte ich mir.

Clotilde und Jean kamen auf mich zu und wirkten beide auch nicht sonderlich beeindruckt.

»Nicht ganz das, was ich erwartet hatte«, sagte Clotilde.

»Wenig überwältigend«, stimmte ich zu.

»*Papa*, was denkst du?«, fragte sie.

»Es ist eben nicht Paris«, antwortete er mit hochgezogenen Brauen.

»Ganz meine Meinung, Jean«, pflichtete ich ihm bei.

Wir drei standen dort, ließen den Blick über die Anlage schweifen und schienen uns zu fragen, was wir eigentlich hier machten.

»Sollen wir mit dem Wohnhaus anfangen?«, schlug Michel vor.

»Ja, lasst uns gehen«, stimmte ich zu. *Je schneller wir durch sind, desto früher können wir wieder verschwinden und sind auf dem Weg zum Mittagessen.*

Serge schaute mich begeistert an und nahm meine Hand.

Die Haustür öffnete sich zu einem düsteren Flur, von dem aus es in ein düsteres Wohnzimmer ging. Während wir von einem Zimmer ins nächste gingen, bedauerte ich Michel immer mehr. In dem Zustand war das Haus bestimmt nicht leicht zu verkaufen. Die Ausstattung war altmodisch, Blümchentapete in den Schlafzimmern und hässliche braune Kacheln in der Küche und im Bad, bei deren Anblick ich fast erblindete.

»Das kann man alles renovieren«, sagte Serge, als er meinen entsetzten Gesichtsausdruck beim Betreten der Küche sah. »Hier drin steckt unheimlich viel Potenzial.«

»Für irgendjemanden vielleicht«, erwiderte ich großzügig.

»Ich sehe es schon vor mir.«

»Was?«

»Das Zuhause einer Familie.«

»Serge, das kann nicht dein Ernst sein! Sieh dich doch nur um!«

»Bei dem Preis ist es schwer, das nicht zu tun.«

In dem Moment wurde mir klar, dass ich möglicherweise in Schwierigkeiten steckte.

Nachdem ich die Besichtigung des restlichen Hauses vorangetrieben hatte, damit Serge nicht zu viele Ideen entwickeln konnte, gingen wir hinüber zu den eigentlichen Gebäuden der Ziegenfarm. Das Geräusch der Glocken an den Halsbändern der Tiere war nicht zu überhören. Serge versuchte, mit seiner Stimme das Gebimmel zu übertönen, gab jedoch schließlich auf. Drinnen kamen die Ziegen laut meckernd auf uns zu. Ihre dunklen, länglichen Pupillen erschreckten mich im ersten Moment, und ich war erleichtert, als wir an ihnen vorbei waren.

Zu meiner Überraschung war das Innere des Gebäudes hell und gut in Schuss. Die Melkmaschine und die Geräte zur Käseherstellung (Lektionen zwei und drei über das Landleben) wirkten blitzsauber und professionell. Offensichtlich gehörte Michels Leidenschaft seinen Tieren und der Käserei.

Er erklärte uns die verschiedenen Schritte der Käseherstellung – das Melken, Verarbeiten der Milch und das Reifen des Käses. Serge nickte die ganze Zeit begeistert und stellte immer wieder Zwischenfragen.

Dann wurden wir in das geführt, was Michel *Le grand plus*, also »das große Plus«, des Hofes nannte. Es war ein luftiger Raum mit einer großen Bar an einem Ende und Fenstern von der Decke bis zum Boden mit Blick auf die Ziegenweiden. Ein langer aufgebockter Tisch stand mitten im Raum, und durch eine Seitentür konnte ich eine kleine Küche erkennen.

»Das wäre der perfekte Platz, um den Käse zu verkaufen«, sagte Michel.

»Sie haben schon alles dafür vorbereitet?«, wollte ich wissen und fragte mich, ob der rustikale Look beabsichtigt war.

»Non, non, non«, widersprach er energisch. »Für so etwas bin ich zu alt. Ich veranstalte hier nur meine Jagdessen.«

»Aha.« Er hatte sich die ganze Mühe gemacht, ein primitives Restaurant einzurichten, nur um seine Jagdkumpels zu bewirten. *Was für eine Verschwendung!*

Michel ging hinter die Theke und holte ein paar in Wachspapier eingeschlagene Päckchen aus dem kleinen Kühlschrank. *Käse!*, durchfuhr es mich voller Freude. Aber meine Begeisterung, das Beste aus dieser Besichtigungstour zu machen, wurde im Keim erstickt, als Michel erklärte, dass es sich um Rohmilchkäse handle. Serge warf mir einen entschuldigenden Blick zu, und ich versuchte, mich die folgenden Minuten davon zu überzeugen, dass dies nicht das Ende der Welt sei.

Michels Produkt stieß auf einhellige Zustimmung, und die Begeisterung wurde noch dadurch gesteigert, als sich alle von frischem, erst einen Tag alten Ziegenkäse bis zum reifen, mit Asche überzogenen Laib vorarbeiteten. Ich schnupperte an jeder Sorte, betrachtete die Beschaffenheit und hatte nie zuvor einen derart starken Drang verspürt, mir die Stücke einfach zu schnappen und loszurennen. Zur Hölle mit diesem Rohmilch-Quatsch. Ein Bissen konnte bestimmt nicht schaden. Ich schob mir ein winziges Stück von dem frischen Käse in den Mund. Er schmolz auf meiner Zunge wie eine Kugel Eiscreme auf dem heißen Bürgersteig. Serge beobachtete, wie ich den Genuss so weit wie möglich in die Länge zog.

»*C'est bon, oui?*«, sagte er.

»*Ah, oui.*« Mehr brachte ich in diesem Moment nicht über die Lippen.

Und ob es *bon* war. Überwältigend leicht und frisch. Die perfekte Ausgewogenheit von leicht und cremig, ein bisschen süß, mit einem Hauch Zitrone. Wenn Wolken essbar wären, so entschied ich, würden sie schmecken wie dieser Käse. Michel konnte stolz sein.

Als wir wieder beim Auto ankamen, nahm mich Serge zur Seite.

»Ella, ich muss mit dir reden«, sagte er.

»Kann das nicht bis nach dem Mittagessen warten? Ich bin am Verhungern!« Es musste Tage her sein, dass Marie große Schalen mit heißer Schokolade und Kaffee aufgetischt hatte, warmes Baguette, Butter und selbstgemachte Himbeermarmelade. Mittlerweile hatte ich das französische Frühstück oder *petit-déjeuner* lieben gelernt, wenn es mich auch nicht ganz so satt machte wie früher meine Eier mit Speck. Wie die Butter im Mund schmolz, wenn sie in Kontakt kam mit einem heißen milchigen Getränk, und das Knuspern, wenn man in ein Stück frisches Baguette biss, erfüllte mich mit einer wilden Freude.

»Ich beeile mich«, versicherte Serge und führte mich zu einem kleinen Baum nahe dem Teich.

Ich plapperte gerade schwärmerisch über Michels Käse, als Serge vor mir auf das Knie fiel und meine Hände ergriff.

O Shit, was sollte das werden? Doch nicht etwa das, was ich dachte? Ich versuchte, jegliche Aufregung abzuschütteln, denn davon hatte ich diese Woche wahrlich schon genug gehabt und brauchte keinesfalls einen Mitleidsantrag, weil ich schwanger war. *Au revoir Romantik*, jammerte ich innerlich.

»Ella«, sagte er und sah mir tief in die Augen.

Ich überlegte angestrengt, wie ich reagieren sollte. Auf keinen Fall würde ich ja sagen. Ich wollte nicht, dass er mich aus Pflichtbewusstsein heiratete. Aber wie sollte ich ihm das schonend beibringen?

»Möchtest du mit mir zusammenleben?«, fragte er, und schwupps, löste sich mein Ego-Trip in Luft auf.

Für einen Moment war ich tatsächlich beleidigt, dass er mir keinen Antrag machte, auch wenn ich ihn ablehnen wollte.

»Wir wohnen doch schon zusammen«, erwiderte ich.

»Aber nicht hier«, entgegnete er und deutete mit der Hand zur Farm.

»Ach, du meinst als Ferienhaus?«, fragte ich erleichtert. Wenn wir weiterhin die meiste Zeit in Paris lebten, konnte ich mich damit durchaus anfreunden.

»*Non, non, non!* Wir ziehen hierher.«

Ich musterte sein Gesicht und versuchte herauszufinden, ob er den Verstand verloren hatte.

»Das ist *fantastique, non*?« drängte er. Seine Wangen waren vor Aufregung gerötet.

»Vielleicht sollten wir das besprechen, wenn wir wieder in Paris sind«, sagte ich und schaute hinüber zu Jean, Jacques und Marie, die alle im Wagen warteten, und

Clotilde, die mit offenem Mund dastand und zu fragen schien, was hier vor sich ging.

»Zu spät!«, rief Serge freudig. »Ich habe es für dich gekauft!«

»Du hast was?«, schrie ich. In meinem Kopf begann es panisch zu pochen.

»Es gehört uns«, fuhr er fort. »Ich habe bereits die Anzahlung geleistet. In ein paar Monaten werden wir hierherziehen.«

In Anbetracht dessen, was Serge in Paris alles aufgab – sein Apartment, seine *fromagerie*, sein ganzes Leben –, konnte ich nicht nachvollziehen, warum er so glücklich aussah.

»Aber Serge, ich will nicht hierherziehen! Ich liebe Paris!«

»Dir gefällt der Hof nicht?« Sein Lächeln verflüchtigte sich.

»Gütiger Gott, nein! Ich meine, der Hof ist prima. Aber nicht für uns …«

»*Merde*. Ich dachte, du würdest es auch toll finden.«

Ich war sprachlos. Am liebsten hätte ich mich gezwickt, um sicherzugehen, dass es kein Traum war. In meinem Kopf drehte sich alles. Wie hatte mein perfektes Pariser Leben soeben durchgeschnitten werden können wie ein Stück Comté?

»Wie bist du nur darauf gekommen, dass ich es toll finden würde?«

»Deine Augen haben geleuchtet, als ich sagte, wir würden uns etwas mit Garten suchen. Ich dachte, das hier wäre eine Verbesserung.«

Du lieber Himmel. Ich hatte im Leben nicht damit gerechnet, dass sich unser Wochenende auf dem Land so entwickeln würde.

Mir wurde übel, entweder vor Angst oder aufgrund der Schwangerschaft. Was auch immer mich dazu brachte, hinter den Baum zu laufen und mich zu übergeben – es war kein gutes Zeichen.

Teil zwei

Winter

Kapitel 6

»Okay, Serge«, sagte ich und sammelte mich innerlich, sobald wir in unserem Zimmer bei Jacques und Marie unter vier Augen waren. »Bitte sag mir, dass du die Anzahlung zurückbekommen kannst.«

»Nun ja …«, sagte er gedehnt.

Nachdem der erste Schrecken dieses Morgens sich ein wenig gelegt hatte, fühlte ich mich endlich in der Lage, ein paar der Gedanken und Gefühle zu äußern, die mir durch den Kopf gingen, seit er »die Frage« gestellt hatte.

»Serge, das ist verrückt! Was ist mit unserem Leben in Paris? Hast du das alles überhaupt zu Ende gedacht?«

»Natürlich habe ich mir das gut überlegt. Ich tue nichts anderes mehr, als darüber nachzudenken, was für das Baby am besten ist.«

»In Paris haben tausende Menschen Kinder und scheinen prima zurechtzukommen«, sagte ich ein bisschen behutsamer, nachdem ich nun wusste, dass der Grund für diese hirnverbrannte Aktion die Suche nach einem anständigen Zuhause für unser Baby war. »Natürlich werden wir ein paar Anpassungen vornehmen müssen, wenn sie oder er auf der Welt ist, aber das hier ist vielleicht ein bisschen überreagiert.«

Um nicht zu sagen, völlig irre. Aber diese Bemerkung verkniff ich mir.

»Ella, ich möchte in Paris kein Kind großziehen. Der Lärm, die Luftverschmutzung, die kalten und dunklen Winter – das alles ist nicht gut für kleine Lungen, Herzen und Gehirne. Wenn wir das gut machen wollen, müssen wir aus der Stadt wegziehen. Möchtest du denn nicht auch, dass unser Kind glücklich ist?«, fragte er.

Für mich war das Glück dieses Kindes ein Konzept, das noch in weiter Ferne lag. Und jetzt kam es mir plötzlich so vor, als versuche Serge, mir ein schlechtes Gewissen einzureden, damit ich diesem Umzug zustimmte. Ja, das mochte seine Vision für eine Familie sein, aber meine zählte doch schließlich auch!

»Und was ist mit *unserem* Glück? Wärst du hier draußen wirklich glücklich?«, fragte ich.

»Ich könnte nicht glücklich sein, wenn ich wüsste, dass unser Kind nie die Erfahrung von Natur und frischer Luft machen kann«, erwiderte er.

»Aber das Haus ist in einem furchtbaren Zustand!«

»Wir renovieren es!«

»Kennst du dich damit überhaupt aus?«

Ich hatte in meinem ganzen Leben noch nichts renoviert und keine Ahnung, wie geschickt Serge und ich in diesen Dingen waren. *Und sagte man nicht, Renovieren sei genauso stressig wie eine Scheidung oder der Tod eines Familienmitglieds?,* fragte ich mich nervös. *Bisher haben wir es noch nicht einmal bis zur Hochzeit geschafft!*

»Ich hatte schon diverse Jobs in meinem Leben«, antwortete er wenig überzeugend. »Und dieser Teich … Ich kann mir bildlich vorstellen, wie wir dort picknicken. Vielleicht gibt es sogar Fische.«

Ich konnte nicht glauben, wie naiv er war. Erwartete er allen Ernstes von mir, aufs Land zu ziehen? Und wenn ich ablehnte, ging er dann ohne mich? Ich schloss die Augen und konzentrierte mich ein paar Sekunden lang auf meine Atmung.

»Und was ist mit der *fromagerie*?«, versuchte ich ein bisschen Realität zurück in das Gespräch zu holen. Natürlich war Serge beim Thema Baby emotional engagiert – oder instabil.

»Das ist die beste Neuigkeit.«

Merde.

»Ich brauche nicht einmal zu verkaufen«, fuhr er fort. »Fanny hat bereits zugestimmt, den Laden Vollzeit zu managen, als ich noch vorhatte, ein zweites Geschäft zu eröffnen. Es gibt also kein Risiko. Und finanziell ist der Hof eine gute Investition.«

»Du hast also den Traum von einem zweiten Geschäft definitiv aufgegeben?«

»Ich habe dem Makler bereits Bescheid gegeben, dass sich meine Pläne geändert haben«, antwortete er. »Manche Dinge sind wichtiger als Träume.«

Seit ich Serge kennengelernt hatte, war er sehr beharrlich im Verfolgen seiner Ziele gewesen – mich eingeschlossen –, und nun hatte er diesen Hof zu seinem nächsten Projekt erkoren und schien sich bereits vollständig auf diese Idee eingeschworen zu haben.

»Du kennst dich mit der Arbeit auf einem Hof also aus?«, fragte ich.

»Es sind nur hundert Ziegen. Und warum gehen, wenn man rennen kann?«

»Ich glaube, es heißt: Erst gehen, dann laufen.«

»Außerdem«, fügte er zuversichtlich hinzu, »war mein Vater Bauer, ich kehre also lediglich zurück zu meinen Wurzeln. Es liegt mir im Blut.«

Serge sprach nicht oft von seinen Eltern, aber ich wusste, dass er den Hof damals verlassen hatte, sobald er mit der Schule fertig war. Da Serge Einzelkind war, hatten sie bestimmt gehofft, dass er den Hof mal übernahm. Dazu hatte er aber keine Lust gehabt.

Nach dem Tod seiner Mutter hatte Serge seinen Vater gebeten, ihm beim Aufbau seiner *fromagerie* zu helfen, als Art Wiederannäherung. Sie hatten ein paar Jahre lang zusammengearbeitet, aber die Besuche bei Käseproduzenten waren das Maximum an »Feldarbeit«, das Serge vertraut wurde. Nach ein paar Jahren verstarb sein Vater an einem Herzinfarkt. Serge schätzte die Erinnerung an die gemeinsame Zeit mit ihm, aber mit einem Bauern zusammenzuarbeiten machte jemanden nicht automatisch selbst zum Bauern.

»Siehst du denn nicht, wie absurd das Ganze ist?«, fragte ich Serge.

»Nein, ich denke, es wird perfekt«, erwiderte er mit einem frustrierend bewundernswerten Grinsen, was mich nur noch wütender machte.

»Welcher Teil genau?«, hakte ich nach. »Das heruntergekommene Wohnhaus? Die Ziegenfarm, von deren Bewirtschaftung du keine Ahnung hast? Käse, von dem du nicht weißt, wie man ihn herstellt?« Ich hatte einen

Lauf. »Und was ist mit meinem Job?«, fuhr ich fort. »Ich bezweifle, dass ich in Chinon eine Stelle finde. Und mein Visum ist an einen Job geknüpft.«

»Da gibt es immer Mittel und Wege«, erwiderte er augenzwinkernd. Ich ging im Kopf rasch alle Alternativen durch, von denen ich gelesen hatte, und fragte mich, ob er aufs Heiraten anspielte.

»Es reicht, Serge!«, sagte ich lauter als zuvor. Nicht genug damit, dass die Geburt eines Babys unser Leben gehörig auf den Kopf stellen würde, wollte er dem Ganzen jetzt auch noch eine Renovierung und möglicherweise eine Hochzeit hinzufügen und einen Haufen Ziegen. War es eine Schar? Eine Herde? Ein Stamm? Nicht einmal das wusste ich – so viel zu meinen Kenntnissen über das Leben auf dem Land.

»Was reicht?«, fragte er.

»Das ist lächerlich. Wir werden nicht unser Leben einpacken und hierherziehen, um eine Farm zu bewirtschaften. Ehrlich gesagt glaube ich, dass du wegen des Kindes ein bisschen durchdrehst. Und keine Sorge, mir geht es genauso. Aber wir müssen diese ersten Tage einfach nur gemeinsam durchstehen. In Paris. Und dann sehen, wie wir uns damit fühlen.«

»Wir müssen ja nicht sofort umziehen«, sagte er.

»Na großartig«, entfuhr es mir sarkastisch, was Serge aber vermutlich gar nicht mitbekam.

»Genau«, stimmte er eifrig zu. »Es wird sowieso ein paar Monate dauern, bis alles geregelt ist.«

»Nein.«

»Was meinst du damit?«, fragte er allen Ernstes.

»Genau das, was ich gesagt habe. Ich werde nicht umziehen. Und du wirst vermutlich zu demselben Schluss kommen, wenn du erst einmal Zeit hattest, in Ruhe über alles nachzudenken. Und bis dahin halte ich es für das Beste, nicht weiter darüber zu diskutieren.«

Als ich Serges enttäuschtes Gesicht sah, bekam ich fast ein schlechtes Gewissen. Aber dann erinnerte ich mich daran, dass mein Freund soeben eine Farm auf dem Land gekauft hatte, ohne mit mir vorher darüber zu sprechen. Und ja, er mochte das alles für unser ungeborenes Kind tun, aber dabei schien er mich gänzlich vergessen zu haben.

Außerdem befand ich mich im ersten Drittel der Schwangerschaft, und es konnte noch viel passieren. Es wäre dumm, wenn ich zuließ, dass sein Aktionismus zu diesem Zeitpunkt einen Keil zwischen uns trieb. Ende der Diskussion.

Kapitel 7

Eine Weile war seit unserem lebensverändernden Wochenende im Loire-Tal vergangen. Mich hatte eine unglaubliche Erleichterung überkommen, als wir wieder in die Lärmkulisse der Großstadt zurückkehrten. Auf dem Land mag der Herbst schön sein, aber in Paris ist er magisch.

Während sich überall in der Stadt die Blätter färbten und die Menschen die letzten Momente des warmen Wetters aus diesem Jahr herauspressten, lag eine spürbare Aufregung in der Luft. Weihnachten war noch weit genug entfernt, um keinen Stress zu verursachen, und jeder sonnige Tag wurde behandelt, als wäre es der letzte. Die Terrassen der Cafés waren voller Menschen, und in den Parks saßen Paare oder Familien beim Picknick, genossen noch einmal die Zeit im Freien.

In der ersten Woche nach unserer Rückkehr hatten Serge und ich kaum miteinander geredet. Jedes Mal, wenn er etwas erwähnte, das mit einem Umzug aufs Land zu tun hatte, schnitt ich ihm das Wort ab. Wir waren in den unbehaglichen Zustand verfallen, dass er reden wollte und ich nicht. Zumindest war ihm offenbar ziemlich schnell klar geworden, dass er erst mit mir hätte sprechen sollen, statt mich auf diesem Hof vor vollendete Tatsachen zu stellen.

Mittlerweise waren fast zwei Wochen vergangen, mein Ärger war größtenteils verflogen und verwandelte sich, je öfter ich über die Geschehnisse nachdachte, erst in Zweifel und dann in den Hauch eines schlechten Gewissens. Ich versetzte mich in Serges Lage und fragte mich, wie er sich fühlen musste, nachdem er sich derart aus dem Fenster gelehnt hatte und ich ihn nun in der Luft hängen ließ.

Nach zwölf langen Tagen, an denen wir kaum mehr als über organisatorische Dinge des Tagesablaufs gesprochen hatten – ein ziemlich dramatischer erster Streit –, flehte er mich förmlich an, mit ihm über alles zu reden. Er zog alle Register – stellte eine Käseplatte mit meinen pasteurisierten Lieblingssorten zusammen, backte sogar einen Mont d'Or (den vermutlich versöhnlichsten Käse der Welt, der zudem unserem ersten Kuss vorangegangen war) und versicherte, sich über die nötige Backtemperatur informiert zu haben, damit ich ihn gefahrlos essen konnte.

Was nicht heißen sollte, dass mich auch noch so viel Käse dazu bringen konnte, Paris zu verlassen.

Bewaffnet mit einer ganzen Liste von Argumenten gegen Serges Plan setzte ich mich an den Tisch. Aber ich hatte mir auch vorgenommen, mir seine Sichtweise anzuhören. Schließlich hatte er während unserer Beziehung bisher immer alles gut überlegt, und es wäre unfair gewesen, ihn nicht reden zu lassen.

Der Berg Käse zwischen uns wartete darauf, dass einer von uns anfing. Ich zögerte, bevor ich ein Stück Baguette abriss und eine Scheibe Comté abschnitt, denn es fühlte sich an, als würde ich Serges Vorschlag zustimmen – doch ich hatte Hunger.

Während ich kaute, redete Serge.

»Ella, zunächst möchte ich dir sagen, dass es mir leidtut«, begann er.

»Hm.« Der Anfang war schon mal nicht schlecht.

»Ich hätte dich nicht so überfallen dürfen.«

»Stimmt, hättest du nicht.«

»Aber nachdem du nun Zeit hattest, darüber nachzudenken, musst du doch einsehen, dass es die beste Lösung ist.«

O Gott, dachte ich. *Nichts hat sich verändert.*

»Serge! Es geht nicht nur darum, *wie* du es mir gesagt hast. Es ist das ganze Konzept.«

»Welches ganze Konzept?«, fragte er, und meine Frustration kehrte zurück.

»Du vergisst, dass mein Leben hier in Paris spielt. Wegen Paris bin ich nach Frankreich gekommen. Hier sind wir uns begegnet, haben uns verliebt. Ich habe hier Freunde, einen Job, ein Leben.«

»Aber an der Loire könntest du ein noch schöneres Leben haben«, beharrte er, als sei es das Offensichtlichste der Welt.

Das zu sehen fiel mir schwer. Als ich in die Stadt der Lichter zog, hatte ich die Fantasie, eine glamouröse, Käse essende Pariserin zu werden. Aber wie das Leben auf dem Land aussehen sollte, konnte ich mir auch nicht annähernd vorstellen. Regenmäntel? Traktoren? Tiere hüten? Das hatte wohl kaum den gleichen Reiz. Und so war ich einfach nicht.

Die Idee, auf dem Land noch einmal neu anzufangen,

neue Freunde zu finden, ängstigte mich. Wir hätten zwar Jacques und Marie, aber die beiden waren mehr Serges Freunde als meine. Und mit Franzosen Freundschaften zu schließen gestaltete sich langwieriger als bei Australiern. In meiner Anfangszeit in Paris hatte ich schon Wochen mit Clotilde zusammengewohnt, bis wir den Punkt erreichten, an dem wir schweigend zusammensitzen konnten, ohne die Stille peinlich zu finden, und einander vertrauten. Mit Billie war dieser Zustand bereits nach ein paar Bier erreicht gewesen.

Doch jedem Argument, das ich anführte, begegnete Serge, geblendet von der romantischen Vorstellung, dass ein Leben auf dem Land unserem Kind den besten Start in diese Welt bescheren würde.

»Ella«, sagte er, »so viele Menschen möchten das tun, verfügen jedoch nicht über die nötigen Mittel. Wir dagegen können es Realität werden lassen.«

Seine Worte erinnerten an etwas, das Billie gesagt hatte, als ich vor ein paar Stunden mit ihr sprach. »Es klingt ein bisschen verträumt, aber irgendwie vernünftig«, hatte sie festgestellt, nachdem ich ihr die Situation erklärt hatte. »Manche Menschen träumen ihr Leben lang davon, in Frankreich aufs Land zu ziehen. Wieso es nicht auf einen Versuch ankommen lassen?« Billie war für mich in Momenten der Panik und Unentschlossenheit stets das Licht am Ende des Tunnels gewesen, aber hatte sie auch dieses Mal recht? Würde ich mich tatsächlich an ein Leben in Gummistiefeln gewöhnen können?

Ich seufzte und schnitt eine Scheibe Cantal ab, wünschte, ich könnte Serge meine Befürchtungen so leicht erklären wie Billie. Aber so ist das eben mit alten Freunden, man kann sein Schutzschild fallen lassen, es steht nicht so viel auf dem Spiel. Wie sollte ich hier sitzen und Serge geradeheraus fragen, ob unsere Beziehung seiner Meinung nach stark genug war, um die Belastung eines Umzugs, einer Renovierung und eines Babys innerhalb eines Jahres auszuhalten?

»Ich denke nur, wir sollten warten, bis das Baby auf der Welt ist, und sehen, wie es läuft«, bekräftigte ich meine Sichtweise.

»Aber wozu warten?«, fragte Serge.

Ich spürte, dass er emotional und finanziell bereits zu viel in das Projekt investiert hatte. Allein die Vorstellung, dass wir in Paris bleiben könnten, missfiel ihm. Und ich fand einfach nicht heraus, ob ich nur egoistisch war und meinen Wunsch, in Paris zu bleiben, über das Wohl unseres Kindes stellte oder ob Serge der Unvernünftige war.

Während wir die Pros (hauptsächlich von Serge) und die Kontras (hauptsächlich von mir) durchgingen, zeigten wir beide Anzeichen von Frustration, und während es immer später wurde an diesem Abend, fragte ich mich, ob es etwas gab, das ich über das Leben mit Kind in Frankreich wissen sollte. Immerhin war er Franzose und erhielt von seinen Kunden Berichte aus erster Hand über den Alltag mit Kindern in der Stadt.

Schließlich ergriff Serge erschöpft meine Hand und äußerte eine letzte Bitte: »Denk wenigstens darüber nach, es auszuprobieren, Ella.«

»Und wenn ich es schrecklich finde?«

»Dann zwinge ich dich nicht zu bleiben.«

»Im Ernst? Wir würden einfach so zurückgehen?«

Er nickte, und sein Gesicht entspannte sich. Vielleicht spürte er, dass ich kurz davor war nachzugeben.

»Vertraust du mir?«, fragte er und nahm auch meine andere Hand.

»Das tue ich«, antwortete ich und fragte mich, wohin diese Frage führte.

»Dann vertrau mir, dass es eine wunderbare Erfahrung sein wird. Und falls nicht, ziehen wir wieder um.«

»Zurück nach Paris?«

»Wir werden alle Möglichkeiten erwägen.«

Ich dachte kurz nach. Ein Aufbruch ins Unbekannte war ängstigend, aber ich musste ja nur an meine Erfahrungen in Paris zurückdenken, um zu erkennen, dass ein solcher Schritt sehr viel Gutes hervorbringen konnte.

»Okay«, sagte ich deshalb und gab schließlich dem Mann nach, der mich bereits glücklicher gemacht hatte, als ich mir je hatte vorstellen können.

»Okay?« Sein Gesicht begann vor Freude zu strahlen.

»Aber ich habe ein paar Bedingungen.«

»Was immer du willst«, versicherte er. Die Erleichterung in seiner Stimme war förmlich greifbar.

»Gut.« Ich holte Stift und Papier.

Er sprang auf und umarmte mich so fest, dass mir fast die Luft wegblieb.

»Je t'aime, je t'aime, je t'aime«, flüsterte er mir ins Ohr, während ich betete, dass ich das Richtige getan hatte.

Ich hatte unter drei einfachen Bedingungen zugestimmt, mit Serge aufs Land zu ziehen.

Erstens betrachteten wir den Umzug als Versuch, eine Art Sabbatical, um zu sehen, wie es lief, und falls ich zu irgendeinem Zeitpunkt genug hatte, würde Serge mitziehen (im wahrsten Sinne des Wortes).

Zweitens würde Serge das Haus nach unserem Umzug so schnell wie möglich renovieren lassen, damit es babygerecht und weniger eine Beleidigung fürs Auge war.

Und meine letzte Bedingung war, dass Serge sein Apartment in Paris nicht verkaufte, um die Farm zu finanzieren – nur für den Fall, dass wir zurückkehrten. Diese letzte Bedingung löste einen erneuten Streit aus – offiziell unser zweiter –, denn sie bedeutete, dass Serge einen Kredit aufnehmen musste und vom ersten Tag an auf den Verkauf von Käse angewiesen war, um diesen zurückzuzahlen. Wir einigten uns schließlich auf einen Kompromiss. Er würde einen Kredit aufnehmen und gleichzeitig das Apartment vermieten, um einen Teil des finanziellen Drucks zu nehmen.

Als ich in jener Nacht neben Serge im Bett lag, spürte ich zum ersten Mal so etwas wie Erleichterung seit dem Moment, als er auf der Farm vor mir auf die Knie gefallen war. Ich hatte einer Probezeit auf dem Land zugestimmt, und dadurch fühlte es sich an wie ein spaßiges Experiment. *Eine Art ausgedehnte Ferien*, sagte ich mir, wenn auch sehr viel mehr auf dem Spiel stand.

Am darauffolgenden Morgen vereinbarte Serge mit Michel, dass wir Anfang Dezember umziehen würden, und plötzlich fühlte sich alles sehr real an.

Mir blieben nur noch sechs Wochen in Paris! Mein

Zuhause fern von zu Hause. Mein Paris! Alles, was mich je an der Stadt gestört hatte, war vergessen, und ich spürte nur noch Liebe.

Ich war entschlossen, aus meiner verbleibenden Zeit das Meiste herauszuholen. Ich würde alles tun, was man in dieser magischen Stadt tun kann, bevor ich fortziehen musste. Es war beinahe so, als hätte ich nur noch ein paar Wochen zu leben.

Ich würde meine Seele mit Eindrücken und Kultur füllen, damit ich auf dem Land über den Winter kam. Picknick, ein Spaziergang im Jardin du Luxembourg, Museen besuchen. Menschen beobachten, die in Restaurants mit ihren Weingläsern anstießen und Berge von Rohmilchkäse in den *fromageries* bestaunten. Zum Aufwärmen würde ich Tee trinken und die ganze Farbpalette Macarons bei Ladurée essen, im Café Pouchkine heiße Schokolade trinken und bei Angelina einen sehr süßen Mont Blanc essen (es kam mir so vor, als sei der französische Ausdruck *belle laide* – in etwa schön hässlich – nur für dieses Dessert geprägt worden).

Sechs Wochen waren besser als nichts, das wurde zu meinem Mantra. Es war an der Zeit für die opulente französische Lebensweise – solange sie schwangerschaftskompatibel blieb.

Kapitel 8

Aber die sechs Wochen in Paris – mit Packen, den Ausstieg aus meinem Job vorbereiten – verflogen schneller, als Serge und ich gedacht hatten. Und da uns jeder Tag dem unheilvollen Umzug näher brachte, durchlebte ich jeden meiner »letzten« Momente ungeheuer wehmütig.

Wir verabschiedeten uns von Freunden und Kollegen und auch von der Stadt. Ich lief durch die Straßen, dachte daran, wie Paris mich mit offenen Armen empfangen hatte, als ich mit gebrochenem Herzen hier eintraf, und wie sich mein Leben seither entwickelt hatte. Als ich Serge zum letzten Mal in seiner *fromagerie* besuchte, vergoss ich ein paar Tränen. Fanny schaute mich an, als hätte ich nicht alle Tassen im Schrank.

Bevor ich's mich versah, traf der Umzugswagen ein, und zwei bereits staubige Männer mit schweren Stahlkappen-Schuhen stampften durch unsere Pariser Oase. Bedauernd sah ich mit an, wie sich unser Apartment langsam leerte und immer weniger aussah wie unser Zuhause.

Ich fühlte mich nutzlos, aber sobald ich irgendwo mit anpacken wollte, war Serge bei mir und sagte, dass ich das in meinem »Zustand« nicht tun solle. Ich protestierte ohne Erfolg und wurde stattdessen losgeschickt, Kaffee und Croissants für die beiden Möbelpacker zu holen.

Ich dachte an die vergangenen Tage und eine Diskussion, die ich mit Serge geführt hatte und bei der mir klar geworden war, dass sein Wunsch nach einem Leben mit Landwirtschaft tiefer ging als gedacht – und dass er nicht nur aus der Neuigkeit über meine Schwangerschaft resultierte. Beim Packen hatte ich eine Kiste mit Serges alten Fotos durchgesehen und ein besonders süßes Bild von ihm gefunden, das ihn fast nackt auf einem Fahrrad zeigte. Ich befestigte es am Kühlschrank und hoffte, es würde ihn zum Lachen bringen.

»Schau mal, was ich gefunden habe«, sagte ich später und zeigte auf meine Entdeckung. »Du warst ein echt süßes Kind. Und wer ist der Mann neben dir?«

»Mein Vater«, sagte Serge leise.

»Er war sehr attraktiv«, sagte ich und spürte Serges Trauer.

»Er war so praktisch veranlagt, ständig damit beschäftigt, irgendetwas zu reparieren oder zu verbessern.«

»Klingt nach dir.«

»Wenn ich nur ein halb so guter Mann wäre wie er!«

Ich fragte mich, worauf Serge damit anspielte. Sein Vater schien ein sehr fähiger Landwirt gewesen zu sein und offenbar auch ein überaus verständnisvoller Vater, vor allem, als Serge seinen eigenen Weg gehen wollte. Und Serge war in so vielen Dingen gut – seine Selbstzweifel setzten mir zu. Ich umarmte ihn und versicherte ihm, dass er der beste Mann sei, den ich kennen würde.

»Ich wünschte nur, ich hätte mehr Zeit mit ihm verbringen können, vor allem jetzt«, sagte er.

»Er wäre bestimmt sehr stolz, dass du diesen Hof gekauft hast«, versuchte ich, ihn aufzuheitern.

»Dafür ist es zu spät«, erwiderte er.

Seither war mir dieses Gespräch nicht mehr aus dem Kopf gegangen, und ich kam zu dem Schluss, dass Serge bedauerte, nicht die Farm seines Vaters übernommen zu haben, als er die Gelegenheit dazu hatte. Vielleicht fühlte er sich verpflichtet, das jetzt richtigzustellen. Ich hatte versucht, das Thema noch einmal anzusprechen, aber er weigerte sich. Vater-Sohn-Beziehungen waren kompliziert, und da ich mich bei dem Thema überfordert fühlte, ließ ich es schließlich sein.

Der Möbelwagen war im Nu beladen, und ich schloss die Tür zu einer der glücklichsten Phasen meines Lebens. Mein Herz brach dabei ein kleines bisschen.

Wir stiegen in Serges blauen Citroën, und Clotilde winkte zum Abschied, versprach, uns so bald wie möglich zu besuchen. Es hatte sich wunderbar gefügt, dass sie gerade jetzt nach Paris zurückkehrte und die Gelegenheit ergriff, Serges Apartment zu mieten.

Zu wissen, dass sie dort war, hielt diesen Platz für uns warm, und mir fiel es dadurch leichter, so zu tun, als würde ich nur einen verlängerten Ausflug aufs Land machen. Mit aller Macht klammerte ich mich an diese Vorstellung, die allein mich davon abhielt, in Tränen auszubrechen, als wir durch die Straßen fuhren, die mir so ans Herz gewachsen waren. Und je fremder die Umgebung wurde, desto deutlicher machte sich die Realität breit.

Mir fiel nichts ein, das ich hätte sagen können und das nicht pessimistisch klang.

Schließlich brach Serge das Schweigen. »Den Verkehr

in Paris werde ich bestimmt nicht vermissen«, sagte er und rieb über mein Bein.

»Ach ja?« Ich fand es deprimierend, dass wir nichts anderes zu bereden hatten als den Straßenverkehr. Vielleicht sollte ich das düstere Wetter erwähnen, um das Bild zu vervollständigen.

»Ist alles in Ordnung, Ella? Du bist so still.«

»Ich bin nur erschöpft«, antwortete ich. »Habe letzte Nacht nicht gut geschlafen.« Das stimmte sogar und lag zum Teil an dem anstehenden Umzug und zum anderen Teil an einer weiteren Diskussion, die ich mit Serge geführt hatte, während wir packten.

Beim Durchsehen der alten Fotos hatte ich auch ein (sehr 1990er-mäßiges) Hochzeitsfoto von ihm und Françoise gefunden, das tief unten in der Schachtel verborgen lag. Da er bei dem Thema immer so verschlossen war, nutzte ich die Gelegenheit, ihm ein paar Fragen zu stellen.

»Süße Krawatte«, sagte ich und zeigte ihm das Bild.

»Oh, Ella, leg das weg.«

»Nein, es ist nett«, hatte ich erwidert. »Außerdem, wieso sprichst du nie von ihr?«

»Weil es da nicht viel zu reden gibt.«

»Und warum fragen an der Loire dann alle nach ihr?«

»Wir waren ein paar Jahre verheiratet. Alte Gewohnheiten lassen sich vermutlich schwer ablegen.«

»Und wieso hat Michel nach ihrem Vater gefragt? Oder habe ich da etwas missverstanden?«

Er schwieg für einen Moment, als müsse er erst überlegen, ob er das näher ausführen sollte. »Ihr Vater lebt in Chinon. Viele Leute dort kennen sie und ihre Familie.«

»Na toll«, erwiderte ich und versuchte, die Fassung zu bewahren, während ich mich fragte, wie oft ich von nun an wohl Serges Ex über den Weg laufen würde.

»Aber Françoise wohnt jetzt im Süden am Meer«, fügte er rasch hinzu. »Ich glaube nicht, dass sie noch oft in der Gegend ist.

»Wie oft?«, fragte ich.

»Ella«, erwiderte er mit sanfter Stimme. »Du musst dir darüber keine Gedanken machen. Sie ist ihrem Vater schon früher aus dem Weg gegangen, falls dich das beruhigt.«

»Und standest du ihm nah?«

»Er ist ein netter Mann, aber seit der Scheidung habe ich ihn nicht mehr gesehen. Ich glaube, er hat sich nicht gerade darüber gefreut, dass meine Beziehung zu seiner Tochter endete.«

»Aha.« Ich fragte mich, ob Serge irgendetwas über die Scheidung verschwieg.

Stundenlang hatte ich wach gelegen und gegrübelt, wie Serge auf die Idee kommen konnte, uns ausgerechnet an den Ort zu bringen, den er mit vielen Erinnerungen an seine Exfrau verbinden musste. Aber es war zu spät, um ihn das zu fragen. Die Papiere waren unterschrieben und unsere Taschen gepackt. Ich konnte nur hoffen, dass Françoise in ihrem jetzigen Teil von Frankreich blieb und mir die Loire überließ.

Nachdem wir fast eine halbe Stunde schweigend gefahren waren, schlug Serge vor, ich solle ruhig die Augen zumachen.

Ich befolgte seinen Rat und lehnte mich zurück. Und

als wir auf die Autobahn in Richtung Loire fuhren, schlief ich bereits tief.

Als ich aufwachte, fuhren wir immer noch. Ich schaute hinüber zu Serge, der am Steuer dieses Wagens sehr attraktiv wirkte.

»Wo sind wir?«, fragte ich schläfrig.

»Wir sind fast da«, antwortete er freudig. »Du hast beinahe die ganze Fahrt geschlafen.«

»Entschuldige, dass ich keine bessere Gesellschaft war.«

»Du hast nichts verpasst«, beruhigte er mich.

Nebel hatte sich über das Loire-Tal gelegt, verlieh ihm eine ätherische und gespenstische Atmosphäre. Diese Abgeschiedenheit – diese malerische Leere – mochte den Städtern bei einem Wochenendausflug ja willkommen sein, aber die Perspektive, dass dies mein Alltag werden würde, ängstigte mich. Ich drehte die Heizung im Wagen hoch und rieb meine Hände vor dem Gebläse. Ein Winter an der Loire versprach keine gemütliche Erfahrung zu werden. Wie sollte ich mich warm halten, ohne schnell in eine Weinbar, ein Geschäft oder die Metro huschen zu können, wenn ich fror?

Umgeben von Nebel und Kälte trafen wir vor unserem neuen Haus ein. Seit meinem ersten Besuch war ich nicht mehr hier gewesen, und als wir uns jetzt näherten, sah alles ganz anders aus. Die Bäume waren kahl, und es herrschte eine gespenstische Stille, während wir aus dem Wagen stiegen. Und dann hörte ich sie: die Glocken der Ziegen, die zur Begleitmusik meines Lebens auf dem Land werden würden.

Ich eilte ins Haus, um aus der Kälte zu kommen und zu

sehen, in was für einem Zustand es sich befand. Innerlich drückte ich die Daumen, dass es besser war als dieses Bild, das ich im Kopf hatte.

Leider war es sogar noch schlimmer als in meiner Erinnerung. Ohne die Möbel verströmten die kahlen Wände, Decken und Böden keinerlei Leben. Wo Möbel gestanden hatten, war die Tapete verblichen. Das Ganze mutete an wie ein mit Kreideumrissen markierter Tatort. Ich wäre nicht überrascht gewesen, wenn mir jemand gesagt hätte, dass dieses Haus schon ein ganzes Jahrhundert leer stünde. Es war staubig und roch schimmelig. Die Kälte war durch die Ritzen der hölzernen Fensterläden ins Haus gekrochen, und während ich durch die Zimmer ging, drang sie auch in mich ein. Ich konnte nicht einmal ein Glas Wein trinken – oder eine üppige Käseplatte verdrücken –, um mich daran zu erinnern, wie sehr ich Frankreich liebte.

Zum Glück entschied Serge in dem Moment, mich zu umarmen. Während ich mich an seine Brust schmiegte, kämpfte ich gegen die Tränen an. *Warum hatte ich nur zugestimmt hierherzuziehen? Was in aller Welt hatte ich getan?*

Kapitel 9

Serge fand den Sicherungskasten, und das Licht ging an, was bedeutete, dass wir auch Heizung hatten. Wenn es meine Aufgabe gewesen wäre, mich rechtzeitig vor unserer Ankunft um die Strom- und Gasversorgung zu kümmern, hätten wir vermutlich Tage, wenn nicht Wochen im Dunkeln gesessen. Aber Serge wusste zum Glück, wie man die nötigen Formalitäten mit dem EDF, dem französischen Energiekonzern, abwickelte.

Allerdings war das eingeschaltete Licht gleichermaßen Segen wie Fluch. Wir konnten dadurch auch im Winter nach dem Sonnenuntergang am Nachmittag noch etwas sehen – aber eben auch, wie schäbig unsere neue Behausung war. Risse und Löcher, die im Dämmerlicht unentdeckt blieben, wurden nun offensichtlich. Vor uns lag eine Menge Arbeit. Ich öffnete die Läden und Fenster, um ein bisschen frische Luft hereinzulassen.

Die Möbelpacker trafen kurz nach uns ein, luden die Kisten ab und bauten die Möbel auf. Für sein Pariser Apartment waren Serges Möbel maßgeschneidert gewesen, hier wirkten sie wie das Interieur einer Puppenstube. Ganze Zimmer standen leer, und ich fragte mich, woher wir das Geld nehmen sollten, um all diese Räume zu möblieren.

Wir packten das Nötigste aus. Immer wieder unterbrach Serge seine Arbeit, um mit mir durchs Wohnzimmer zu tanzen. Ob meine Sorge so groß war wie seine Begeisterung? Das bezweifelte ich.

Um fünf Uhr nachmittags schüttelten uns die beiden Möbelpacker die Hand, wünschten uns viel Glück und ließen uns allein. Nachdem sie davongefahren waren und ihr LKW vom Nebel geschluckt, umgab uns erdrückende Stille und Dunkelheit.

Verzweifelt suchte ich in unseren Kartons nach den tragbaren Lautsprechern, um etwas Leben in dieses Haus zu bringen. Um mich daran zu erinnern, dass ich immer noch in Frankreich war, spielte ich Edith Piaf. *Ich liebe dieses Land*, sagte ich mir immer wieder, aber auch das heiterte mich nicht auf.

Die Stunden verstrichen, während wir putzten und uns so gut wie möglich einrichteten. Als unsere Sachen langsam die Schränke und die Arbeitsplatte füllten, entspannte ich mich ein wenig und verspürte sofort Riesenhunger. Ich fragte Serge, ob wir etwas zu essen hatten.

»Ich habe ein *saucisson* im Wagen«, sagte er. Natürlich hatte er so etwas dabei.

»Serge, ich darf kein Rohwürste essen«, sagte ich.

»Ah, *oui*, ich vergaß. Ich werde etwas besorgen«, versicherte er und küsste meinen Scheitel. »Hast du schon die Handtücher gefunden? Geh doch, bis ich wieder da bin, ganz entspannt unter die Dusche.«

»Du lässt mich hier allein?« Mir wurde plötzlich klar, dass ich zum ersten Mal seit langem nicht einmal Nachbarn in der Nähe hatte, nur Felder, Ziegen und Leere. Keine angenehme Vorstellung.

»Ich bin nur eine halbe Stunde fort«, versprach er.

»Können wir nicht etwas liefern lassen?«, fragte ich. Er lachte und schnappte sich den Wagenschlüssel.

»Das war kein Witz!«, rief ich ihm hinterher, aber er hatte bereits die Haustür hinter sich zugezogen.

Nachdem Serge gegangen war, fühlte sich das Haus noch leerer an. Und obwohl ich die Heizung angedreht hatte, wurde es nicht richtig warm. Ich suchte die Kiste mit den Badezimmerutensilien und erlebte eine böse Überraschung: Die Duschlotion war ausgelaufen, und die Handtücher klebten. Ich setzte mich auf den Boden und brach in Tränen aus. Der Zustand dieses Hauses, meine Ängste und Bedenken und dazu noch die Schwangerschaftshormone sorgten dafür, dass ich mich fühlte, als hätte ich den größten Fehler meines Lebens begangen. Mir schoss tatsächlich der Gedanke durch den Kopf, Mum anzurufen und so bald wie möglich nach Australien zu fliegen. Aber bei ihr war es jetzt drei Uhr früh, und um diese Zeit würde sie einen Anruf ihrer schwangeren Tochter wohl kaum zu schätzen wissen.

Ich biss mir auf die Lippe, fand zumindest zwei Handtücher, die das Seifenfiasko überlebt hatten, und ging ins Bad. In der braun gefliesten Dusche ließ ich den Tränen freien Lauf, während ich versuchte, den Staub und den muffigen Geruch dieses Hauses abzuwaschen.

Nach etwa zwanzig Minuten, in denen mir erstaunlicherweise nicht das heiße Wasser ausging, fühlte ich mich allmählich aufgewärmt. Ich trat aus der Dusche und fror sofort wieder. Dann zog ich frische Sachen an, mehrere Schichten übereinander. Möglicherweise waren Skiunterwäsche, Handschuhe und Mütze übertrieben, aber ich konnte meinen Körper einfach nicht dazu bringen, sich an den Temperaturwechsel zu gewöhnen.

Als Serge mich sah, lachte er.

»Willst du heute Nacht noch Skifahren?«, fragte er.

»Das ist nicht witzig, Serge. Hier ist es eiskalt.«

»*Ma Bella*, eigentlich ist es nicht kälter als in Paris.«

»Im Ernst?«, fragte ich zitternd.

»*Mais oui*. Zwischen den Häusern fühlt es sich nur wärmer an«, sagte er. »Außerdem steigt durch die Luftverschmutzung die Temperatur.«

Ich runzelte die Stirn. »So verschmutzt ist die Luft in Paris nun auch wieder nicht.«

»Aber stärker als in Chinon, *n'est-ce pas* …«

Ich sah ihn zweifelnd an.

»Genug von der Luft geredet, komm mit ins Wohnzimmer«, sagte er und führte mich hinüber. Er hatte eine Picknickdecke ausgebreitet, auf der Baguette, fertige Salate, Käse und Obst angerichtet waren. Er hatte auch Kerzen und eine kleine rote Rose aufgetan, die in einer Plastikwasserflasche steckte.

Ich umarmte ihn.

»Serge, wo hast du all das her?«

»Carrefour«, antwortete er.

»Der Supermarkt?«, fragte ich überrascht. Er nickte. In Paris waren wir verwöhnt, was Lebensmittelgeschäfte und Delikatessenläden anbelangte, die bereits zubereitete Speisen anboten, was es sehr einfach machte, ein Abendessen zusammenzustellen. Aber ich kannte es nicht, derlei Dinge in einem Supermarkt zu kaufen, und fragte mich, wie wohl die Qualität sein würde.

Wir setzten uns, aßen, und ich erwähnte Serge gegenüber nicht, wie unbehaglich ich mich fühlte. Hoffentlich konnte man mir nicht ansehen, dass ich geweint hatte, denn das musste er nicht unbedingt wissen. Ich hatte ihm versprochen, dem Landleben eine faire Chance zu geben, und wollte nicht schon am ersten Abend aufgeben. Außerdem hatte er sich mit dem Essen solche Mühe gegeben. Er konnte ja nichts dafür, dass ich unser bisheriges Leben so sehr liebte. Oder dass diese Farm wohl nie an das Apartment in Paris heranreichen würde.

Serge zückte eine Flasche mit sprudelndem Apfelsaft, zwei Champagnerflöten aus Plastik und stieß mit mir auf unseren »erfolgreichen Umzug« an.

Kapitel 10

Am darauffolgenden Morgen fühlte ich mich motiviert, mit dem Renovieren anzufangen, aber Serge neben mir im Bett liegen zu sehen machte das Aufstehen zu einer echten Mission.

Es überraschte mich, wie gut ich geschlafen hatte, obwohl unser Bett verloren mitten im Schlafzimmer stand. Als es ums Einschlafen ging, hatte ich die Stille genossen, genauso wie das Aufwachen ohne die Hintergrundgeräusche von Motorrädern und Krankenwagensirenen, die quasi Synonyme für Paris waren.

»Noch zehn Minuten«, flüsterte mir Serge ins Ohr, weil er offenbar gespürt hatte, wie ich mich neben ihm ungeduldig regte.

»Okay.« Als könne das Renovieren oder das Auspacken von Umzugskisten jemals gegen die Möglichkeit ankommen, mit einem Franzosen im Bett zu bleiben.

Als wir endlich aufstanden, musste ich feststellen, dass die Fliesen im Bad bei Tageslicht betrachtet nicht besser aussahen als im Dunklen. Dann kochte ich mir einen starken Tee. Ich würde heute viel Energie brauchen, um diese Farm in einen halbwegs ansehnlichen Zustand zu bringen.

Ich schnappte mir Stift und Papier.

»Wir sollten in jedem Fall mit dem Bad anfangen!«, rief ich. »Und mit der Küche.« Ich schaute mich um, was sonst noch besonders dringend war.

Serge trat ein, vollständig angezogen und mit einem Paar fester Schuhe in der Hand.

»Oh«, sagte ich. »Wo willst du hin?«

»Michel kommt vorbei, um mir zu zeigen, wie die Melkmaschine funktioniert, und um mir den Ablauf in der Käserei zu erklären. Hast du das vergessen? Willst du dabei sein?«

»Mal sehen.« Ich war nicht sonderlich begeistert von der Idee, in die Kälte hinauszugehen.

»Möchtest du nicht wissen, wie Käse hergestellt wird?«

»Lieber esse ich ihn.«

»Es wäre gut, wenn du weißt, wie alles funktioniert«, beharrte er.

»Ich halte es für das Beste, wenn du dich um die Ziegen kümmerst«, sagte ich und fragte mich gleichzeitig, ob Serge etwa sein Versprechen vergessen hatte, möglichst schnell zu renovieren.

Bevor ich Gelegenheit hatte, das anzusprechen, und möglicherweise unser dritter offizieller Streit vom Zaun brach, sagte er klugerweise: »Aber keine Sorge, Bella, ich bin schnell zurück, und dann rufen wir ein paar Handwerker aus dem Ort an, um zu sehen, was gemacht werden muss.«

Gut gerettet, dachte ich. Ich mochte es zwar nicht, bei der Organisation der Renovierungsarbeiten auf ihn angewiesen zu sein, andererseits war ich erleichtert, dass er das in die Hand nahm. Wenn ich das Sagen gehabt hätte,

hätte ich alles abreißen lassen und wäre in ein Hotel gezogen.

»Viel Spaß, Bauer Brown«, sagte ich, als Serge die Haustür öffnete, um zu gehen.

»Wer ist Bauer Brown?«, fragte er.

»Nur ein süßer Spitzname.«

Ich putzte weitere Fächer im Küchenschrank und packte ein paar Kartons aus. Bis die Renovierung losging, konnte ich ja wenigstens ein bisschen Farbe in die Bude bringen. Ich fand ein paar Läufer und Kissen, die ich verteilte. Wenn ich mich jetzt umschaute und dabei die Augen leicht zusammenkniff, sah es längst nicht mehr so trostlos aus wie bei unserer Ankunft.

Als ich nach einer Vase suchte, stieß ich auf einen Karton, den ich nicht gepackt hatte. *Seltsam*, dachte ich. Er enthielt alt aussehende Notizbücher und Kalender. Ich zögerte. Das war bestimmt ziemlich privat. Vielleicht sollte ich alles in ein Regal legen, und Serge konnte die Sachen später durchsehen. Als ich die Sachen aus dem Karton hob, fiel ein Briefumschlag zu Boden. Er war an Serge adressiert.

Ich drehte ihn um, um den Absender zu lesen, und spürte, wie das Blut aus meinem Gesicht wich. Er war von Françoise. Wieso taucht diese Frau jetzt plötzlich überall auf, nachdem ich bisher so gut wie nichts von ihr gehört hatte?

Ich suchte nach einem Stempel auf der Briefmarke, um zu sehen, wann er abgeschickt worden war, entdeckte jedoch nichts.

Mein Verstand sagte mir, dass es keinen Grund zur

Sorge gab. Serge hatte mir erzählt, dass sie sich scheiden ließen, weil ihre Ehe unglücklich gewesen war. Aber meine Gefühle beruhigte das nicht.

Der Brief schien größer und größer zu werden, bis er fast den ganzen Raum ausfüllte und es nur noch einen Weg ab, seine bedrohliche Anwesenheit einzudämmen. Ich zog ihn aus dem Umschlag.

Mon Serge Cheri …

Mein Herz setzte einen Schlag lang aus. Die Handschrift war sehr hübsch, groß und sinnlich. Ich fühlte mich schlecht dabei, in Serges Privatsphäre einzudringen, konnte den Blick jedoch nicht abwenden. Ich übersetzte auf die Schnelle, als wäre es weniger schlimm, wenn ich den Brief nur überflog.

Es ist lange her, seit wir miteinander gesprochen haben. Du fehlst mir. Ich weiß, dass unser letztes Telefonat kein gutes Ende fand, deshalb schreibe ich dir auch. Wir sollten über das, was passiert ist, reden. Lass uns nicht so viele glückliche Jahre wegwerfen. Nächste Woche bin ich in Paris. Können wir uns treffen?

In Liebe, Françoise

Ich hatte das Gefühl, mich jeden Moment übergeben zu müssen, und wünschte, zu der Zeit zurückkehren zu können, in der ich noch nichts von Françoise wusste.

Ich atmete tief durch und versuchte, mich zu beruhigen. Ich hatte diesen Brief in einem Karton mit alten Terminplanern gefunden, es war also unwahrscheinlich, dass er in letzter Zeit geschrieben wurde. Dennoch fragte ich mich, ob sich Serge mit ihr in Paris getroffen hatte. Und falls ja, worüber hatten sie gesprochen? Und wieso endete ihr Telefonat nicht gut? Ich hatte so viele Fragen …

Die folgende Stunde verbrachte ich damit abzuwägen, ob ich den Brief Serge gegenüber erwähnen sollte, und wenn ja, wie ich das bewerkstelligen konnte. Er sollte auf keinen Fall denken, dass ich in seinen Sachen herumschnüffelte oder ihm nicht vertraute.

Schließlich kam ich zu dem Ergebnis, dass der Brief vor meiner Zeit geschrieben worden sein musste. Andernfalls hätte Serge mir davon erzählt. Und mit wem sich Serge vor meiner Zeit getroffen hatte, ging mich wirklich nichts an. Ich dachte an den munteren E-Mail-Austausch mit Paul, als er wünschte, dass wir wieder zusammenkämen. Und obwohl ich ihm eine saftige Abfuhr erteilt hatte, würde ich Serge nicht von diesem Gespräch erzählen wollen.

Ich schob den Brief zurück zwischen die Terminplaner und entschied, auf eine passendere Gelegenheit zu warten, um ihn auf Françoise anzusprechen. Den jüngsten Entwicklungen nach zu urteilen würde ihr Name früher oder später ohnehin wieder fallen.

Während ich wartete – und wartete –, dass Serge zurückkehrte, packte ich weiter aus. Und obwohl ich ansonsten nichts Verfängliches mehr entdeckte, ließ mich die Frage nicht los, was er mir noch über sein früheres Leben verschwiegen haben mochte. Je länger ich darüber nachdachte, desto seltsamer fand ich es, dass Françoise ihre gemeinsamen Jahre als »glücklich« bezeichnete. Soweit ich Serge verstanden hatte, lief es von Anfang an nicht gut. Entwickelte ich in dieser Stille hier etwa allmählich eine Paranoia?

Ich wäre Serge gern suchen gegangen, aber draußen war es sehr kalt. Und bestimmt würde er bald kommen. Schließlich wollten wir die Renovierung planen. Als er schließlich in der Tür stand, fiel ich ihm um den Hals. Es war eine Erleichterung, nach den Stunden des Alleinseins wieder ein menschliches Wesen zu sehen. Wie sollte ich sauer auf die einzige Person sein, die ich hier draußen kannte?

Kapitel 11

Wir waren noch nicht lange auf dem Hof, aber ich war bereits froh, dass ich von zu Hause aus weiter für Food To Go Go arbeiten konnte. Ich hatte Tim das vorgeschlagen, nachdem ich dem Umzug zugestimmt und mich ein paar Tage lang gefragt hatte, was ich auf dem Land den ganzen Tag tun sollte.

Und wie ich gehofft hatte, war Tim so wenig auf weitere Veränderungen in seinem Leben erpicht, dass er sofort zustimmte. Und ich würde mein Arbeitsvisum behalten. *Kein Heiratsantrag nötig*, dachte ich und fühlte mich irgendwie erleichtert.

Als ich Serge davon erzählt hatte, sagte er: »Wirst du dafür nicht zu beschäftigt sein mit den Kleinen?«

Kleine? Mehrzahl? Hatte die Ärztin etwa vergessen, mir gegenüber zu erwähnen, dass wir Zwillinge erwarteten?

»Wie meinst du das?«

»Na, die ganzen Baby-Ziegen«, antwortete er, und ich atmete auf.

»Aber wenn es dich glücklich macht, deinen Job in Paris zu behalten, dann ist es eine *bonne idée*«, hatte er mir beigepflichtet.

Und das war es wirklich.

Es gab mir Sicherheit, Unabhängigkeit und, vor allem,

ich hatte einen Job, falls wir doch zurückkehrten. Es war sicher keine langfristige Lösung, würde mir aber Zeit geben, etwas anderes zu finden.

Ich platzierte meinen Laptop und das Telefon auf unserem Esstisch, um mich in die Arbeit zu stürzen. Serge musste sich um ein paar Probleme rund um den Hof kümmern und würde den Rest des Tages damit beschäftigt sein. Auf mich wirkte es, als verbrachte er bisher den größten Teil seiner Zeit damit, die Ziegen von einer Weide auf die nächste zu führen. Oder er stand im Produktionsraum und rührte Käse. Wer hätte gedacht, dass Käse so viel gerührt werden muss? Ich hatte sogar, als ich kurz mit rüberging, gesehen, wie er den Käse Ewigkeiten lang anstarrte, und fragte mich, ob er in seinem neuen Job vielleicht etwas verloren war. Aber ich musste ihm wohl ein paar Wochen zugestehen, bis er als Bauer Fuß fasste.

Ein paar frustrierende Stunden später saßen wir beide im Auto und fuhren nach Chinon. Serge ärgerte sich, weil er nicht das richtige Werkzeug hatte, um einen kaputten Zaun zu reparieren, und ich war sauer, weil ich wegen der schlechten Internetverbindung nicht einmal ein Foto hochladen konnte. Manche Dinge in Frankreich bewegen sich schnell – wie die Schlange beim Bäcker –, und andere – wie die beim Metzger oder der Versuch, zu Hause ins Internet zu kommen – brauchen eine Ewigkeit beziehungsweise in unserem Fall noch mindestens ein paar Wochen.

Hoffentlich gab es in einem der Cafés im Ort WLAN.

»Serge, was muss ich tun, damit mein Führerschein

hier anerkannt wird?«, fragte ich ihn, da ich keine Lust hatte, ständig auf einen Chauffeur angewiesen zu sein.

»Oh, das ist ein Riesenprojekt. Und sehr teuer«, antwortete er.

Das hätte ich mir ja denken können!

»Wieso?«, fragte ich. »Du weißt schon, dass ich in Australien einen australischen Führerschein gemacht habe, oder?«

»Ja, aber in Frankreich funktioniert das anders.«

Ich biss mir auf die Zunge. Diese Lektion hatte ich seit meiner Ankunft in diesem Land bereits öfter lernen müssen.

»Und wie?«

»Du musst einige Fahrstunden nehmen. Ich weiß nicht genau, wie viele. Dann hast du die theoretische Prüfung. Aber es kann sein, dass du nicht bestehst. Vermutlich wirst du die Prüfung mehrmals machen müssen.«

»Aber ich kann doch fahren«, insistierte ich. »Seit Jahren. Mit sechzehn habe ich angefangen!«

»Aber weißt du auch, wie man in Frankreich fährt?«, fragte er.

Ich dachte an meine bisherigen Erlebnisse mit französischen Autofahrern: verkehrt herum durch Einbahnstraßen und sich in viel zu kleine Parklücken quetschen, indem man die Wagen davor und dahinter ein bisschen »anstubst«.

»Hm. Ich werde mich mal damit beschäftigen.« Bei der Vorstellung, mich durch noch mehr französische Bürokratie zu kämpfen, wurde mir ganz übel. Aber auf der Farm festzusitzen war die grässlichere Option.

Serge setzte mich in Chinon ab, und ich machte mich

auf die Suche nach einem Café mit WLAN. Als ich durch die Straßen ging, fiel mir als Erstes auf, wie wenige Menschen hier unterwegs waren. Ich dachte an die vielen Stunden, die ich am Canal Saint-Martin in Paris verbracht hatte, wo sich bei jedem Wetter Heerscharen in den vielen Cafés – Chez Prune, La Marine, Hôtel Nord – einfanden, um ein Glas Wein oder einen Aperitif zu trinken. Ich hatte an Paris immer geschätzt, dass Geselligkeit und Ausspannen größte Priorität haben. Mühelos konnte man sich unter die vielen Menschen mischen, ein Buch lesen oder einfach nur durch die Straßen spazieren und sich eher wie ein *flâneur* als wie eine Außenseiterin fühlen. In Chinon hatte ich den Eindruck, dass mich die wenigen Menschen, denen ich begegnete, mit dem typischen Misstrauen beäugten, das man Fremden gegenüber an den Tag legt. Vielleicht war meine Kleidung der Grund, oder ich wirkte »pariserisch«. Vermutlich Letzteres, was mich zumindest mit Stolz erfüllte.

Dafür, dass ich mich in einem ziemlich touristischen Teil Frankreichs befand, hatten erstaunlich wenige Cafés den kleinen Wi-Fi-Aufkleber im Fenster. Ich ging in das Café, in dem ich vor Monaten den Mann an seinem Laptop hatte arbeiten sehen, und fragte einen Kellner. Als er bestätigte, dass sie WLAN hatten, jubelte ich innerlich und setzte mich in eine Nische ans Fenster. Endlich hatte ich einen Ort mit Verbindung zur Außenwelt gefunden!

»*Oui?*«, grummelte ein anderer Kellner mittleren Alters, als er an meinen Tisch kam. Ich konnte nur vermuten, dass er meine Bestellung aufnehmen wollte. *Ich bin eben nicht mehr im Flat White!*, dachte ich.

»Un thé, s'il vous plaît«, sagte ich lächelnd, da ich es für klug hielt, mich mit den Kellnern hier gut zu stellen, nur für den Fall, dass dies mein Stammcafé werden sollte.

»Et le code Wi-Fi«, fügte ich hinzu, aber er hatte mir bereits den Rücken zugekehrt.

Ein Lipton Teebeutel traf ein, samt angeschlagener Tasse, einer Metallkanne mit lauwarmem Wasser und zwei Zuckertütchen. Nicht einmal ein Schuss Milch hätte das noch retten können, dachte ich und goss Wasser in die Tasse. Was war denn so schwer daran, einen guten Tee zuzubereiten?

Zumindest hatte ich hier eine bessere Internetverbindung als auf dem Hof. Schnell war immer noch etwas anderes, aber ich konnte meine Arbeit erledigen. Während ich der Prozentzahl beim Hochladen zuschaute, fühlte ich mich plötzlich einsam. Normalerweise wäre das ein typischer Moment, um mit Kollegen zu schwatzen.

Ich dachte an meinen letzten Arbeitstag im Büro. Obwohl ich nicht gekündigt hatte, lud Tim das ganze Team in einen Pub ein, um meinen Abschied zu feiern. Vermutlich brauchte er einfach eine Entschuldigung, um mal aus dem Büro rauszukommen.

Chris, der kapiert hatte, dass ich schwanger war, seit ich zweimal hintereinander heiße Schokolade bestellt hatte, kam ebenfalls vorbei und brachte mir einen Kaffeebecher mit. Vorsichtig hatte ich daran genippt. Es war ein vollmundiger, cremiger Kaffee, so wie ich ihn liebte, und sofort stiegen Erinnerungen an meine Zeit im Flat White herauf.

»Danke, Chris, aber du weißt doch, dass ich im Moment keinen Kaffee mag«, sagte ich und wollte ihm den Becher zurückgeben.

»Mir kannst du nichts vormachen«, erwiderte er.

»Was vormachen?«

»Ich habe koffeinfreie Bohnen ins Café geschmuggelt, nur um dir einen Kaffee kochen zu können, El. Das verstößt total gegen unsere Politik, aber ich wollte, dass du noch einen anständigen Kaffee trinkst, bevor du ins Hinterland abwanderst.«

Ich umarmte ihn, und er schob die Tüte mit den restlichen Kaffeebohnen in meine Handtasche. »Um dir den Einstieg zu erleichtern«, hatte er gesagt. »Lass mich wissen, wenn die Kaffeesituation in Chinon trostlos ist, und ich schicke dir Nachschub. Ich habe einen Händler für koffeinfreien Kaffee gefunden, der ganz okay zu sein scheint.«

Chris' Engagement für meine Kaffeeleidenschaft war bewundernswert.

»Ich weiß gar nicht, wie ich dir danken soll«, stammelte ich und hätte beinahe losgeheult.

»Finde einfach ein umwerfendes Mädchen vom Land für mich, das perfekt Englisch spricht mit französischem Akzent«, hatte er lachend geantwortet. Er verstand es wirklich, mit seiner Offenheit emotional aufgeladene Situationen zu entspannen.

Ich betrachtete den faden Tee vor mir. Wie hatte ich nur hier landen können? Als ich in Paris ankam, war ich unsicher, ob ich es ein Jahr schaffen würde, und jetzt lebte ich auf einer Ziegenfarm irgendwo in der Botanik.

Meine Gedanken wanderten zu Serge. Mein Fels in

der Brandung. Wenigstens er schien glücklich zu sein mit unserem neuen Leben.

Ein Geräusch aus Richtung Tür riss mich aus meinen Tagträumereien. Ich sah, wie ein Mann mit einer großen Leder- und einer Notebooktasche hereinkam und sich auf einen Stuhl fallen ließ. Er war wegen des Wetters dick angezogen, und erst, als er eine Schicht nach der anderen ablegte, erkannte ich in ihm den Mann von meinem ersten Besuch in diesem Ort. Er war schwer zu verwechseln, mit seinem tadellos rasierten Gesicht, der lässig-schicken Kleidung und dem welligen, nach hinten gestrichenen Haar. Er zog einen burgunderroten Strickpullover aus und rückte die Brille mit dem dunklen Rand zurecht.

Dann bestellte er einen Americano und stapelte ein bisschen ungeschickt zahllose Bücher auf den kleinen Tisch. Als sein Kaffee gebracht wurde, stieß er gegen eines der gebundenen Exemplare, das mit lautem Knall auf dem Boden landete. Scheinbar geistesabwesend hob der Mann es auf und begann, mit einer Hand schnell auf seinem Notebook zu tippen, während er mit der anderen nach der Tasse griff.

Ich bestellte bei meinem immer noch unfreundlichen Kellner eine weitere Tasse Tee, was den Mann dazu brachte, mit Tippen innezuhalten und zu mir zu schauen. Ich deutete ein Lächeln an und arbeitete dann weiter. Ob er mich auch wiedererkannte? Aus den Augenwinkeln beobachtete ich, dass er aufgehört hatte zu tippen, aus dem Fenster schaute und den Blick gelegentlich zu mir wandern ließ. Mein Handy als Spiegel nutzend überprüfte ich, dass ich nichts im Gesicht oder in den Haaren hängen hatte, aber alles war in Ordnung.

Der Mann leerte seine Tasse, ging zur Bar und bestellte einen weiteren Kaffee. Auf dem Rückweg ging er nicht sofort zu seinem Tisch zurück, sondern kam zu mir.

»Excusez-moi, Madame, mais êtes-vous Américaine?«

Ob ich Amerikanerin bin? Ist es denn so offensichtlich, dass ich keine Französin bin?

»Australienne«, antwortete ich stolz. *»Et vous?«*, fragte ich, obwohl er angesichts seiner Vermessenheit mit Sicherheit Franzose war.

»Ich bin Engländer«, sagte er nun mit eindeutig britischem Akzent.

»Mir ist Ihr Akzent gar nicht aufgefallen.«

»Und doch versäumen es die Einheimischen nie, mich darauf hinzuweisen«, erwiderte er grinsend. »Darf ich mich kurz zu Ihnen setzen?«

»Bitte. Ich war sowieso gerade fertig.« Ich zeigte auf den freien Stuhl mir gegenüber und klappte meinen Laptop zu. »Ich bin übrigens Ella.«

»Charles«, stellte er sich vor, und ich musste daran denken, wie oft ich bei Serge in seiner *fromagerie* gewesen war, bevor ich seinen Namen erfuhr. »Aber die Leute nennen mich Chuck. Abgesehen von den Franzosen, die weigern sich, mich anders als Charles zu nennen. Andererseits, haben Sie schon mal versucht, Chuck mit französischem Akzent auszusprechen? Ziemlich absurd. Aber reden wir nicht von mir. Verraten Sie mir, woran Sie arbeiten? Im Winter gibt es in diesem Ort nicht allzu oft neue Gesichter«, erklärte er. Vermutlich erinnerte er sich nicht daran, mich schon im Herbst hier gesehen zu haben.

»Ich arbeite für eine Lebensmittel-App in Paris«, sagte ich. »Und bin gerade hierhergezogen.«

»Das sind ja wunderbare Neuigkeiten!«, freute er sich. »Dieser Ort ist so still wie eine tote Maus.«

Ich ignorierte seinen seltsamen Vergleich und fragte mit beinahe verzweifelter Stimme, ob er auch hier lebe.

»Quasi«, sagte er. »Ich bin das, was man als temporären Einwohner bezeichnen kann. Ein paar Monate bin ich hier und dann wieder ein paar Monate woanders. Aber jetzt bleibe ich erst einmal eine Weile.«

Ob Chuck mein erster Freund hier auf dem Land werden konnte? Er musste in etwa so alt sein wie ich, vielleicht ein bisschen älter.

»Und was hat Sie nach Chinon verschlagen?«, fragte ich neugierig.

»Meine Großmutter hat mir hier ein bisschen Land und ein altes Haus vermacht.«

Ich sprach ihm mein Beileid aus, und dann stellte ich die Frage, die mich am meisten interessierte: »Und? Gefällt Ihnen das Leben hier?«

»Es hat seine positiven Momente. Ich mag die Ruhe. Die Landschaft ist wunderschön.« Ich stellte ihn mir vor, wie er in Begleitung eines Jagdhundes die Feldwege entlangspazierte, in Gummistiefeln und mit einem Spazierstock. »Aber es kann auch ein bisschen öde sein«, fuhr er fort.

»Das ist ehrlich gesagt meine größte Sorge.«

»Na ja, im Vergleich zu Paris läuft hier alles im Schneckentempo ab. Aber es ist auch ein angenehmer Kontrast zur Stadt. Es lässt einem mehr Kopffreiheit zum Nachdenken. In Gefangenschaft habe ich mich nie wohl gefühlt.« Ich wollte lachen, war aber unsicher, ob er das scherzhaft gemeint hatte.

»Und was bringt Sie nach Chinon?«, fragte er.

Obwohl ich Chuck gerade erst kennengelernt hatte, fühlte ich mich wegen seiner offenen Art sehr wohl in seiner Gesellschaft. Außerdem war es so gut, mit einem anderen Muttersprachler Englisch reden zu können, dass meine ganze Geschichte nur so aus mir herausströmte. Ich erzählte ihm von meiner Flucht aus Melbourne nach Paris, wie ich Serge kennenlernte und der mich am Ende überredet hatte, eine Ziegenfarm auf dem Land zu übernehmen. Nur die Schwangerschaft behielt ich für mich. Ich war noch nicht bereit, mich darüber zu definieren, und schon bald würde der Bauch eh für sich selbst sprechen.

Chuck schaute aus dem Fenster und sagte verträumt: »Ein Umzug aufs Land. Wie romantisch.«

»Vermutlich«, stimmte ich wenig euphorisch zu.

»Sie sind nicht begeistert von dem Konzept?«

Vermutlich hätte ich meine Gefühle beschönigen sollen, aber ich konnte einfach nicht länger heucheln.

»Ich möchte am liebsten sofort zurück. Zu den Menschen, den Geschäften, den Cafés. Hier draußen ist es so still, ich weiß gar nicht, wie die anderen das aushalten.«

»Sie werden Ihren Platz und Ihre Freunde hier draußen finden«, versicherte er. »Und vielleicht finden Sie sogar Geschmack an dem ruhigeren Lebensstil. Gehen Sie hier unbedingt einmal auf den Wochenmarkt, denn ich habe festgestellt, wenn man Zweifel hat an seinem Leben in Frankreich, muss man seinen Magen und sein Herz nur mit gutem Essen und Wein füllen.«

Chucks Prognose war tröstlich, und während ich mit ihm sprach, spürte ich, wie ich mich entspannte.

»Aber genug von mir, woran arbeiten Sie denn gerade?«, fragte ich.

»Ich schreibe einen Roman«, sagte er.

»Sie sind also Schriftsteller. Haben Sie schon etwas veröffentlicht, das ich vielleicht kenne?«

»Vermutlich nicht. Ich habe ein paar Gedichte und Kurzgeschichten in Literaturzeitschriften publiziert, aber die würde ich nicht unbedingt empfehlen. Und ich möchte Sie nicht mit den Details langweilen.«

Ich kannte nicht einmal die Namen von Literaturzeitschriften.

»Und wovon handelt Ihr Roman?«, fragte ich.

»Es ist ziemlich experimentell, Sie müssen also entschuldigen, wenn ich ein wenig zerstreut wirke. Es ist eine Familiengeschichte über mehrere Generationen, die ich aus verschiedenen Perspektiven erzähle. Ich muss gestehen, dass ich mich damit vielleicht ein bisschen übernommen habe.« Er wirkte irgendwie erleichtert, das gesagt zu haben.

»Wie lange arbeiten Sie denn schon daran?«, fragte ich.

»Zehn Jahre«, antwortete er, und ich hatte Mühe, ihn nicht fassungslos anzustarren.

»Aber nur während der kälteren Jahreszeiten«, beeilte er sich zu versichern. »Im Sommer versuche ich, die wenigen Monate in London zu genießen, an denen es nicht regnet.«

Ich schaute aus dem Fenster und fragte mich, ob das Wetter in London schlechter sein konnte als hier in Chinon. »Klingt so, als hätten Sie Ihr Leben geordnet«, sagte ich.

»Zumindest nach außen«, erwiderte er.

Wir plauderten weiter, und Chuck erzählte mir von seiner wohltätigen Arbeit in London, insbesondere von den kleinen Kunstfestivals und Galerien, denen er nahestand. Er sprach es zwar nicht aus, aber er konnte nicht arm sein und hatte vermutlich eine Menge altes Geld auf dem Konto. Er war überraschend unprätentiös und redete sehr sachlich über seine Arbeit. Eigentlich war er richtig charmant. »Aber ich sollte Sie allmählich wieder Ihrer Arbeit überlassen«, sagte er schließlich, nahm seine Kaffeetasse und stand auf.

»Sie sind also noch eine Weile in der Stadt?«, fragte ich und hoffte, nicht zu begierig zu klingen.

»Bin ich. An den meisten Tagen finden Sie mich hier bei der Arbeit. Schauen Sie auf einen Kaffee vorbei oder einen miserablen Tee«, sagte er mit Blick auf die graue Flüssigkeit in meiner Tasse.

Dann ging er wieder zu seinem Tisch, stopfte die Bücher ziemlich wahllos in die Ledertasche und verließ das Café. Wie standen die Chancen, dass ich einen so netten Muttersprachler in der Großstadt treffen würde? Vielleicht hatte das Landleben doch seine Vorzüge.

Ich konnte es kaum erwarten, Serge von meinem neuen Bekannten zu erzählen. Aber als er mich nach Stunden endlich wieder einsammelte, war ich so erschöpft, dass ich so gut wie gar nichts mehr sagte.

Während wir durch den Nebel zurück zur Farm fuhren, entschied ich, so schnell wie möglich den hiesigen Führerschein zu machen. In Paris war ich es gewohnt hinzugehen, wo immer ich mochte, und ich wollte nicht, dass sich das änderte, nur weil ich schwanger war und auf dem Land lebte. Und jetzt hatte ich vielleicht etwas – oder jemanden –, zu dem zu fahren es sich lohnte.

Kapitel 12

Ein paar Tage später saßen wir wieder im Auto und fuhren zur Ultraschalluntersuchung Ende des ersten Schwangerschaftsdrittels ins Krankenhaus von Chinon. Ich freute mich schon seit Tagen auf den Termin, war gespannt zu sehen, wie viel größer unser Baby seit dem ersten Ultraschall geworden war. Außerdem würde ich dann auch ein aktuelleres Foto besitzen.

Gedämpft wurde meine Freude dadurch, dass wir spät dran waren. Serge hatte es wieder einmal für wichtiger befunden, sich erst um seine Ziegen zu kümmern statt um seine schwangere Freundin. Ja, ich verstand, dass die Tiere Probleme bekamen, wenn sie nicht gemolken wurden, dennoch kam es mir vor, als wäre ich auf der Prioritätenliste ganz nach unten gerutscht, seit wir auf diesem Bauernhof wohnten. Dies war ein wichtiger Tag für mich und das Baby, und ich wünschte, Serge hätte dem mehr Respekt gezollt.

»Ich lasse dich schon mal raus«, sagte er, als wir uns dem Eingang näherten.

»Wieso?«

»Ich parke dann schnell den Wagen und komme nach.«

Besorgt stimmte ich zu und bat ihn, sich zu beeilen.

Kaum hatte ich die Station betreten, wurde ich auch

schon in ein Untersuchungszimmer gebracht und bekam eines dieser Krankenhaushemdchen, das ich anziehen sollte. Ich hatte nie zuvor erlebt, dass es in einem Krankenhaus derart pünktlich zuging. Warum ausgerechnet jetzt? Und wo blieb Serge?

Und da war die Ärztin auch schon, verrieb Gel auf meinem Bauch und fuhr dann mit dem Ultraschallgerät darüber.

Begeistert wies sie mich auf einzelne Körperteile des Embryos hin, aber ich konnte mich kaum konzentrieren, weil Serge alles verpasste. *Er müsste doch dabei sein!*, wiederholte ich ständig im Kopf.

»Kein Grund zur Sorge, das gibt es oft«, sagte die Ärztin auf Französisch und riss mich damit aus meinen Gedanken.

»Was gibt es oft?« Ich spürte Angst aufsteigen.

»Ich kann das Herz nicht schlagen sehen«, sagte sie.

»Sie können *was*?«

»Das ist nicht ungewöhnlich.«

»Aber ich habe es schon gehört«, versicherte ich, und mir wurde ganz bange um Herz. *Wo zur Hölle bleibt Serge?*

»Wir überprüfen das mit dem anderen Ultraschall«, sagte sie und bat mich, meine Unterhose ausziehen.

Sekunden später sahen wir auf dem Monitor ein schnelles und starkes Pochen.

Gott sei Dank, dachte ich und spürte, wie sich mein Atem normalisierte.

Nachdem sie noch ein paar Details ausgemessen hatte, sagte mir die Ärztin, dass alles in Ordnung sei und ich mich wieder anziehen könne. Dann verließ sie den Raum.

Während ich in meine Kleidung schlüpfte, kam Serge hereingestürmt.

»Habe ich es verpasst?«, fragte er und sah mich an.

»Hast du. Aber es ist alles in Ordnung.« Ich kämpfte mit den Tränen. »Den Bericht und die Ausdrucke können wir am Empfang abholen.«

»Es tut mir so leid, Ella«, sagte er. »Ich erhielt einen Anruf, den ich unbedingt annehmen musste.«

»Ein Anruf? Und wer war dran?«

»Möglicherweise nimmt die Galerie Lafayette Gourmet meinen Käse in ihr Sortiment auf.«

In dieser Pariser Lebensmittelabteilung vertreten zu sein wäre zwar ein Riesenschritt für Serge gewesen, aber war es das wert, den Ultraschall zu verpassen? Hätte er nicht später zurückrufen können?

»Schon gut«, sagte ich. »Aber ich hätte dich gern bei mir gehabt, die Situation war ein bisschen schwierig.«

»Oh, Ella.« Er wollte mich umarmen, aber ich entzog mich ihm und sagte, wir müssten den Raum freimachen.

Im Auto fragte er mich, ob wirklich alles in Ordnung sei. Es fiel mir schwer, den Schreck zu verarbeiten, weil die Ärztin zunächst den Herzschlag nicht finden konnte. Die Angst, das Kind zu verlieren, war niederschmetternd, auch wenn sie nur einen Moment währte. Aber vor allem hatte ich mich fürchterlich allein gefühlt. Es war einschüchternd genug, mit diesem ganzen Schwangerschaftszeug auf Französisch umzugehen, und in dem einen Moment, als ich meinen französischen Partner gebraucht hätte, steckte er in einem »wichtigen Telefonat«.

»Alles lief gut«, sagte ich schließlich.

»Und dir geht es auch gut?«, fragte er.

»Ich bin müde.« Das stimmte sogar. Zum vielleicht ersten Mal seit meinem Umzug freute ich mich darauf, zum Hof zu fahren.

Als wir dort ankamen, zog Serge seine Schuhe aus und schnappte sich die Arbeitsschuhe.

»Wo willst du denn jetzt hin?«, fragte ich verzweifelt.

»Ich muss den Käse für die Auslieferung verpacken«, sagte er.

»Im Ernst? Ich hatte gehofft, wir könnten ein Weilchen zusammensitzen. Seit wir hierhergezogen sind, habe ich dich kaum gesehen.«

»Es muss heute Nachmittag erledigt werden, aber zum Abendessen bin ich zurück.«

Ich schaute ihm nach und schluckte die Tränen hinunter.

Dann setzte ich mich hin und versuchte, etwas zu arbeiten, aber ich konnte mich nicht konzentrieren. Ich ging im Haus umher und suchte nach einer Beschäftigung. Schließlich landete ich im »Kinderzimmer«. Als ich den Zustand dieses Raumes sah, konnte ich die Gefühle nicht länger unterdrücken, und die Tränen liefen ungehemmt. *Wir waren nicht bereit für ein Baby! Was zur Hölle hatten wir uns nur gedacht?*

Dass Serge und ich in diesem heruntergekommenen Haus lebten, konnte ich irgendwie noch tolerieren, aber unser Kind sollte es schön haben. Ich fuhr mit der Hand über die fleckige Blümchentapete. Als ich einen kleinen Hubbel spürte, versuchte ich, ihn plattzudrücken, aber er verschwand nicht. Ich kratzte mit dem Fingernagel daran, konnte ein winziges Stück ablösen.

Das Nächste, woran ich mich erinnere, ist, dass ich fast eine ganze Bahn dieser alten Tapete abgerissen hatte. Und es fühlte sich gut an. Angetrieben vom Frust und der Wut auf Serge, weil er den Ultraschall verpasst hatte und dann sofort wieder verschwunden war, riss ich das nächste Stück herunter. »Ich brauche nicht für alles einen Mann an meiner Seite«, murmelte ich.

Keuchend vor Anstrengend machte ich weiter, bis alle Wände nackt waren und die alte Tapete überall auf dem Boden verstreut lag. Es fühlte sich wunderbar an, wie eine reinigende Selbsttherapie.

Später, als mein Ärger abgeklungen war, zog ich Gummistiefel an und machte mich auf die Suche nach Serge, um ihm vom »Fortschritt« im Kinderzimmer zu erzählen, bevor er es mit eigenen Augen sah. Eigentlich hatte er die Renovierung in die Hand nehmen wollen, und vielleicht hatte ich etwas voreilig gehandelt, aber was erwartete er auch, wenn er nie da war?

Als ich ihn fand, war er mit einem eigenen Problem beschäftigt: Er reparierte gerade einen Zaun. Mir schoss der Gedanke durch den Kopf, dass er zusammenflickte, während ich niederriss.

Eines der ersten Dinge, die ich über Ziegen gelernt hatte, seit wir dort lebten, war, dass sie gern abhauen. Löcher in Zäunen, heruntergedrückter Maschendraht, der geringste Duft von Freiheit, und sie waren weg. Dabei schien der Reiz allein im Ausbrechen zu bestehen.

Zumindest wirkte es so, und als Folge davon flickte Serge ständig Zäune. Wären es meine Ziegen gewesen, hätte ich sie gehen lassen.

»Hey«, sagte ich.

»Kannst du das mal halten?«, fragte er sofort.

Ich hielt den Draht und fragte Serge, wie es lief.

»Ich verstehe nicht, dass sie immer noch abhauen können. Vielleicht haben sie irgendwo eine Schere versteckt, um sich Schlupflöcher zu schneiden.«

»Du meinst eine Drahtschere?«, hakte ich nach.

»Klar.« Er wirkte bedrückt.

»Ist alles in Ordnung?«, fragte ich.

»Mais oui. Bien sûr.« Er lächelte, aber ich merkte, dass er es sich abrang.

Irgendetwas verschwieg er mir. Ich war kurz davor, ihm auf den Zahn zu fühlen, hoffte jedoch, dass er es mir von allein erzählen würde, sobald er dazu bereit war.

»Wie läuft es mit deiner Arbeit? Kommst du voran?«, fragte er aus heiterem Himmel. Es überraschte mich, dass er sich überhaupt mit meiner Arbeit beschäftigte, wo er doch auf dem Hof so viel zu tun hatte. Erst wollte ich antworten, dass alles gut lief, aber meine Tapetenaktion hatte in mir ein Gefühl von Dramatik heraufbeschworen.

»Miserabel. Jedenfalls diese Woche. Egal, wie lange ich mich hinsetze und meinen Computer anstarre, ich bekomme nichts getan. Vielleicht liegt es daran, dass ich umgeben bin von Dingen, die repariert, umgestellt oder verbrannt werden müssen«, sagte ich und bereitete mich darauf vor, das Kinderzimmer zu erwähnen.

»Gut«, sagte Serge, und bei dieser Antwort hatte ich

das Gefühl, dass er gar nicht richtig zuhörte. *Wieso fragt er dann überhaupt?*

»Ich vermisse es, in einem Büro mit Kollegen zu sitzen«, fuhr ich fort. »Es ist einsam, immer nur auf die Landschaft zu starren. Es fehlt mir, Teil eines Teams zu sein, das gemeinsam auf etwas hinarbeitet. Ich vermisse es, mit Kaffee vollgepumpt zu sein und mich durch einen Stapel Arbeit zu kämpfen«, setzte ich Serges Schweigen entgegen.

Schließlich antwortete er: »Es braucht seine Zeit, bis sich hier alles eingespielt hat.« Irgendwie klang das so, als müsse er nicht mich, sondern sich selbst daran erinnern. Und dann fügte er hinzu: »Außerdem bist du schwanger. Du musst langsamer machen.«

»Wenn ich noch langsamer mache, schlafe ich ein. Wenn überhaupt etwas, dann muss ich einen Zahn zulegen.«

Serge sah mich entnervt an. Er war auch erschöpft, das merkte ich. Vielleicht brauchte er genauso sehr eine Pause wie ich. Bauern haben zwar nie wirklich frei – auch das musste ich lernen, als die Ziegen letzten Sonntag das Memo offenbar nicht erhalten hatten und loszogen, um auf der Weide des Nachbarn zu grasen.

»Warum rufst du nicht Michel an und bittest ihn, rüberzukommen und dir zu helfen? Das macht er bestimmt gern«, schlug ich vor. »Vermutlich vermisst er den Hof sowieso. Zumindest könnte er dir ein paar Tipps geben, wo du die Tiere am besten grasen lässt oder wie du sie davon abhalten kannst, die Zäune niederzureißen.«

»Ich möchte ihn nicht belästigen, Ella. Er ist jetzt im

Ruhestand, und ich sollte ihn das genießen lassen. Er hat so viele Jahre hart gearbeitet.«

Die Art, wie Serge *hart* sagte, klang, als wäre er selbst sein Leben lang Bauer gewesen. Seine Sturheit, alles unbedingt selbst machen zu wollen, verhieß nichts Gutes. Ich fragte mich, wie lange er das hier allein auskämpfen musste, bis er bereit sein würde, Hilfe – oder wenigstens Ratschläge – anzunehmen. Mittlerweile musste er doch gemerkt haben, dass die Fähigkeit, ein guter Landwirt zu sein, nicht zwangsläufig in der Familie liegt.

Ein paar Nägel und viel Gehämmere später war der Zaun repariert. Das Ergebnis war sicher nicht das professionellste Werk, das ich je gesehen hatte, aber es war erledigt.

»Sollen wir irgendwo Abendessen gehen?«, schlug ich vor. »Ich bin nicht sicher, ob ich noch einen Abend zu Hause ertragen kann.«

»Genau das habe ich auch überlegt.« Serge lächelte mich an, und ich hoffte, dass dies der Anfang war, unsere Beziehung wieder harmonischer zu gestalten.

Serge duschte und zog sich an. Zum ersten Mal in dieser Woche duftete er. Ich schmiegte den Kopf in seine Halsbeuge, um sein Aftershave zu schnuppern, der Geruch von Feigen und Gewürzen war wohlig und vertraut. Er roch so gut, dass ich ihn am liebsten direkt wieder ausgezogen hätte, aber ich erinnerte mich an unsere Pläne und riss mich zusammen. Wir wollten essen gehen. In der Stadt. Das war der gesellschaftliche Höhepunkt dieser Woche, und ich hatte mich sogar in ein schwarzes Kleid gezwängt und High Heels angezogen. Nachdem ich die ganze Woche Jogginghosen und einen von Serges Wollpullovern angehabt hatte, machte es Spaß, mich herauszuputzen.

Als wir um 19:45 Uhr im Restaurant eintrafen, war es menschenleer. Es war zwar noch ziemlich früh, aber ich hatte angenommen, dass die Menschen auf dem Land früher essen gingen, zumal im Winter. Wie man es in Frankreich kennt, füllte sich das Restaurant kurz darauf dann aber doch, auch wenn nicht so viel Trubel herrschte, wie ich für einen Freitagabend erwartet hätte.

»Was wollen Sie trinken«?, fragte ein Kellner und wirkte ungeduldig.

Serge bestellte eine Flasche Wein *à la ficelle*, was bedeutete, dass man eine volle Flasche bekam, aber nur das bezahlte, was man trank. Als der Kellner mit der Flasche zurückkehrte, wollte er mein Glas füllen. *»Non, merci«*, lehnte ich höflich ab, und er wirkte beleidigt. Daraufhin erklärte ich ihm, dass ich schwanger sei. Er betrachtete mich mit einer Art Geringschätzung und zuckte dann mit den Schultern. Er füllte Serges Glas und nahm meins mit.

»Ich bleibe lieber bei Wasser«, sagte ich zu Serge.

»Ella, ein kleines Glas Wein wird nicht schaden.«

»Doch.« Ich nickte heftig. »Sogar die Franzosen empfehlen mittlerweile, während der Schwangerschaft nicht zu trinken.«

»Aber ein paar Schlucke sind noch kein Trinken, oder?«

»Und ob. Hast du nicht den Artikel gelesen, den ich dir über Alkohol in der Schwangerschaft geschickt habe?«

Serge zögerte, und mir wurde klar, dass er sich nicht einmal die Mühe gemacht hatte, die E-Mail zu öffnen.

Er sagte dann, ich solle einfach das tun, was ich für am besten hielt.

Also trank ich Wasser, und wir aßen Suppe, die in einer rustikalen Keramikschüssel serviert wurde, gefolgt von Lammragout – das Essen war köstlich, die Kartoffeln geradezu göttlich.

Ich versuchte wieder, mit Serge darüber zu sprechen, wie er mit der Arbeit zurechtkam, aber er blieb verschlossen, entschied sich offenbar für stoischen Optimismus.

Stattdessen verlagerte er die Aufmerksamkeit auf meinen Job und machte Vorschläge, wie ich mir das Arbeiten zu Hause erleichtern könnte.

»Bevor wir uns zu viele Gedanken über mein Büro machen, Serge, sollten wir erst einmal mit dem Renovieren von Küche und Bad anfangen! Oder wenigstens das Kinderzimmer streichen.«

»Ella, es gibt etwas, worüber wir reden müssen«, sagte er nach einer kurzen Pause. Ich setzte mich kerzengerade hin. Wichtige Gespräche beim Abendessen machen mich immer nervös. Aber vielleicht wollte Serge mir auch endlich erzählen, was er sich überlegt hatte.

»Hm«, murmelte ich nur, um seinen Fluss nicht zu unterbrechen.

»Ich bin nicht sicher, ob wir die Küche und das Bad sofort renovieren können«, sagte er.

»Bist du dem Thema deshalb immer ausgewichen? Können wir es uns nicht leisten? Ich dachte, dafür sei noch genug Geld da?«

»Wir sind momentan nicht flüssig«, antwortete er.

»O nein! Geht es jetzt wieder um das Apartment in

Paris?« Hoffentlich würden wir nicht schon wieder über einen möglichen Verkauf streiten.

»Nein, es ist wegen des Hofes. Ich brauchte ein Ersatzteil für die Melkmaschine. Das war ziemlich teuer.«

»Oh.« Nachdem ich gesehen hatte, in was für einem tadellosen Zustand Michels Maschinen zu sein schienen, konnte ich mir kaum vorstellen, dass so schnell große Reparaturen anstanden. Oder steckte mehr dahinter?

»Und wie sieht der Plan jetzt aus?«, fragte ich.

»Wir bekommen das Geld wieder herein, aber es wird ein bisschen dauern, bis ich mich etabliert habe.«

»Wie meinst du das?«

»Der Verkauf läuft schlecht«, gestand er zögernd.

»Echt?«

»Die Menschen hier tun sich schwer mit Veränderungen. Die Einheimischen mögen Michel sehr.«

»Können wir den Verkauf nicht irgendwie ankurbeln? Was ist mit Fanny? Und was wurde aus dieser Supermarktsache?« Ich hatte zwar befürchtet, dass Serge sich mit der Landwirtschaft schwertun könnte, aber dass es schwierig werden würde, Käse zu verkaufen, hatte ich nicht angenommen.

»Ich arbeite daran«, versicherte er. »Aber auf dem Land brauchen die Dinge manchmal Zeit. Du kannst die Menschen nicht dazu zwingen, etwas zu kaufen, das sie nicht wollen.«

Ich dachte an unsere Vereinbarung, sofort die Zelte hier abzubrechen, falls es mir gar nicht gefiel. Aber ging das überhaupt, wenn das ganze Geld jetzt in dieser Melkmaschine steckte? Wie viel Käse würde Serge verkaufen müssen, um wieder schwarze Zahlen zu schreiben?

»Wie lange?«, fragte ich.

»Nicht lange, Bella. Vielleicht ein paar Monate.«

»Na ja, vielleicht können wir uns das Renovieren auch schenken, vor allem, wenn es mit dem Hof nicht läuft.«

»Es gefällt dir nicht?«, fragte er. Anscheinend verstand er meine Bemerkung so, dass ich gern wieder nach Paris zurückgekehrt wäre.

»Na ja …«

»Du möchtest also lieber wieder nach Paris?«

Klang er etwa erleichtert?

»Wir sind ja immer noch dabei, uns einzugewöhnen«, sagte ich unverbindlich. Ich wollte nicht Serges Traum zerstören, hier Kinder aufzuziehen, aber wenn er ebenfalls unglücklich war, würde ich sofort alles stehen und liegen lassen und abreisen.

»Bon«, sagte er mit einer Miene, die ich nicht deuten konnte.

Ich versuchte, mich zu erinnern, ob ich je ein verwirrenderes Gespräch mit Serge geführt hatte, wurde jedoch von dem Kellner unterbrochen, der sich erkundigte, ob wir ein Dessert bestellen wollten.

Zu meiner Erleichterung schlug Serge vor, dass wir uns eine Tarte Tatin teilen. Ich liebte es an ihm, dass er immer bereit war, halbe-halbe zu machen.

»Also, in welcher Farbe würdest du das Kinderzimmer gern streichen?«, fragte er, sobald der Kellner verschwunden war. Serge wusste, dass mir dieses Thema am Herzen lag. Einer der Vorzüge an einem Haus auf dem Land bestand darin, dass das Kind ein eigenes Zimmer haben würde, was wiederum bedeutete, dass ich es voller Vorfreude planen konnte. Und nachdem Serge das Ergebnis meiner Tapeten-Abreißaktion gesehen hatte, war er offenbar begierig, den Raum ansehnlicher zu gestalten.

»Bist du sicher, dass wir genug Geld für Farbe haben?«, fragte ich nur halb scherzhaft.

»Für Farbe? Aber klar«, versicherte er.

Als wir an jenem Abend nach Hause fuhren, hatte ich das Gefühl, dass beim Abendessen vieles unausgesprochen geblieben war. Zumindest stand fest, dass wir in nächster Zeit keine größeren Renovierungen durchführen würden. Aber das war vielleicht auch nicht so wichtig, denn ich meinte, von Serge eine erste Andeutung wahrgenommen zu haben, dass er auch gern wieder nach Paris wollte. Oder interpretierte ich ein bisschen zu viel in sein Verhalten hinein?

Kapitel 13

Am darauffolgenden Tag grübelte ich unentwegt, warum Serges Käseverkauf so schlecht lief. Jedes Mal, wenn ich zu arbeiten versuchte, schweiften meine Gedanken ab, und ich überlegte, wie ich ihm helfen konnte. Ich spielte mit dem Gedanken, Fanny anzurufen (die sich mir gegenüber vom ersten Tag an abweisend verhalten hatte) oder mit Hilfe von Clotilde Gaston zu bitten, in seiner Gourmetkolumne etwas über Serges Firma zu schreiben (zu peinlich, um auch nur weiter darüber nachzudenken). Aber das waren die einzigen beiden Menschen, die ich kannte und die möglicherweise Serges Käse bewerben konnten. Leider hatte ich zu beiden kein gutes Verhältnis. *Shit*, fluchte ich innerlich und wünschte, etwas tun zu können. Der Nachmittag verging wie im Flug, während ich recherchierte, wie man Käse bewarb.

Am späten Nachmittag rief Tim an.

»Ella, es gibt Neuigkeiten«, sagte er in einem Ton, der mich sofort nervös machte.

»Und die wären?«, fragte ich.

»Ich muss deine Stunden reduzieren.«

Tim hatte noch nie um den heißen Brei herumgeredet.

»Oh«, murmelte ich und hörte mein Herz bis in die Ohren schlagen. »Ist etwas passiert?« Ich dachte daran, wie wenig ich seit meinem Umzug gearbeitet hatte. Wurde ich gefeuert?

»Nicht wirklich«, antwortete er. »Aber ich habe jemanden gefunden, der genau das Zeitfenster übernehmen kann. Es ist einfacher, jemanden hier im Büro zu haben. Mir ist klar, dass es für dich nicht gerade ideal ist …«

»Richtig«, erwiderte ich und überlegte verzweifelt, wie ich Tim davon überzeugen konnte, dass ich den Job brauchte.

»Aber falls du interessiert bist, kann ich dir hin und wieder Aufträge als freie Mitarbeiterin geben«, sagte er, als wäre das ein Trost. »Auf diese Weise behältst du auch dein Arbeitsvisum.«

»Okay, klar«, sagte ich, und Tränen traten mir in die Augen.

»Und schon bald hast du sowieso alle Hände voll zu tun mit dem Baby«, fügte er hinzu.

»Das dauert noch ein paar Monate.«

»Es geht schneller, als du denkst – oder willst.«

»Vermutlich.« In meinem Kopf drehte sich alles, während ich versuchte, damit klarzukommen, was gerade passierte.

»Jedenfalls«, fuhr Tim fort, »wie ist denn so das Landleben? Seid ihr glücklich?«

Der plötzliche Wechsel zu Smalltalk brachte mich aus dem Konzept. »Serge gewöhnt sich langsam ein. Wie lange dauert wohl die Umstellungsphase vom Käsehändler zum Bauern?«

»Vermutlich unterscheidet es sich gar nicht so sehr davon, wie *du* dich ans Landleben gewöhnen musst.«

»Also endlos.« Ich versuchte zu lachen, obwohl mir zum Heulen war.

»Wenigstens schläfst du nachts noch durch. Warte, bis du anfängst, wegen schweren Schlafentzugs alle Lebensentscheidungen in Frage zu stellen. Genieße die Schwangerschaft, solange du kannst. Rein geht viel einfacher als raus.«

Nachdem ich aufgelegt hatte, fühlte ich mich wie betäubt. So schnell, wie ich den Job bei Tim bekommen hatte, war ich ihn auch wieder los. Mir war auch klar, dass es in den vergangenen Wochen nicht sonderlich gut gelaufen war, aber ich hätte schon wieder Fuß gefasst. Dass ich so leicht zu ersetzen war, machte mich fertig.

Neben der Frage, womit ich mich nun beschäftigen sollte, quälte mich die Sorge, wie Serge auf die Neuigkeit reagieren würde. Ich brachte nicht gerade viel Geld in den Haushalt ein, aber es war ein verlässliches Einkommen, und da die Käseverkäufe im Keller waren, hatte es noch an Bedeutung gewonnen.

Ich entschied, es ihm erst zu erzählen, wenn ich eine andere Einnahmequelle gefunden hatte. Serge hatte mit dem Hof schon genug um die Ohren, da brauchte er das nicht auch noch.

Was kann denn noch alles schiefgehen?, fragte ich mich.

In der darauffolgenden Woche musste ich meine Panik, weil ich keinen Job mehr hatte und es am Horizont null potenzielle Arbeitsmöglichkeiten gab, ignorieren. Clotilde und Chris wollten zu Besuch kommen, und mir war wichtig, dass sie hier eine schöne Zeit verbrachten.

Clotilde kam mit dem Cabrio ihres Vaters, beladen mit Leckereien aus Paris. Als ich eine Tüte meiner Lieblingsbäckerei Du Pain et Des Idées erspähte, sagte ich zu ihr: »Du weißt schon, dass wir hier Bäckereien haben?«

»Aber haben sie auch *Sacristains*?«, erwiderte sie.

Das war mein absolutes Lieblingsgebäck. Früher war ich zum Frühstück eine leidenschaftliche Anhängerin von Croissants gewesen – Natur, mit Mandel oder Schokolade. Aber die *Sacristains* hatten alles verändert. Diese Blätterteigstangen mit Vanille und Mandeln waren köstlich und hatten die perfekte Form, um sie in den Kaffee zu tunken. Ich war vollständig bekehrt, und es bedurfte nun schon besonders knuspriger und luftiger Croissants, um mich wieder abtrünnig werden zu lassen. Bessere *Sacristains* als die aus der Bäckerei am Canal Saint-Michel musste ich aber erst noch finden.

»Ich habe noch mehr Köstlichkeiten dabei«, sagte Clotilde und lächelte.

»Wirst du jetzt Markenbotschafterin für Süßwaren?«, feixte ich.

»Sehr witzig«, sagte sie, während ich sie eintreten ließ.

Ich führte sie durchs Haus und erzählte ihr, dass wir entschieden hatten, die Renovierung aufzuschieben.

»Es sieht sehr viel besser aus, als ich es in Erinnerung habe«, sagte sie.

Ich musterte sie misstrauisch, um herauszufinden, ob sie nur nett sein wollte.

»Im Ernst«, versicherte sie, als sie meinen Blick sah. »Eure Möbel machen sich hier drin erstaunlich gut. Und es ist jetzt viel sauberer. Hat etwas von Retro-Chic.«

Blinzelnd betrachtete ich die Küche und fragte mich, ob Clotilde zum Augenarzt musste. Oder sah ich vielleicht alles schlimmer, als es war?

»Sagst du das nur, um mich zu trösten?«, fragte ich.

»Überhaupt nicht«, erwiderte sie. »Ist doch gut, dass du dir ein bisschen Zeit lassen kannst.«

Es war beruhigend, dass das Gebäude auf andere offenbar keinen furchtbaren Eindruck machte.

»Kaffee oder Tee?«, fragte ich.

Wir setzten uns hin, und Clotilde holte eine Packung Baiser von Aux Merveilleux heraus. Dieses mit Sahne gefüllte Schaumgebäck war leicht wie Luft und schaffte es dennoch, im Mund ein feuerwerkgleiches Aroma von Kaffee, Schokolade oder Kirsche zu entfalten. Ich ließ den ersten Bissen auf der Zunge zergehen und fühlte mich zurückversetzt in die Zeit, als Clotilde mir dieses Gebäck zum ersten Mal anbot und wir eine ganze Schachtel aßen, während wir in dem Park nahe unserem Apartment auf der Wiese lagen.

Energieladen von dem vielen Zucker schlug ich vor, zum Shoppen in die Stadt zu fahren. Aber Clotilde hatte eine bessere Idee. »Wir besuchen mein Lieblingsschloss. Vielleicht bekommst du da eine Anregung für die Renovierung«, scherzte sie. »Außerdem kannst du nicht im Loire-Tal leben und kennst *les Châteaux* nicht.«

Nach kurzer Fahrt trafen wir am Château de Villandry ein. Wenn man sich von der Stadt aus näherte, war der Anblick spektakulär. Wir spazierten durch den perfekt gepflegten Garten – der eher wie ein großformatiges Kunstwerk wirkte –, bewunderten die makellos in Form geschnittenen Hecken und die ästhetische Zusammenstellung von Gemüse in den Beeten. Clotilde hatte recht – von so viel Schönheit umgeben zu sein war inspirierend. Als wir über das Schlossgelände gingen, verspürte ich einen inneren Frieden und stellte mir eine ganz andere Art von Leben vor.

Aber Clotilde unterbrach meine Fantasie, mich irgendwo einer königlichen Familie anzuschließen, und fühlte mir auf den Zahn, was eigentlich los sei. Sie musste gespürt haben, dass mir etwas zu schaffen machte.

»Und, wie ist das Leben hier draußen, Ella? Langweilst du dich schon sehr? Was macht die Arbeit?«

»Ich werde meine Stundenzahl bei Food To Go Go reduzieren müssen. Tim behält mich offiziell weiter als Mitarbeiterin, aber es sind eher gelegentliche Jobs auf Basis einer freien Mitarbeit.«

»Und was heißt das?«, fragte sie.

»Kein festes Gehalt mehr.«

»Verdammt. Und was hast du jetzt vor?«

»Nun, ich habe nachgedacht«, antwortete ich und testete aus, wie es sich anfühlte, während ich darüber redete.

»Und?«, hakte sie nach.

»So wie ich es sehe, habe ich zwei Möglichkeiten. Ich könnte mich in der Stadt nach einem Job umsehen …«

»Hm, vielleicht etwas im Bereich Tourismus«, unterbrach mich Clotilde.

»Oder … ich gehe Serge auf dem Hof zur Hand. Ich glaube, er könnte ein bisschen Hilfe gebrauchen.«

»Auf dem Hof?«, wiederholte sie, anscheinend genauso überrascht von der Idee wie ich.

»Quasi.« Ich nickte. »Aber hoffentlich mehr im Bereich Verkauf und Marketing.«

»Okay«, antwortete sie gedehnt und hatte offenbar Mühe, mir zu folgen.

»Ich würde gern den Käseverkostungsraum ans Laufen bringen. Du weißt schon, wo wir Michels Käse bei unserem Besuch auf der Farm probiert haben«, erklärte ich ihr. »Gestern hatte ich plötzlich eine Vision, wie ich hinter der Theke stehe, eine süße, kleine Schürze trage und Käse serviere.«

Meine Pläne laut auszusprechen fühlte sich seltsam an. Auch wenn die Idee gar nicht so abwegig war, würde ich ein Risiko eingehen – und mich verpflichten, länger dort zu bleiben.

»Erzähl mir mehr«, bat sie.

»Ich habe gedacht, ich könnte Serge dabei helfen, mehr Käse zu verkaufen und seinen Namen hier ein bisschen bekannter zu machen. Es wäre eine Art *fromagerie*, und Serge könnte mich beim Einrichten unterstützen.«

»Okay.«

»Und? Was denkst du? Ist es eine blöde Idee?«

»Nein, nicht blöd. Ich frage mich nur, ob es hier draußen einen Markt dafür gibt.«

»Ich muss das Ganze sowieso erst noch mit Serge besprechen. Und falls er nicht begeistert ist, kann ich ihm immer noch bei den Ziegen helfen, während ich mir etwas Passenderes suche.«

Clotilde kicherte und hakte sich bei mir ein. »Ella, ich denke, ein Tag auf dem Hof wird genügen, damit du merkst, dass du nicht als Bäuerin taugst.«

Clotilde hatte mir geholfen, einen Plan zu entwickeln, wie ich Serge die Idee mit dem Käseverkostungsraum schonend beibringen konnte. Sie hatte mich überzeugt, dass es besser war, subtil vorzugehen, statt ihm die Pistole auf die Brust zu setzen.

»Vor allem, wenn er momentan viel um die Ohren hat«, fügte sie hinzu, nachdem ich ihr berichtet hatte, dass Serge oft von Sonnenaufgang bis -untergang arbeitete. »Du solltest es langsam angehen, damit er nicht sofort ablehnt, weil er es für zu aufwendig hält. Vielleicht hilfst du ihm einfach ein paar Tage und ›stolperst‹ dann plötzlich über diese Idee. Lass ihn glauben, es sei ein gemeinsames Projekt.«

Ein guter Plan. Für so etwas hatte Clotilde ein Händchen.

»Musst du denn nicht arbeiten?«, fragte Serge, als ich ihm anbot, beim Füttern der Ziegen zu helfen.

»Tim möchte, dass ich mich in nächster Zeit um besondere Projekte kümmere, deshalb habe ich momentan ein bisschen mehr Freizeit.« Die finanziellen Auswirkungen dieser Änderung würde ich Serge erst erläutern, nachdem ich ihm die Idee mit dem Käseverkostungsraum nahegebracht hatte.

Eigentlich hatte ich mit Nachfragen gerechnet, aber er wirkte einfach nur erleichtert. Doch mein Vorhaben, Serge zu helfen, endete abrupt, als sich Cecile entschloss, mich anzugreifen. Bis dahin war es eigentlich recht gut gelaufen. Ich hatte es geschafft, ein paar Schubkarren Futter an die Zicklein zu verteilen, und mich sogar getraut, eines zu tätscheln. Das war jedoch ein Fehler, den ich erst erkannte, als Cecile – eine ziemlich große Ziege – ausbrach und mich fast den gesamten Weg zurück zum Haus verfolgte.

Ich knallte die Tür hinter mir zu und lehnte mich keuchend dagegen. Falls ich je ein Zeichen gebraucht hatte, dass ich nicht zur Bäuerin taugte, so hatte Cecile es mir soeben gegeben.

Kurz darauf tauchte Serge auf.

»Ella, wieso bist du denn verschwunden?«, fragte er.

Ich zog ihn ins Haus und schloss die Tür. »Serge, Gott sei Dank bist du zurück. Cecile ist los! Sie wollte mich angreifen. Vielleicht hat sie Tollwut. Ich bin sicher, dass sie Schaum vor dem Mund hatte.«

»Echt? Als ich sie sah, wirkte sie ganz okay. Sie ist jetzt im Gehege und marschierte auch ganz gehorsam hinein. Sie ist einer meiner Lieblinge.«

»Meiner nicht.«

»Sollen wir zusammen zurückgehen?«, schlug er vor.

»Ich könnte doch hierbleiben und Mittagessen kochen«, erwiderte ich, denn mein Herz raste immer noch.

Serge musterte mich und kam offenbar zu dem Schluss, dass ich traumatisiert war, denn er nickte zustimmend und drückte mich beruhigend.

Vielleicht fällt mir ja noch eine andere Idee ein, wie ich Serge von dem Verkostungsraum überzeugen kann, grübelte ich, während ich mir in der Küche zu schaffen machte.

Aber erst einmal musste ich mich für ein Gericht entscheiden und dann einkaufen gehen. Wenn nicht gerade Markttag war, holte ich die Zutaten im Supermarkt, was mir stets vorkam wie eine Mission. Die Supermärkte auf dem Land hatten nicht viel Ähnlichkeit mit den Geschäften, in denen ich in Paris eingekauft hatte. Sie waren so riesig, dass man sich darin verlaufen konnte, und vor jedem befand sich ein großer Parkplatz. Die Leute benutzten Einkaufswagen, die sie mit Waren wie lebenslangen Vorräten an Milch und Wasser beluden. Die Auswahl an Produkten war überwältigend, und ich vermisste das sorgfältig zusammengestellte Sortiment eines Delikatessengeschäfts oder einer *épicerie* in Paris. Aber die Auswahl an Käse war ebenfalls riesig, ich konnte mich also eigentlich nicht beschweren.

Kochen füllte nun meine Zeit, und ich schien über die wunderbare Fähigkeit zu verfügen, Gerichte auszusuchen, deren Zubereitung ewig dauerte. Serge besaß ein Paul-Bocuse-Kochbuch aus den 1970ern, dessen Rezepte ziemlich dekadent und kompliziert waren, mir aber die Möglichkeit boten, sowohl mein Französisch als auch meine Fähigkeiten am Herd auszutesten. Und es lieferte super Material für meinen Instagram Feed. Während sich dabei im vergangenen Jahr alles um Käse gedreht hatte, ging es nun um Gerichte, die Käse beinhalteten.

Chris kam an und mit ihm ein Hauch Pariser Luft. Erst jetzt wurde mir bewusst, wie sehr ich mich danach gesehnt hatte. Er wiederum freute sich, aus der Stadt raus zu sein, behauptete, dass sogar die Fahrt erholsam gewesen sei. Serge und ich holten ihn am Bahnhof ab, fuhren mit ihm zu unserem Haus und führten ihn herum. Chris war begeistert.

Später, während Serge die Ziegen versorgte, fuhr Chris mit mir in die Stadt. Wir gingen in mein Stammcafé, das einzige mit vernünftigem WLAN.

»Tut mir leid, der Bote schlechter Nachrichten zu sein, aber du wirst hier draußen keinen anständigen Flat White bekommen«, teilte ich ihm mit.

Chris entschied sich stattdessen für ein Glas Chinon und fragte mich, wie ich denn so zurechtkäme.

»Es ist eine ziemliche Umstellung«, antwortete ich.

»Was du nicht sagst. Sogar Paris ist gewöhnungsbedürftig, wenn man aus einem anderen Land kommt. Ich kann nur ahnen, wie es in so einem Kaff sein muss.«

»Ein paar Dinge mag ich sehr. Der Wochenmarkt ist toll. Serge sagt mir ständig, wie köstlich der Wein hier ist. Es gibt ein Riesenangebot an Ziegenkäse. Der Ort selbst ist umwerfend. Ich vermisse wohl einfach nur die leiblichen Genüsse – mein Haussmann Apartment, meinen Lieblingsbarista ...«

»Wer würde mich nicht vermissen?« Er grinste.

Ich knuffte seinen Arm. Er machte zwar bloß Witze, aber im Grunde hatte er recht. Mir fehlte nicht nur der Kaffee, sondern die ganze Café-Kultur. An einem freundlichen Ort mit netten Menschen abhängen. Einen Treffpunkt haben.

»Und wie läuft die Arbeit?«, fragte er und riss mich aus meinen Erinnerungen an Paris.

Vermutlich hatte Tim ihm gegenüber nichts erwähnt. Also versuchte ich, Chris die Situation so zu schildern, wie ich es auch Clotilde gegenüber getan hatte.

»Und was machst du nun den ganzen Tag?«, fiel er mir ins Wort.

»Ich habe angefangen zu kochen, wofür man erstaunlich viel Zeit braucht.«

»Siehst du dir auch die Gegend an? Besichtigst du andere Orte?«

»Eigentlich nicht«, gab ich zu. »Ein bisschen, als Clotilde hier war.«

»Ella, das klingt so, als bräuchtest du eine Pause vom Bauernhof. Schwanger zu sein bedeutet nicht, dass du ans Haus gefesselt bist. Was kann man denn sonst noch hier machen?«

»Es gibt jede Menge Wein«, scherzte ich.

»Ja. Lass uns zu einem Weingut fahren und ein bisschen Wein probieren«, sagte er sofort.

Ich zeigte auf meinen Bauch.

»Ein Weingut ist vermutlich der einzige Ort auf dieser Welt, an dem es in Ordnung ist, den Wein auszuspucken.«

Das hatte ich nicht bedacht. »Okay, dann lass es uns tun«, stimmte ich zu.

Zu dieser Jahreszeit ging es in vielen Weinkellereien ruhig zu, oder es fanden gar keine Weinproben statt. Wir entdeckten jedoch ein schönes Weingut außerhalb von Chinon, dessen Kellerei geöffnet hatte.

Chris probierte begeistert sämtliche Weine aus, die sie im Sortiment hatten. Ich hielt mich zurück, probierte nur ein paar und spuckte den Wein sorgfältig wieder aus.

Während wir später durch die Reihen der schütteren Reben schlenderten – Chris weinselig –, erklärte ich ihm meine Idee von dem Käseverkostungsraum.

»Wie ein Café?«, fragte er.

»Nein, eher etwas, wo man den Käse probieren und dann kaufen kann, und vielleicht ein Kleinigkeit isst. Wie bei einer Weinprobe, aber eben für Käse.«

»Gefällt mir«, sagte er.

»Ja?«, fragte ich erleichtert.

»Aber warum nicht auch eine Kaffeemaschine in die Ecke stellen?«, schlug er vor.

»Das ginge bestimmt«, antwortete ich und dachte kurz darüber nach. Dann könnte ich zwei Fliegen mit einer Klappe schlagen. Ich würde dafür sorgen, dass man auf dem Land guten Kaffee bekam, und dadurch vielleicht das Geschäft ankurbeln. »Das ist eine gute Idee«, stimmte ich zu.

»Dann brauchst du allerdings einen Barista«, fügte er rasch hinzu und dachte offenbar daran, wie schlecht ich im Zubereiten von Kaffee war.

»Dich?«, schlug ich vor.

»Ich soll hierherziehen?«

»Yep!«

»Auf keinen Fall, Ella. Ich habe bisher hier kaum jemanden unter vierzig gesehen – für meinen Geschmack ist nicht genug los. Aber ich könnte dir helfen, das Ganze in Gang zu bringen. Ist es dir wirklich ernst damit?«

»Was das Café anbelangt, bin ich nicht sicher, aber ich möchte Serge beim Verkaufen des Käses helfen. Ich habe gerade echt nicht viel zu tun.«

»Und was ist damit?« Er zeigte auf meinen Bauch.

»Du unterschätzt die Power einer schwangeren Frau«, erwiderte ich grinsend. »Und einer gelangweilten obendrein.«

»Du brauchst einen gescheiten Plan.«

Wir verbrachten den Nachmittag damit, ein Geschäftskonzept und einen Budgetplan für den Käseverkostungsraum zu erstellen. Ich sagte Chris, dass wir nicht viel Geld zur Verfügung hatten, und er versicherte mir, dass er über gute Kontakte verfüge, um das Ganze für mich bezahlbar zu gestalten. »Außerdem«, fügte er hinzu, »gibt es hier in der Gegend wunderbare Flohmärkte. Du kannst bestimmt etwas Cooles auf die Beine stellen und dabei innerhalb deines Budgets bleiben.«

Nach Chris' Besuch war die Idee, mitten im Nirgendwo ein »Lokal« zu eröffnen, offiziell zu meinem neuen Traum geworden. Es ließ sogar meinen Wunsch, möglichst schnell wieder nach Paris zurückzukehren, leicht abkühlen. Mir wurde allmählich klar, dass ich mein altes Stadtleben nicht einfach in diese ländliche Umgebung verpflanzen konnte, und um mir hier ein Leben aufzubauen, musste ich mich eingewöhnen und anpassen. Zum vielleicht ersten Mal, seit ich auf dem Hof angekommen war, fragte ich mich gespannt, wie sich die Dinge wohl entwickeln würden.

Serge musste bemerkt haben, dass sich meine Einstellung verändert hatte, denn obwohl er immer noch sehr viel zu tun hatte, wirkte er glücklicher als in den vergangenen Wochen.

Die Nachricht von meiner Reduzierung der Arbeitszeit bei Food To Go Go hatte er erstaunlich gut weggesteckt. Als ich ihm erklärte, dass Tim in Paris einen Ersatz für mich gefunden habe und ich nur noch auf Freelancer-Basis Aufträge übernehmen würde, schien ihn das nicht sonderlich zu beunruhigen. Vielleicht hatte er ein schlechtes Gewissen, weil ich ja wegen des Umzugs nur noch von zu Hause aus für Tim arbeiten konnte. Oder seine finanziellen Probleme klärten sich langsam, und wir waren nicht mehr so sehr auf mein Einkommen angewiesen.

Vermutlich wäre jetzt ein guter Zeitpunkt gewesen, um von meiner Café/Käseverkostungs-Idee zu erzählen, aber ich befolgte Chris' Rat, erst noch mehr herauszufinden – auch, was unsere finanzielle Lage betraf.

Serge war ein Zahlenmensch. Ich musste sichergehen, dass sich meine Kalkulation nicht weit außerhalb unserer Möglichkeiten bewegte, bevor ich ihm meine Idee vorstellte. Ich befürchtete ja sowieso schon, dass er mich für verrückt halten würde, mir ein solches Projekt aufzuhalsen, obwohl die Hausrenovierung noch ausstand und ein Baby unterwegs war. Aber wie Serge selbst gesagt hatte: Warum gehen, wenn man laufen kann?

Kapitel 14

Nachdem der Besuch wieder fort war, fühlte sich das Haus schrecklich ruhig an, und da Serge immer noch nahezu alle Tageslichtstunden irgendwo anders verbrachte, langweilte ich mich schon bald wieder. Ich entschied, selbst in die Stadt zu fahren, um unseren Wocheneinkauf zu erledigen. Zwar war ich meinem französischen Führerschein noch nicht einen Schritt näher, es war mir aber mittlerweile egal – mein australischer Führerschein und ein bisschen Ausländercharme würden schon genügen, falls ich tatsächlich von einem Dorfpolizisten angehalten werden sollte.

Der Markt in Chinon gehörte zu den besten Dingen, die ich seit meiner Ankunft auf dem Land entdeckt hatte. In den Straßen drängten sich die Verkaufsstände, und es wimmelte nur so von Menschen. Ich spazierte die Kopfsteinpflasterstraßen entlang und probierte hier und da Kleinigkeiten. Minutenlang bestaunte ich Früchte, die halbiert dalagen, damit man sehen konnte, wie reif und saftig sie waren.

In Frankreich auf dem Markt einzukaufen ist für gewöhnlich eine ziemlich entspannte Angelegenheit. Man wird nicht gedrängt, und von daher wird erwartet, dass man auch selbst niemanden drängt. Und obwohl man durchaus zwanzig Minuten in der Schlange vor dem Fischwagen stehen musste, wurde jeder wie ein König bedient, sobald er an der Reihe war. Man konnte um Empfehlungen bitten, nach Kochrezepten fragen und sogar nach der Wassertemperatur des Meeres, in dem ein bestimmter Fisch gefangen worden war.

Als ich an diesem Morgen gerade erst auf dem Markt angekommen war, traf ich auf Marie, die einen großen Korb voller Äpfel und Birnen schleppte. Sie stellte ihn ab und küsste mich zur Begrüßung auf die Wangen. Nachdem wir ein paar Höflichkeiten ausgetauscht hatten, fragte sie mich, wie mir das Landleben gefiele.

»Im Großen und Ganzen läuft es recht gut. Es gibt eine Menge, womit ich mich beschäftigen kann«, übertrieb ich.

»Ich kenne das«, erwiderte sie.

»Ah, ihr habt also mit dem B&B momentan viel zu tun?«, fragte ich.

»Nein, nur ein paar Reservierungen, das ist gut zu schaffen. Die meiste Zeit verbringe ich in der Küche mit Backen.«

Als ich mir gerade vorstellte, dass Jacques und sie ihr Körpergewicht in Kuchen verdrückten, fügte sie hinzu, dass sie für ein Café in der Stadt Tartes backte. Jetzt ergab der große Korb voller Obst auf einmal Sinn.

»Eine clevere Nebenbeschäftigung«, sagte ich.

»Es ist ein kleiner Zusatzverdienst und hält mich beschäftigt. Tatenlos herumzusitzen liegt mir nicht.«

Ich beneidete Marie um ihre Bodenständigkeit. *Ein bisschen von ihrer Mentalität würde mir bei meiner Landleben-Planung guttun*, dachte ich.

Beim Käsewagen blieb ich stehen, um die übliche Auswahl Hartkäse zu kaufen – Comté, Emmentaler und Gruyère –, und entdeckte überrascht ein paar Päckchen von Serges Ziegenkäse. Ich wusste gar nicht, dass er seinen Käse auf dem Markt verkaufte, und strahlte vor Stolz.

»Ist der gut?«, fragte ich auf Französisch und zeigte auf den Ziegenkäse, in der Hoffnung, ein bisschen Detektivarbeit für Serge leisten zu können.

»Comme ci, comme ça«, erwiderte der Verkäufer. *Wie bitte?*

Nachdem alle von Michels Käse geschwärmt hatten, behauptete dieser Kerl, Serges Käse sei nur durchschnittlich? O Gott, machte Serge etwa keinen guten Käse? Verkaufte er in Wahrheit deshalb so wenig?

»Wirklich?«, hakte ich nach.

»Der Inhaber hat gewechselt«, antwortete er, als würde das alles erklären. »Ist nicht mehr dasselbe.«

Als ich Serge gebeten hatte, mir eine Kostprobe von seiner ersten Partie zu geben, hatte er energisch abgelehnt und gebeten, ich solle mich weiterhin von Rohmilchkäse fernhalten. Nun bedauerte ich, nicht heimlich genascht zu haben, und überlegte, wie groß wohl die Wahrscheinlichkeit war, dass die erste Charge misslungen war. Natürlich hatte Serge keine Erfahrung mit dem Herstellen von Käse, aber er würde ganz sicher nichts verkaufen, das qualitativ minderwertig war. Oder … musste er vielleicht verkaufen? Was sollte er denn sonst mit der fertigen Ware anstellen? Und was bedeutete das für meinen Käseverkostungsraum?

Ich setzte meinen Einkauf auf dem Markt fort, war aber

seit dem Gespräch mit dem Käsehändler mit den Gedanken woanders und hatte am Ende eine wilde Mischung an Gemüse zusammen – einen sehr schönen und sehr großen Kürbis, Lauch, Zwiebeln, Möhren und Kartoffeln. Bestürzt betrachtete ich meine Ausbeute und fragte mich, was ich daraus kochen sollte.

Auf dem Weg zum Metzger entdeckte ich, dass Chuck im Café saß und arbeitete. Automatisch fuhr ich mir mit der Hand durchs Haar und hoffte, dass ich nicht zu zerzaust aussah. Dann klopfte ich an die Scheibe und winkte ihm zu. Es dauerte einen Moment, bis er den Kopf hob, und ich befürchtete schon, dass er mich nicht erkennen würde. Aber dann hob er die Hand, beendete offenbar noch schnell einen Satz und winkte mich herein.

»Chuck, was für eine Überraschung, ich habe Sie in letzter Zeit gar nicht gesehen«, begrüßte ich ihn. Ich behielt meinen Mantel an, aus Sorge, meinen wachsenden Bauch erklären zu müssen.

»Ich musste wegen einer Veranstaltung schnell nach London. Habe ich irgendetwas verpasst?«, fragte er.

Ich schaute mich in dem fast leeren Café um und lachte.

»Was gibt es Schönes zum Abendessen?«, fragte er und schaute auf meinen Einkaufskorb.

Lädt er sich gerade selbst ein?, fragte ich mich, bevor ich ihm dann ein wenig verlegen vorschlug, sich doch zu uns zu gesellen. Ich war nicht sicher, was Serge von einem Überraschungsgast hielt, aber ich wollte einfach gern mehr Zeit mit Chuck verbringen.

Auf meine Antwort reagierte er nicht minder verlegen. »Oh, sorry, ich wollte mich nicht selbst einladen.«

»Das ist schon okay. Sie sind sehr willkommen«, beeilte ich mich zu versichern. »Ich frische gerade meine Kochkünste auf und habe das Kalkulieren der Mengen noch nicht raus.«

»Dann wäre es mir eine Ehre«, sagte er mit ernster Stimme.

»Toll, aber alles ganz zwanglos. Keine Haute Cuisine«, versuchte ich, seine Erwartungen möglichst klein zu halten. »Und der Zustand unseres Hauses …« Ich verkniff mir weitere Entschuldigungen, sonst hätte es sich womöglich angehört, als wollte ich meine Einladung zurückziehen.

»Ich bin sicher, dass es ganz wunderbar wird«, ermutigte er mich.

»Möchten Sie jemanden mitbringen? Eine Freundin? Einen Freund?«, bot ich ihm an. Ich wusste ja gar nichts über Chucks Privatleben.

»Wären Sie enttäuscht, wenn ich allein käme?«, erwiderte er.

»Natürlich nicht«, versicherte ich.

Dann ging ich zum Metzger, um Hühnchen und eine Dosis freundlicher Bedienung zu holen. Die Besuche hier erinnerten mich an meine Anfangszeit in Paris, als ich zu Serge ging, um mich in die Welt des französischen Käses einführen zu lassen. Der Metzger war zwar schon um die sechzig und keine Bedrohung für meine derzeitige Beziehung, aber er hatte mich ins Herz geschlossen, und sein Lächeln, wenn ich den Laden betrat, versüßte mir stets den Einkauf. Außerdem waren seine Tipps für das Zubereiten von Fleisch größtenteils für meine Erfolge in der Küche verantwortlich.

Mit einer langen To-do-Liste im Kopf fuhr ich anschließend nach Hause. Abgesehen davon, ein ungeplantes, von Hausmannskost inspiriertes Dinner zuzubereiten, wollte ich auch noch Küche, Wohn- und Esszimmer putzen und ein bisschen von dem Plunder verstauen.

Außerdem wollte ich ein paar Bücher auspacken, um uns vor Chuck nicht völlig unkultiviert erscheinen zu lassen. Allerdings war ich nicht sicher, ob mir meine Sammlung von Reiseführern und kitschigen Liebesromanen sehr viele Pluspunkte einbringen würde. Serge besaß zwar eine umfangreiche Büchersammlung, aber die Umschläge sahen alle so ähnlich und langweilig aus, dass ich mir in Paris nie die Mühe gemacht hatte hineinzuschauen.

»Serge, was für Bücher sind das?«, fragte ich, als ich sie später aus den Kartons nahm.

»Ganz unterschiedliche Genres. Jede Menge Krimis und Detektivromane. Und ich mag gute Biografien von Politikern.«

»Hm.« Ich fragte mich, was Chuck wohl davon halten würde – was mich daran erinnerte, dass ich Serge von unserem Gast beim Abendessen erzählen sollte.

»Oh, das hätte ich beinahe vergessen: Heute Morgen habe ich zufällig Chuck getroffen, du weißt schon, diesen Engländer, den ich kennengelernt habe. Er ist gerade erst wieder aus London zurück. Jedenfalls hatte ich viel zu viel eingekauft und habe ihn deshalb spontan zum Abendessen eingeladen. Ich hoffe, das ist okay für dich.«

»*Parfait.* Es wird schön sein, einen Englisch sprechenden Freund hier zu haben«, antwortete Serge großzügig. »Ich werde Wein aussuchen.«

»Und vielleicht ein bisschen von deinem Käse?«, schlug ich vor, weil ich sehen wollte, wie er darauf reagierte.

»Mal schauen, was ich finden kann, aber das Meiste ist bereits verpackt.«

»Wieso hast du eigentlich keinen Stand auf dem Markt?«, fragte ich.

»Das kommt hoffentlich noch.«

»Und warum jetzt noch nicht?«

»Setz mich nicht unter Druck«, erwiderte er schroff, und ich fragte mich, ob meine Schwangerschaftshormone vielleicht auch auf ihn übergesprungen waren.

Er ging hinunter in den Keller und ließ mich mit der Überlegung zurück, ob an den Kommentaren des Käsehändlers womöglich etwas dran war. *Wieso sonst will er niemanden seine Produkte probieren lassen?*

Chuck fuhr abends in einem zerbeulten Renault vor. Ich sah ihn durch das Küchenfenster auf die Haustür zukommen, einen Blumenstrauß in der Hand.

»Für die Gastgeberin«, sagte er, als ich ihm die Tür öffnete. »Sie sehen toll aus.«

Ich wurde rot. Da ich in diesen Tagen nur selten meinen Mantel auszog, hatte ich mir wohl ein bisschen viel Mühe gegeben, als ich mich für das Abendessen umzog. Ich trug schwarze Jeans – natürlich mit elastischem Bund – und ein rotes Top, das vielleicht einen Hauch zu tief ausgeschnitten war, wenn man bedachte, dass ich dank der Schwangerschaft einen mehr als üppigen Busen hatte.

»Herzlich willkommen«, erwiderte ich und winkte ihn herein.

Ich hatte mir leidlich Mühe gegeben, unser Haus hübscher wirken zu lassen. Zum Glück war Winter, die Sonne schon vor Stunden untergegangen, und ein bisschen flackerndes Kerzenlicht trug viel dazu bei, den Renovierungsbedarf zu kaschieren. Ich musste Chuck nur von der Küche fernhalten, wo ich bedauerlicherweise auf das grelle Licht der Glühbirnen angewiesen war, um das Essen zuzubereiten.

»Das ist Serge«, stellte ich die beiden einander vor.

»Ich bin Chuck«, sagte mein Gast, überlegte kurz und fügte dann hinzu: »Aber Sie können mich auch Charles nennen.« Ich musste grinsen, weil er mir mal gesagt hatte, dass die Franzosen Schwierigkeiten hätten, seinen Namen auszusprechen.

Serge wirkte erleichtert. »*Bonsoir,* Charles, willkommen in unserem Haus«, sagte er und streckte die Hand aus.

Als wir uns alle ins Wohnzimmer setzten, merkte ich plötzlich, dass ich nervös war. Ich wollte unbedingt, dass dieser Abend ein Erfolg und Charles unser Freund wurde, statt dass er nur ein Bekannter von mir blieb.

»Und, gefällt Ihnen das Landleben?«, wandte sich Chuck an Serge, der gerade für den Gast und sich einen Whiskey einschenkte.

»Oui, c'est magnifique«, versicherte Serge und schaute kurz hoch, aber wirklich begeistert klang sein *»magnifique«* nicht. »Und es wird richtig gut für das Kleine sein«, fügte er hinzu, reichte unserem Gast ein Glas und setzte sich. Chuck schaute mich verwirrt an.

Merde, ich hatte vergessen, dass Chuck es noch nicht wusste.

»Ach ja«, warf ich ein. »Ich bin schwanger. Ta-da!« *Lieber Gott, mach, dass ich die Klappe halte*, dachte ich nur, als ein unbehagliches Schweigen folgte.

Chuck betrachtete mich aufmerksam, seine Miene verriet nicht, was er dachte. Er kniff die Augen leicht zusammen und schien die Schultern hängen zu lassen.

Wirkte er überrascht oder eher verwirrt? Und warum kümmerte es mich?

»Wir sind hergezogen, um dem Stadtleben zu entfliehen und unser Kind zwischen Bäumen aufwachsen zu lassen«, fuhr Serge fort. Wenigstens schaffte er es, unser Leben auf dem Land idyllisch klingen zu lassen.

»Ist das nicht eine zu große Veränderung?«, hakte Chuck nach.

Ich sah Serge erwartungsvoll an und war gespannt, was er darauf antworten würde.

»Nun, es ist ganz sicher nicht wie in Paris«, sagte er und schmunzelte. »Aber es war schon immer mein Traum, mit einer Familie auf dem Land zu leben.«

Bevor ich noch mehr über Serges Gefühle bezüglich unseres Umzugs herausbekommen konnte, fragte er Chuck, was ihn nach Chinon verschlagen hatte.

»Ich bin Schriftsteller«, sagte der voller Überzeugung und fügte dann hinzu: »Oder zumindest ein gequälter Künstler.«

Serge sah mich hilfesuchend an, da das seine Sprachkenntnisse überstieg. Ich erklärte ihm rasch, dass Chuck Romane schrieb und diese Arbeit eine gewisse Menge an Qual und Herzschmerz beinhaltete.

»Und wie läuft das Geschäft mit dem Bauernhof?«, fragte Chuck dann.

Wieder beobachtete ich aufmerksam Serges Reaktion und hoffte, dass er Chuck gegenüber ein bisschen ehrlicher sein würde, als er es bisher mir gegenüber gewesen war.

»*Ça va, ça va*«, antwortete Serge jedoch nur. »Aber genug vom Geschäft. Sollen wir essen?«

Das Essen selbst war ein echter Erfolg. Das Gericht schmeckte – trotz meiner Sorge, dass es nicht raffiniert genug sein könnte – köstlich, und alle griffen eifrig zu, was vielleicht auch an den eisigen Temperaturen draußen lag. Als Vorspeise gab es Zwiebelsuppe, überbacken mit Käsecroutons, gefolgt von einem köstlichen Coq au vin und Kartoffelpüree. Serge hatte eine Käseplatte vorbereitet, auf der sich kein einziger Rohmilchkäse befand, wie er betonte. Dass er es offenbar vermied, seinen eigenen Käse zu servieren, deutete ich als schlechtes Zeichen.

Für den süßen Abschluss hatte ich mich von Marie inspirieren lassen und Birnentarte gebacken. Die Früchte schmeckten reif und süß, beinahe wie Bonbons, und der Teig, den ich mit Butter aus der Region zubereitet hatte, war nicht zu schwer und sog den süßen Saft und den Zucker auf, mit dem ich die Tarte glasiert hatte.

Beim anschließenden Tee und Kaffee verfielen Chuck und ich in eine Diskussion über die Fernsehsendungen, die wir als Kinder gesehen hatten. Während wir uns über eine schlapplachten, die uns dazu animiert hatte, großformatige, chaotische Kunstwerke anzufertigen, fiel mir plötzlich auf, dass Serge gar nicht richtig zuhörte und vor sich hin starrte. Ich versuchte, ihn in das Gespräch einzubeziehen, aber er blieb abgelenkt. Vermutlich war er müde, also begann ich, den Tisch abzuräumen.

Chuck verstand den Wink.

»Einverstanden, wenn ich mir ein Taxi rufe?«, fragte er. »Ich glaube, ich habe ein bisschen zu viel getrunken, um noch selbst fahren zu können.«

Ich wollte gerade sagen, dass ich ihn fahren könnte, da ich nichts getrunken hatte, aber Serge wählte bereits die Nummer.

Später fragte mich Serge noch einmal, was es mit Chucks Schreiberei auf sich habe, und ich erzählte von seinem Multi-Generationen-, Multi-Perspektiven-Projekt.

»Finde ich ein bisschen sehr ehrgeizig«, sagte Serge.

»Das liegt sicher auch daran, dass du jetzt Bauer bist«, erwiderte ich.

»Was soll das denn heißen?«, fragte er mit stockender Stimme.

»Ich wollte dich nur aufziehen, Serge. Ich liebe dein neues rustikales Image sehr.« Ich umarmte ihn und zog ihn zum Schlafzimmer. Zum Glück ließ er es dabei bewenden.

Als ich jedoch später wach im Bett lag, grübelte ich darüber nach, dass ich nun mit einem Landwirt zusammen war und ein Kind mit ihm haben würde. Und das auch noch ausgerechnet in Frankreich. Serge war ein fester Bestandteil meines ersten Jahres in Paris gewesen, aber ich wäre nie auf die Idee gekommen, dass wir hier landen könnten.

Hatte Billie etwa so etwas im Kopf, als sie mich überredete, mal mit einer anderen Art von Mann auszugehen? Ich schlich mich aus dem Bett, um sie anzurufen.

»Hey, Billie. Ich bin's. Hast du Zeit zum Reden?«, fragte ich.

»Yep, was ist los?«

»Warum muss etwas los sein?«, erwiderte ich ausweichend, weil ich sie nicht sofort mit meiner Frage überfallen wollte.

»Es gibt also keinen bestimmten Grund«, spielte sie mit.

»Na ja, wenn du schon fragst, ich habe eine Anschlussfrage zu etwas, worüber wir vor einer Weile gesprochen haben.«

»O je.«

»Es ist nur, dass ich mich frage, ob ich dich damals missverstanden habe, als du sagtest, ich solle mit einem anderen Typ Mann ausgehen. Habe ich die Sache mit Serge überstürzt?«

»Ella, so kannst du jetzt nicht denken, ihr bekommt ein Kind!«

»Ich weiß, es ist nur …«

»Nein.« Sie schnitt mir das Wort ab. »Diese Fragerei führt zu nichts. Genießt du das Leben in eurem Schloss auf dem Land nicht?«

Wenig begeistert ließ ich den Blick durchs Wohnzimmer schweifen.

»Nun, kleine Anpassungsschwierigkeiten«, sagte ich.

»Erklär sie mir«, forderte Billie mich auf.

Ich umriss ein paar meiner Bedenken wegen unseres

Umzugs aufs Land – die Abgeschiedenheit, den Zustand des Hauses, meine Zweifel bezüglich Serges Fähigkeiten als Landwirt. Als ich gerade das Ende meiner Liste erreichte, hörte ich die Schlafzimmertür und bekam Panik.

»Serge?«, rief ich. »Mist, Billie, ich muss Schluss machen, danke für das Gespräch.«

Ich ging zurück ins Schlafzimmer und sah, wie Serge wieder unter die Decke schlüpfte. *Merde! Wie viel hatte er gehört?*

»Ist alles in Ordnung, Serge?«, flüsterte ich.

»*Oui*, Bella, komm ins Bett.«

Vorsichtig stieg ich hinein und riskierte es, den Arm um ihn zu legen. Er stieß ihn nicht weg, was ich als positives Zeichen deutete. Während ich dort lag, rekapitulierte ich das Gespräch mit Billie und versuchte, mich an meine genauen Worte zu erinnern. Meine Frage, ob ich die Sache mit Serge überstürzt hatte, lag mir schwer im Magen.

Kapitel 15

Als ich aufwachte, war das Bett neben mir leer. *Mist!* Ich stand auf, um nach Serge zu suchen, und fand einen Zettel mit der Nachricht, dass er zum Bäcker gefahren sei. *Ging er mir etwa aus dem Weg?*

Ich bereitete mir eine Tasse Tee zu, setzte mich an den Tisch und starrte durchs Fenster auf unseren kargen winterlichen Garten. *Der nächste Schritt in Ellas Heimgestaltungsprojekt ist der Garten*, dachte ich seufzend und fragte mich, ob es das Wort Heimgestaltung überhaupt gab.

Kurz darauf tauchte Serges blauer Citroën in der Einfahrt auf, und ich war tatsächlich erleichtert. Zumindest war er zurückgekommen. Ich stellte für ihn die Kaffeemaschine an und holte ein Glas von Maries Himbeermarmelade heraus (vermutlich war das mein Lieblingsvorteil des Landlebens – köstliche Bio-Marmelade, persönlich überbracht im Austausch gegen eine Tasse Kaffee und ein nettes Gespräch).

»*Bonjour*, Ella«, sagte Serge ziemlich ernst und legte ein Baguette und eine Tüte Croissants auf den Tisch.

»Ist alles in Ordnung, Serge? Ich habe das morgendliche Kuscheln vermisst.«

»Alles prima«, antwortete er. »Und bei dir?«

Ich musterte ihn aufmerksam, suchte nach einem Anzeichen für Verärgerung oder Enttäuschung. Wenn ich doch nur gewusst hätte, ob er mein Gespräch mit Billie vergangene Nacht mitangehört hatte!

»Ich vermisse im Augenblick meine Heimat ein bisschen. Vermutlich, weil es so kalt ist«, plapperte ich los. »Letzte Nacht habe ich sogar Billie angerufen, um zu hören, was es Neues gibt.«

»Aha?«

»Sie sagt, nichts Besonderes.«

Serge nickte. »Tatsächlich?«

»Immer dasselbe Einerlei in Melbourne.«

Unser Gespräch wirkte irgendwie gekünstelt, aber vielleicht interpretierte ich auch nur zu viel hinein. Vielleicht hatte er gar nichts von dem Telefonat mitbekommen.

Mit lautem Piep vermeldete die Kaffeemaschine, dass sie fertig war, und unterbrach damit die Stille.

»Ich freue mich, dass bei deiner Freundin alles gut ist«, sagte Serge nach einer langen Pause. War das eine spitze Bemerkung? Ich konnte mich nicht erinnern, dass er Billie jemals zuvor als »meine Freundin« bezeichnet hatte.

»Also, was wollen wir heute unternehmen?«, versuchte ich, die Stimmung ein bisschen aufzulockern. »Wir könnten uns ein paar Schlösser ansehen und uns Anregungen für den Garten holen.«

Am vergangenen Wochenende hatten wir versucht, eine unserer Pariser Lieblingstraditionen wiederzubeleben, aber das hatte sich als ziemliche Katastrophe erwiesen. Für den Winter war es ein recht warmer, sonniger Tag gewesen. Also hatte ich auf dem Rasen eine Decke ausgebreitet und versucht, in unserer Küche ein halbwegs anständiges Picknick zusammenzustellen.

Aber als Serge endlich von der Arbeit zurückkehrte, hatte ich schon fast alles aufgegessen. Er setzte sich dann zu mir auf die Decke und vertilgte meine Reste.

»Eine schöne Idee, Ella«, hatte er gesagt.

»Entschuldige, dass ich fast alles gegessen habe.«

»Kein Problem, du isst schließlich für zwei.«

»Allerdings«, hatte ich bestätigt, obwohl ich wusste, dass dieses winzige Wesen in mir nicht wirklich ein halbes Baguette und ein großes Stück Comté brauchte.

Ich hatte Serge umarmt und wollte ihm gerade sagen, wie schön es war, etwas zu tun, was in Paris zu unseren Gewohnheiten gehört hatte, und dass sich ja vielleicht nicht alles ändern musste, nur weil wir jetzt auf dem Land lebten. Aber in dem Moment waberte der Geruch von Ziegenmist zu mir herüber. Ich bat Serge, seine Schuhe zu kontrollieren – der Schuldige war gefunden und die Stimmung ruiniert. Dann verschwand die Sonne hinter einer Wolke, und es wurde sofort kühl. Ich schlug vor, ins Haus zu gehen, und das war's.

Dieses Wochenende sollte erfolgreicher verlaufen. Aber Serge war nicht zu Unternehmungen aufgelegt. »Ich muss arbeiten, Ella«, sagte er und klang erschöpft.

»Nein! Wir sollten losziehen und die Gegend erkunden.«

»Ich kann nicht aufhören zu arbeiten, nur weil du es getan hast«, erwiderte er schroff.

Einen Moment lang war ich sprachlos. Er fuhr fort: »Ich habe Probleme mit einem anderen Teil der Melkmaschine und muss ziemlich jonglieren, damit trotzdem alle Ziegen gemolken werden.«

»Wie wäre es, wenn ich helfe? Ich kann bestimmt eine Ziege melken«, erwiderte ich zuversichtlich.

»Echt?« Er sah mich mit hochgezogenen Brauen an. Offenbar waren meine früheren erfolglosen Bemühungen mit den Tieren nicht unbemerkt geblieben.

»Natürlich. Ich habe schon oft Kühe gemolken. So viel anders kann das nicht sein.« In Wahrheit war es genau *eine* Kuh gewesen, und »oft« bezog sich auf das eine Mal während eines Ferienlagers.

»Großartig. Sollen wir sofort anfangen?«, schlug Serge vor.

»Was du heute kannst besorgen, das verschiebe nicht auf morgen«, erwiderte ich und stopfte mir ein halbes Croissant in den Mund, während ich dachte: *Das könnte jetzt interessant werden.*

Kurz darauf quetschten meine eisigen Hände unten im Melkschuppen das Leben aus dem Euter einer armen Ziege. Stolz sah ich die dünnen Spritzer Milch in den Eimer schießen – bis ich hinüberschaute und feststellen musste, wie viel effizienter die Milchmaschine diesen Job erledigte. Ich wollte Serge reinen Wein über meine Inkompetenz einschenken, aber er wirkte ganz zufrieden damit, wie es lief, also entschied ich durchzuhalten.

Es gelang mir, so richtig in Fahrt zu kommen, bis ich einen Krampf in der Hand spürte, die Zitze umklammert hielt, die Ziege erschrak, was wiederum mich erschreckte, sodass ich den Eimer umstieß.

»Merde!«, schrie ich.

»Was ist passiert, Ella?« Serge kam angelaufen.

Ich brach in Tränen aus. Die Anspannung dieses Morgens plus meine Unfähigkeit, die Ziege zu melken – plus eine irrationale Angst, dass ich dann vielleicht auch unfähig sein würde, mein Kind zu stillen –, war zu viel gewesen.

»Serge, ich kann das nicht, tut mir leid. Ich hasse diese verdammten Ziegen.«

»Mir geht es manchmal genauso«, sagte er erschöpft.

»Echt?«, fragte ich und hoffte, dass er sich mir nun endlich öffnen würde.

»Natürlich hasse ich sie manchmal.« Er richtete sich auf. »Aber Landwirtschaft ist nun mal nicht einfach.«

»Nein, aber muss es eine Qual sein?«, fragte ich.

Er ignorierte meine Frage. »Und mach dir keine Gedanken wegen der Milch. Wir haben noch jede Menge. Wichtiger war, dass die Ziegen gemolken werden.« Er nahm mich in den Arm und wischte mir die Tränen von den Wangen.

Das war zwar nicht das erhoffte Geständnis von Serge, aber immerhin durfte ich einen kurzen Blick darauf erhaschen, weswegen er momentan so frustriert war. Ich rief mir wieder einmal ins Gedächtnis, dass sich auch sein Leben gravierend verändert hatte.

Wir kamen überein, dass meine Zeit beim Kochen sinnvoller investiert war. Ich fragte mich, wie lange Serge es wohl noch aushielt, die ganze Arbeit auf der Farm allein zu machen, und wann er den Punkt erreichte, über mehr Unterstützung nachzudenken als seine in landwirtschaftlichen Dingen völlig inkompetente Freundin.

Ich ging zurück zum Haus und bemerkte überrascht, dass Chuck vor der Tür stand. Vermutlich war er gerade hergekommen, um seinen Wagen zu holen. Allein sein Anblick war eine willkommene Ablenkung von meinen Gedanken.

»Das ist ein schöner Teich«, sagte er, als ich mich näherte. »Vielleicht solltet ihr euch Enten zulegen.«

»Prima Idee. Und wo kann man hier Enten kaufen?«, fragte ich.

»Ich höre mich mal für dich um. Als Housewarming- und Willkommen-auf-dem-Land-Geschenk«, antwortete er und brachte mich gefühlt zum ersten Mal an diesem Tag zum Lächeln. In Chucks Gegenwart fühlte ich mich entspannt und ruhig, so wie ich zuletzt in Paris gewesen war.

»Kommst du mit rein auf eine Tasse Tee?«, schlug ich vor und freute mich bei dem Gedanken an ein bisschen Gesellschaft.

»Ja, ich bin so ausgedörrt wie ein australisches Kamel im Outback.«

In der Wärme des Hauses, mit einer Tasse Pfefferminztee in beiden Händen, erzählte ich Chuck von meinem katastrophalen Morgen. Dabei durchlebte ich ihn quasi ein zweites Mal und konnte nicht verhindern, dass mir erneut ein paar Tränen entwischten.

»Ella, hat dir noch nie jemand gesagt, dass es nichts bringt, wegen so etwas wie verschütteter Milch zu weinen?«, erwiderte er mit warmer Stimme.

Ich lächelte. »Es ist ein bisschen mehr als nur verschüttete Milch. Lass es mich dir erklären.«

Dann weihte ich ihn in meine Vermutung ein, dass Serge der Arbeit auf dem Hof nicht gewachsen war. Ich berichtete von meinem Gespräch mit dem Käsehändler in Chinon, davon, dass die Verkaufszahlen im Keller waren und wir das für die Renovierung geplante Geld für Reparaturen an Maschinen aufwendeten.

»Es kommt mir so vor, als würdest du eine Menge Groll wegen dieses Umzugs hegen«, sagte er.

»Ein Teil von mir schon. Andererseits habe ich zugestimmt. Und neuerdings gewöhne ich mich sogar an die Idee hierzubleiben.«

»Das sind gute Neuigkeiten, zumindest für mich«, sagte er.

»Ich habe ein paar Ideen, wie wir den Hof zum Laufen bringen können, aber jedes Mal, wenn ich mit Serge darüber sprechen will, wechselt er das Thema oder behauptet, er hätte alles unter Kontrolle.«

»Es ist also eher ein Beziehungsproblem als eines mit der Landwirtschaft«, schlussfolgerte er, und in just diesem Moment kam Serge herein.

Ich merkte mir Chucks Äußerung, um später darauf zurückzukommen.

»Chuck, wie schön dich zu sehen«, sagte Serge und stapfte in seinen Arbeitsstiefeln zum Sofa. Die beiden schüttelten sich die Hände.

»Noch jemand Tee?«, fragte ich.

»Ich sollte jetzt gehen, sorry«, erwiderte Chuck. »Ich muss heute noch ein Kapitel beenden und hinke bereits hinterher.«

»Danke, dass du vorbeigeschaut hast«, sagte ich und fügte leise hinzu: »Und entschuldige, dass ich dich so vollgequatscht habe.«

»Danke noch mal für das Essen gestern Abend, euch beiden. Im neuen Jahr werde ich mich revanchieren.« Er verabschiedete sich mit breitem Lächeln und ließ dann Serge, mich und diese seltsame Stimmung, die über dem Haus hing, zurück.

»Und, was hast du gekocht?«, fragte Serge.

Mist. Das Einzige, was ich zubereitet hatte, war kannenweise Tee gewesen.

»Das ist eine Überraschung. Geh duschen, und ich mache es derweil rasch fertig«, antwortete ich und schob in Gedanken bereits eine Tiefkühlquiche in den Backofen.

Serge schaute Chuck hinterher, als der vom Hof fuhr, und ging dann ins Bad. Ich hatte den Eindruck, dass er nicht so begeistert von unserem neuen Freund war wie ich. Aber auf dem Land ist es nicht einfach, Freunde zu finden, schon gar nicht Englisch sprechende, und ich würde diesen hier auf keinen Fall wieder ziehen lassen.

Als ich am darauffolgenden Morgen die Post durchging, wechselte die Situation von unbehaglich zu bedrohlich. Rechnungen, Rechnungen, Werbung und ein handschriftlich adressierter Brief an Serge.

Überrascht drehte ich den Umschlag um, weil ich sehen wollte, wer der Absender war. *Nichts …*

Ich schob den Brief in die Hosentasche meiner Schwangerschaftsjeans und lief zurück ins Haus. Serge war schon wieder draußen unterwegs und ich allein mit diesem Brief und meinen Gedanken – was sich als schreckliche Kombination erwies. Wenn Serge da gewesen wäre und ihn vor meinen Augen geöffnet und mir gesagt hätte, von wem er ist, wäre das vermutlich alles kein Problem gewesen. Aber je länger ich damit allein war, desto neugieriger wurde ich.

Nach zehn scheinbar endlosen Minuten wusste ich plötzlich, wo ich die Handschrift schon einmal gesehen hatte: auf einem Brief von Françoise.

Das kann nicht sein, dachte ich. *Woher hatte sie überhaupt Serges neue Adresse?*

Noch bevor ich wusste, was ich tat, schob ich den Finger in den Umschlag.

»Oh, ich dachte, der wäre für mich«, übte ich laut. *Klingt überzeugend genug*, entschied ich.

Ich riss den Umschlag auf. Mein Blick wanderte zum Ende des Briefes. Er war tatsächlich von Françoise. Mir schoss das Blut in die Wangen.

Serge

Ich hörte von Marie, dass du an die Loire zurückgekehrt bist. Es ist so schön, sich nicht vorstellen zu müssen, wie du in Paris festsitzt. Das Land passt so viel besser zu dir.

Ich bitte dich, rufst du mich an? Ich muss unbedingt mit dir über Clovis sprechen.

In Liebe, Françoise

Ich holte tief Luft. *Wenn ihre Neuigkeit so wichtig war, warum griff sie dann nicht selbst zum Telefon wie ein normaler Mensch? Und wer zur Hölle war Clovis?*

In meiner Fantasie bekniete Françoise ihn prompt, dass

die Scheidung ein Fehler gewesen sei. *Liebte sie ihn immer noch?*

Ich hörte, dass Serge draußen seine Schuhe auszog, und stopfte den Brief rasch zurück in meine Tasche. Darüber würde ich mir später Gedanken machen. Ich eilte in die Küche und holte alles Mögliche aus dem Kühlschrank.

»*Bonjour*«, sagte Serge und schlang die Arme um mich. »Wie geht es meinen Babys?«

»Uns geht es gut«, antwortete ich und entzog mich seiner Umarmung. »Aber ich bin gerade dabei, Mittagessen vorzubereiten. Hast du Hunger?«

»Immer. Ich muss nur schnell Jacques anrufen, der mir bei ein paar Auslieferungen helfen will.«

»Dann mal los«, sagte ich. Der Brief schien ein Loch in meine Hosentasche zu brennen und machte mich ganz kribbelig.

Ich entzündete die Flammen des Gasherds, und als ich das Feuer sah, überlegte ich für einen Moment, ob ich den Brief einfach verbrennen sollte. Aber dann stellte ich mir vor, was ich von Françoise erwarten würde, wenn sie an meiner Stelle wäre. Vor Panik förmlich paralysiert stand ich da.

Kurz darauf hielt ich eine Ecke des Briefs an die Flamme und bedauerte es sofort wieder. Ich versuchte, das Feuer auszupusten, aber er war bereits zu Hälfte verbrannt. *Mist, Mist, Mist. Und was jetzt, Ella?*

Serge kam zurück in die Küche und fragte mich, ob alles in Ordnung sei. Ich warf die glimmenden Reste ins Spülbecken und sagte, dass ich aus Versehen ein Rezept verbrannt hätte. Als er zu mir kam, um zu sehen, ob man es noch retten konnte, scheuchte ich ihn weg.

»Ist schon gut. Ich habe es im Kopf.«

Er ging wieder, sichtlich irritiert wegen meiner emotionalen Reaktion auf ein verbranntes Rezept. Ich kümmerte mich um das Essen, um nicht noch mehr Verdacht zu erregen.

Nun musste ich nur noch eine überzeugende Erklärung finden, wieso ich einen Brief an ihn geöffnet und teilweise zerstört hatte. *Au weia …*

Serge davon zu überzeugen, dass wir einen Käseverkostungsraum eröffnen sollten, würde ich bis nach Neujahr verschieben. Bevor ich mich auf ein derart großes Projekt auf dem Land einließ, musste ich erst dieser Sache mit Françoise – und jetzt auch noch Clovis – auf den Grund gehen.

Kapitel 16

Heiligabend war da – und ich total emotional. Einerseits war ich immer noch aufgeregt bei dem Gedanken, den Käseverkostungsraum zu eröffnen; andererseits war ich unsicher, ob Serge und ich es überhaupt über die Feiertage schaffen würden. Über den verbrannten Brief hatten wir nie gesprochen, da ich mich entschied, ihn nicht zu erwähnen, wenn auch der Inhalt weiterhin wie eine dunkle Wolke über mir hing.

Positiv dagegen war, dass ich mich in jenem glückseligen Zustand befand, von dem ich immer gedacht hatte, dass die Leute ihn sich nur ausdachten – ich strotzte vor Gesundheit, fühlte mich stark und wunderschön.

An den Tagen vor Heiligabend hatte ich ein Festmahl zubereitet.

Genug, um sechs Personen satt zu bekommen. Als ich alles auf dem Esstisch anrichtete, kam es mir völlig übertrieben vor nur für uns zwei.

»Wow«, entfuhr es Serge, als er das Essen sah.

»Ich weiß. Eine ziemliche Auswahl«, stimmte ich zu und deutete eine Verbeugung an.

»Ein bisschen übertrieben, *non*?«, murmelte er.

»Serge, ich werde nie den Tag vergessen, an dem du mir sagtest, dass man von Weihnachtskäse gar nicht genug essen kann.« Seither hatte ich die Dekadenz-Theorie zu Feiertagen auf alle Lebensmittel ausgedehnt.

Er sah mich nachdenklich an, als suche er nach dem besten Weg, mit einer Schwangeren an Weihnachten zu diskutieren. Schließlich umarmte er mich und sagte: »Dann sollten wir uns setzen.«

Das taten wir, aßen und lachten. Das erinnerte mich an mein erstes Weihnachtsfest in Frankreich, das erst ein Jahr zurücklag, obwohl es mir vorkam, als sei es sehr viel länger her.

Ich war entsetzt gewesen, als Mum und Ray Serge zum Essen einluden, denn bis dahin war er lediglich mein Käsehändler gewesen. Wenn ich damals gewusst hätte, dass dieses Essen zum Wendepunkt in unserer Beziehung werden würde …

»Kannst du dir vorstellen, dass wir letztes Jahr um diese Zeit noch nicht einmal zusammen waren?«, fragte ich ihn, während ich den *Bûche de Noël* – den Weihnachtskuchen – servierte, und dazu auch noch, was echt übertrieben war, üppigen Plumpudding mit Vanillesauce.

»Ich kann mir gar nicht mehr vorstellen, wie es ohne dich gewesen ist, Bella«, antwortete er.

Ah, vielleicht ist unsere Romanze doch noch nicht verloren, dachte ich.

»Es ging alles so schnell. Letztes Jahr um diese Zeit habe ich mich gerade in dich verliebt. Jetzt bekommen wir ein Kind und leben auf dem Land. Das ist noch schwerer vorstellbar, oder?«

»Irgendwie schon«, stimmte er zu.

Ich wollte Serge gerade fragen, ob er in letzter Zeit etwas

von Françoise gehört hatte, da rief Mum über Video-Chat an.

»Ella, Liebes, frohe Weihnachten! Und *Joyeux Noël* an Serge«, sagte sie, als ihr Gesicht auf dem Bildschirm auftauchte. Seit sie sich damit abgefunden hatte, dass ich vorerst in Frankreich bleiben würde, hatte sie angefangen, Französisch zu lernen. Das war echt süß. Und die Aussicht auf ein Enkelkind hatte viel dazu beigetragen, dass sie mir verzieh, nicht zu ihrer Hochzeit zu kommen. Mittlerweile hatte sie mir vorgeschlagen, dass wir in Frankreich »nachfeiern« könnten, wenn Ray und sie auf ihrer Hochzeitsreise hier vorbeikamen. Das klang nach einem guten Kompromiss, auch wenn mir die Vorstellung von einer Hochzeitsreise der beiden ein bisschen zu intim war.

Als ich Mums Gesicht sah, wäre ich beinahe in Tränen ausgebrochen, schaffte es jedoch, sie runterzuschlucken. Wir wünschten uns gegenseitig erneut frohe Weihnachten, und Rays lächelndes Gesicht tauchte im Hintergrund auf. Die beiden saßen im Garten beim Frühstückskaffee und aßen Mince Pies. Mich überkam schreckliches Heimweh. Am Weihnachtsmorgen draußen unter der australischen Sommersonne zu sitzen fühlte sich an wie ein Traum.

»Ella, lass mich dir die Blumen zeigen, die gerade zu blühen beginnen«, sagte Mum und marschierte durch den Garten, was leider dazu führte, dass das Videobild einfror. Verzweifelt schaute ich zu Serge, als könne er das Problem beheben.

»Mum, setz dich wieder hin, ich sehe nur noch ein Standbild«, bat ich.

»Jetzt sei doch nicht so, Ella. Es ist Weihnachten. Macht dich die Schwangerschaft so launisch?«

Argh! Mütter können ja so nervig sein. So darf ich auf keinen Fall werden!

»Ich möchte einfach mit euch beiden reden. Die Blumen können warten«, nahm ich einen neuen Anlauf, und sie gehorchte murrend.

Wir plauderten, bis Mum ihren Truthahn in den Ofen schieben musste. Mein Wunsch, bei ihr zu sein statt in dem eisigen Chinon, war so stark, dass sich mir der Magen zusammenzog.

»Genießt euer Weihnachtsessen«, sagte ich, nachdem sie mir schon zum dritten Mal signalisiert hatte, dass sie nun wirklich auflegen musste.

»Frohes Fest, mein Schatz. Ich habe übrigens kein Geschenk geschickt, sondern werde in deinem Namen etwas für einen wohltätigen Zweck spenden. Und danke für die Schürze. Das war wirklich nicht nötig. Wir sind mittlerweile schon zu alt für Geschenke.«

»Für ein bisschen Liebe vom anderen Ende der Welt ist man nie zu alt«, erwiderte ich spröde.

»Daran habe ich nicht gedacht, entschuldige, Liebes. Die Verbindung scheint schon wieder weg zu sein. Bis bald«, sagte sie und verschwand.

Nun hatten meine Tränen ihren erwarteten Auftritt. Eine ganze Weile saß ich da und schluchzte vor mich hin. Und als ich gerade dachte, es wäre vorbei, kam eine neue Welle. *Vielleicht ist mein Hormonhaushalt doch stärker aus dem Gleichgewicht als gedacht.*

Serge verschwand ins Schlafzimmer, und als er zurückkehrte, hielt er eine Hand hinter dem Rücken. »Eigentlich wollte ich es dir erst morgen früh geben«, sagte er.

Gespannt hob ich den Kopf.

»Aber anscheinend brauchst du eine kleine Weihnachtsaufheiterung«, fuhr er fort.

Mein Herz begann zu rasen, während ich mich fragte, welche Überraschung Serge für mich hatte.

Er reichte mir einen Umschlag und sagte: »Zwei Zugfahrkarten nach Paris, ein paar Nächte in einem Hotel und ein Abendessen mit Clotilde und Jean.«

»Wann?«, entfuhr es mir begeistert.

»Wir fahren morgen los.«

Ungläubig sah ich Serge an. Das war genau das, was ich brauchte: eine Dosis meiner Lieblingsstadt, Zeit mit meiner französischen Freundin und eine Pause vom kalten, düsteren Landleben. Ich drückte Serge ganz fest und schoss dann los, um eine Tasche zu packen. Meine Stimmung hatte sich schlagartig verbessert.

Ich fahre nach Hause!, ging es mir durch den Kopf und ich stellte erfreut fest, dass sich Paris für mich weiterhin wie mein Zuhause anfühlte.

Kapitel 17

Die folgenden Tage sollten so wunderbar werden wie erwartet. In Paris war es auch kalt, aber es fühlte sich anders an als in Chinon, und es gab so viele Cafés und gemütliche Restaurants, in die man sich zum Aufwärmen flüchten konnte, dass mich das Wetter nicht davon abhalten konnte, eine schöne Zeit zu verbringen.

Serge hatte für uns in einem Hotel im Marais reserviert, und wir spazierten in Erinnerungen schwelgend durch unsere alte Wohngegend, schauten bei Freunden rund um Serges *fromagerie* vorbei und gingen dann in den Laden zu Fanny, um ein bisschen Käse zu kaufen.

Clotilde und Papa Jean waren in Weihnachtsstimmung, als wir zum Abendessen bei ihnen eintrafen. Jean hatte ein Festmahl zubereitet. Gaston hatte offenbar eine wichtigere Verabredung, was mir das peinliche Wiedersehen mit ihm ersparte.

Während Jean und Serge in der Küche – ausführlich – über den Jus diskutierten, brachten Clotilde und ich uns auf den neuesten Stand. Sie erzählte mir von ihrem Leben in Paris und untertrieb maßlos, was ihre Modelkarriere anging.

»Und bei dir? Irgendwelche Fortschritte mit dem Käseverkostungsraum?«, fragte sie.

»Ich habe entschieden, auch noch eine Kaffeemaschine anzuschaffen.«

»Aber du hast schon mit Serge darüber gesprochen?«, hakte sie nach.

»Noch nicht«, gestand ich.

»Worauf in aller Welt wartest du denn? Das geht doch jetzt schon über Wochen.«

»Ein Teil von mir fragt sich wohl immer noch, ob ich mich wirklich auf das Landleben einlassen soll. Ob sich Serge mit der Idee anfreunden kann oder nicht, ich bin selbst noch unsicher. Sollte er zustimmen, werden wir auf alle Fälle länger auf dem Land bleiben. Und falls nicht, muss ich mir überlegen, was ich mit meinem Leben anfange. Abgesehen von dem Baby natürlich.«

Ich streichelte meinen Bauch.

»Hm«, murmelte sie nur.

»Und dann stellt sich noch die Frage nach dem Käse selbst«, fügte ich hinzu.

»Wie meinst du das?«

»Serge ist diesbezüglich sehr verschlossen. Ich habe den Eindruck, dass er nicht wirklich glücklich ist mit dem, was er bisher produziert hat …«

»Ella, du musst mit ihm reden«, unterbrach sie mich. »Über den Käse, aber vor allem über den Verkostungsraum. Selbst wenn ihr euch entschließt, eure Zelte dort wieder abzubrechen, und alles kurz nach der Eröffnung verkauft, dann erhöht es den Wert des Hofes. Ihr werdet auch leichter einen Käufer finden.«

»Das ist ein gutes Argument.«

»Aber wenn du nicht bald mit Serge sprichst, wirst du nicht sehr weit kommen«, betonte sie.

Ich war gerade kurz davor, Clotilde von meinen anderen Gründen zu erzählen, warum ich Serge noch nicht von meiner Idee berichtet hatte – wegen dieser Sache mit seiner Exfrau und unserer finanziellen Situation –, als uns Papa Jean zu Tisch rief. »Wir reden später weiter«, flüsterte ich ihr ins Ohr, als wir uns setzten.

Und dann schlemmten wir. Jeans Festmahl war mehr als dekadent. Mit *Foie gras* gefüllte Feigen, Gänsebraten mit Rosenkohl und Röstkartoffeln, knusprig von der gesalzenen Butter, die ihnen beim Braten zugegeben wurde. Anschließend folgte Käse, mit einem unglaublich großen Stück Comté, bei dem Jean darauf bestand, dass es für mich und *bébé* reserviert sei.

Nach dem Essen knabberten wir karamellisierte Kastanien, tranken Tee und überlegten, was das kommende Jahr uns wohl bringen würde.

Zu diesem Zeitpunkt hatten bereits alle außer mir vom Wein gerötete Wangen. Jean und Clotilde diskutierten fröhlich über seinen möglichen Ruhestand, wobei Clotilde sich dagegen aussprach, weil wir dadurch alle älter wirken würden.

»Und ihr beide? Irgendwelche neuen Pläne für den Hof?«, fragte Clotilde und zwinkerte mir unauffällig zu.

Serge schaute mich an. »Ich werde hoffentlich mehr Käse herstellen«, sagt er.

»Vielleicht hat Ella ja ein paar Ideen«, ließ Clotilde nicht locker.

»Ella?«, fragte Serge überrascht.

»Ach, ich habe nur überlegt, wie wir das Geschäft ein bisschen ankurbeln könnten«, sagte ich betont beiläufig.

»Ella, jetzt zier dich nicht so. Wieso erzählst du Serge nicht von deinem Plan?«, drängte Clotilde.

»Ja, Ella, das solltest du tun«, verlangte er.

»Es ist im Grunde nicht wichtig.« Ich langte hinüber zu Serge und streichelte über seinen Arm. »Und es ist nichts, was nicht auch bis nächstes Jahr warten kann.«

Ich trat Clotilde unter dem Tisch vors Schienbein und warf ihr einen warnenden Blick zu. Da Serge und ich momentan nicht das Geld für solche Investitionen hatten, konnte ein solches Gespräch nur peinlich werden. Und die Stimmung zwischen uns war angespannt genug, da musste Serge nicht auch noch das Gefühl bekommen, dass ich hinter seinem Rücken etwas ausheckte.

»Lasst uns tanzen!«, schlug Clotilde, die den Wink verstanden hatte, vor, sprang auf und ergriff Jeans Hand. »Das ist bei uns Weihnachtstradition.«

»Wir haben doch noch nie an Weihnachten getanzt«, protestierte Jean, fügte sich dann aber den Launen seiner Tochter.

Ich nahm Serges Hand, zog ihn hoch, und wir tanzten alle um den Esstisch. Diskussionen über unsere Zukunft konnten auch später noch geführt werden.

Am darauffolgenden Morgen erwachten wir spät und kuschelten noch eine Weile lang. In Paris zu sein, Zeit mit Freunden in der Stadt zu verbringen, die wir liebten (oder zumindest ich), fühlte sich so natürlich an. Aber uns war wohl beiden klar, dass wir nicht so tun konnten, als würden wir immer noch hier leben. Wir würden bald auf den Hof zurückkehren, wo unsere Gegenwart wartete.

Ich war immer noch nicht sonderlich erpicht darauf, Serge von dem Verkostungsraum zu erzählen, aber Clotilde hatte recht, irgendwann musste ich es ansprechen.

»Also Serge. Sollen wir über gestern Abend reden?«, begann ich.

»Über was denn genau?«, fragte er. Vielleicht war er zu angetrunken gewesen und erinnerte sich gar nicht mehr an die nicht gerade subtilen Andeutungen meiner Freundin.

»Nun ja, ich habe viel darüber nachgedacht, wie wir es schaffen können, den Hof ans Laufen zu bringen. Dabei kam mir beiläufig die Idee, den Käseverkostungsraum zu eröffnen und vielleicht um eine Art Café zu erweitern.«

»Solltest du nicht mit der Arbeit einen Gang zurückschalten, statt etwas Neues in Angriff zu nehmen?«

»Serge, wir haben darüber gesprochen. Ich möchte keinen Gang zurückschalten«, erwiderte ich. »Davon abgesehen kann ich nicht tatenlos herumsitzen. Dann werde ich verrückt.«

»Du musst an das Baby denken«, sagte er.

»Das tue ich ja. Dieses Projekt wird gut für den Umsatz sein und für unsere Zukunft. Ich habe alles genau geplant, Serge, und sogar schon eine Kalkulation erstellt. Was haben wir denn zu verlieren?«

»Nun ja, zunächst mal noch mehr Geld. Außerdem lautete eine unserer Bedingungen für den Umzug, dass wir den Hof jederzeit wieder aufgeben können. Wenn wir mit diesem Verkostungsraum anfangen, hängen wir dort fest.«

Wie bitte? Bisher war er doch ganz begeistert von der Idee gewesen, dauerhaft dort zu bleiben!

Und da wurde mir etwas klar.

»Serge, sei ehrlich, möchtest du überhaupt bleiben? Ich habe nämlich das Gefühl, dass du jedes Mal abblockst, wenn ich helfen will oder einen Verbesserungsvorschlag habe.«

Für einen Moment wurde er ganz still.

Und dann führten wir endlich das Gespräch, auf das ich seit Wochen gewartet hatte.

Serge hatte genauso zu kämpfen wie ich, sich an das Landleben zu gewöhnen und Fuß zu fassen. Aber im Gegensatz zu mir hatte er verheimlicht – manchmal unglaublich schlecht –, was uns in diese frustrierende Situation gebracht hatte, in der wir nun dieses Gespräch führten. Endlich redeten wir ausführlich darüber, wie schwer es Serge fiel, die Farm zu bewirtschaften, wie schlecht der Verkauf lief und dass er sich immer mehr Sorgen wegen des Geldes machte.

»Ich stehe so unter Druck, dass alles fertig wird und gut läuft, aber auf dem Land gehen die Uhren langsamer. Man bekommt keine Aushilfen, und selbst wenn, dann könnte ich sie mir nicht leisten. Deshalb arbeite ich so viele Stunden«, gestand er.

Ich nickte und dachte an die Liste mit Bedingungen, die ich vor dem Umzug an ihn gestellt hatte, und fühlte mich schuldig, dass ich seinen Stress dadurch noch vergrößert hatte.

»Dabei möchte ich unbedingt renovieren«, fuhr er fort. »Vor allem das Kinderzimmer. Aber bevor wir dafür Geld ausgeben, muss ich erst einmal mit den Hofprodukten welches verdienen.«

»Wieso hast du mir nicht gesagt, was los ist?«, fragte ich.

»Weil du sowieso nicht glücklich mit dem Umzug warst. Also wollte ich dir das perfekte Leben auf dem Land bieten und dich nicht beunruhigen.«

»Tut mir leid, dass du das Gefühl hattest, nicht mit mir darüber sprechen zu können. Vielleicht hätte ich helfen können. Und vielleicht kann ich das immer noch«, schlug ich vor.

Ich hätte gern weiter über den Verkostungsraum gesprochen und über seine potenziellen Vorteile, entschied jedoch, dass es für den Moment zu viel war in Anbetracht von Serges Problemen.

Ich rieb mir über den Bauch, als Entschuldigung an unser Baby, dass wir es unnötigem Stress und Unsicherheit aussetzten.

»Weißt du noch, dass ein Hauptgrund für unseren Umzug darin bestand, mehr gemeinsame Zeit als Familie zu verbringen?«, sagte ich.

»Ella, diese ganze Entwicklung hat sich meiner Kontrolle entzogen.«

Ich überlegte, ihn nach seiner Käseproduktion zu fragen, hatte jedoch den Eindruck, dass seine Probleme tiefer lagen. Er schien unzufrieden mit dem Leben auf dem Land und seinem Leben als Bauer zu sein.

»Und was möchtest du jetzt tun, Serge?«, fragte ich. »Wir müssen einen Weg finden, dass es mit dem Hof funktioniert, was würde das alles sonst bringen?«

»Keine Ahnung.« Er zuckte mit den Schultern. Sein Gesichtsausdruck wirkte auf mich wie eine Mischung aus Erschöpfung und Sorge. Er tat mir so leid.

»Es ist keine Schande zuzugeben, dass es vielleicht eine falsche Entscheidung war«, sagte ich.

Für einen Moment spielte ich mit dem Gedanken, ihm vorzuschlagen, nach Paris zurückzukehren, aber ich wollte Serge nicht zu diesem Entschluss drängen. *Aber was wird aus dem Verkostungsraum, wenn wir den Hof verlassen?,* fragte ich mich. Obwohl es bislang nur eine Idee war, hatte ich diese sehr liebgewonnen.

Serge nickte nur.

Es kam mir vor, als steckten wir in einer Sackgasse. Serge kämpfte darum, das Ganze ans Laufen zu bringen, wollte aber offenbar keine Hilfe annehmen. Dabei glaubte ich, für einige seiner Probleme eine Lösung zu haben. Aber ich stieß bei ihm nur auf taube Ohren. Und dann war da noch meine eigene Verwirrung, ob ich dort bleiben wollte oder nicht. Ich hätte nie gedacht, jemals an diesen Punkt zu kommen, und wusste auch nicht, wieso ich mich überhaupt bemühte, Serge davon zu überzeugen, dass wir es schaffen konnten. Aber irgendetwas sagte mir, dass ich das tun müsse.

Bevor wir also weiter darüber sprachen, musste ich erst meine eigenen Gefühle klarbekommen.

»Serge, ich habe einen Vorschlag«, sagte ich deshalb. »Jeder überlegt für sich eine Stunde lang, was wir nächstes Jahr erreichen wollen. Dann kommen wir wieder zusammen und überlegen gemeinsam, wie wir das bewerkstelligen können.«

»Ella, das ist brillant«, sagte er, und ich wurde tatsächlich rot. Es kam nicht oft vor, dass ich als Vernünftige hervorstach.

»Möchtest du gehen oder soll ich?«, fragte er.

»Ich gehe. Baby verlangt nach einer heißen Schokolade.«

Serge küsste mich fest, und es fühlte sich wie eine Entschuldigung und eine Bitte zugleich an.

Sobald ich draußen war, rief ich bei Mum an.

»Hallo, Liebes«, meldete sich Ray.

Ich verdrehte die Augen. So sehr ich meinen zukünftigen Stiefvater auch mochte, es war nicht seine Stimme, die ich jetzt gerade hören wollte.

»Hi, Ray, wie war euer Weihnachtsfest denn noch so?«

»Zu viel Weihnachtspudding«, antwortete er, und ich konnte förmlich sehen, wie er sich den Bauch tätschelte. Wieder verdrehte ich die Augen.

»Ich würde ja gern weiter mit dir plaudern, Ray, aber ich muss mit Mum sprechen. Ist sie da?«

»Sie ist gerade einkaufen. Ist irgendetwas passiert?«, fragte er, und seine Stimme klang besorgt.

Ich blieb einen Augenblick lang stumm. Eigentlich wollte ich Ray raushalten, aber da Mum nicht verfügbar war und mir nur eine Stunde blieb, um eine funktionierende Lösung für meine Zukunft mit dem Vater meines ungeborenen Kindes zu finden, musste er genügen.

»Nun …«, begann ich, holte tief Luft und lieferte im Schnellverfahren eine Beschreibung unserer aktuellen Situation, einschließlich Serges Kampf, sich an die Arbeit als Landwirt zu gewöhnen, und meinen Wunsch, einen Käseverkostungsraum zu eröffnen, und schloss mit der entscheidenden Frage, ob wir nicht einfach nach Paris zurückkehren sollten. Und war das Problem damit überhaupt gelöst? Oder sollte ich nach Australien zurückgehen, mit oder ohne Serge?

»Jetzt beruhige dich erst einmal, Liebes«, sagte Ray. »Erzähl mir doch zunächst genauer von den Problemen auf dem Hof.«

Ich berichtete ihm von den schlechten Verkaufszahlen, dass sich Serge offenbar schwertat mit der Käseproduktion und wie sich das auf mich auswirkte. »Den alten Serge bekomme ich kaum noch zu Gesicht. Ständig muss ich jetzt mit der gestressten Version von ihm vorliebnehmen – wenn er überhaupt mal da ist.«

»Ihr beide macht gerade eine große Veränderung durch«, sagte Ray und schwieg für einen Moment. »Vielleicht braucht Serge einfach nur Zeit, um sich in alles hineinzufinden. Immerhin war er bisher der Besitzer eines Käsegeschäfts in Paris, und jetzt stellt er das Produkt selbst her. Das ist ein ziemlich großer Sprung, wenn du mich fragst.«

»Aber was sollen wir machen? Den Hof wieder aufgeben? Soll ich Serge verlassen? Wäre ich überhaupt in der Lage, das Kind allein aufzuziehen?«

»Nur nichts überstürzen«, antwortete er ruhig. Er war in den Problemlösungsmodus gewechselt, und ich schätzte zwar seine langsame und methodische Vorgehensweise, aber mir lief die Zeit davon.

»Aber das kann nicht ewig so weitergehen«, protestierte ich. Serge und ich mussten eine Entscheidung treffen. Und ich hätte mich echt gern irgendwo eingerichtet, bevor das Baby auf die Welt kommt.

»Was hältst du davon, wenn ich versuche, unsere Flugtickets umzubuchen? Wir kommen jetzt schon nach Frankreich und unterstützen euch ein bisschen. Deine Mum würde sich auch sehr freuen, dich zu sehen.«

»Das könnte helfen, aber damit verlange ich echt viel von euch.«

»Nichts ist zu viel für unser kleines Mädchen«, sagte Ray, und ich musste lächeln. »Ich ruf dich wieder an, sobald ich mit deiner Mum gesprochen habe. Tschüss!«

»Tschüss.«

Ich setzte mich in ein Café und bestellte eine heiße Schokolade. Die Gedanken rasten in meinem Kopf, also holte ich Stift und Zettel aus meiner Tasche und versuchte, einen Plan zu entwerfen, wie Serge und ich das mit dem Hof hinbekommen konnten. Ray hatte mir neue Hoffnung gegeben, und nun schwankte ich zwischen Aufregung und Angst. Aus Erfahrung wusste ich, dass diese beiden Gefühle nebeneinander existieren können, aber für gewöhnlich wurde irgendwann eines stärker als das andere – und ich hoffte, es würde die Aufregung sein.

Und dann betrat Gaston das Café. Seit ich ihn dabei erwischt hatte, wie er mich betrog, waren wir uns erst einmal über den Weg gelaufen, und damals konnte ich es vermeiden, mit ihm zu reden.

Er hatte mich im selben Moment erblickt wie ich ihn, und wir suchten offenbar beide nach einer Möglichkeit, diese Begegnung zu vermeiden, was aber schwierig war.

In dem Café war nicht viel los, und wir konnten schlecht so tun, als würden wir uns nicht kennen. Also kam er entschlossen auf mich zu, küsste mich auf beide Wangen und wünschte mir frohe Weihnachten.

Dann setzte er sich zu mir, und wir unterhielten uns ein paar Minuten. Zumindest unterhielten wir uns lange genug, dass ich endgültig überzeugt war, die richtige Entscheidung getroffen zu haben, als ich ihn verließ. Entweder merkte er tatsächlich nicht, dass ich schwanger war, oder er hatte sich entschlossen, es zu ignorieren und nur von sich zu erzählen.

»Diese vielen Abendessen sind ja so anstrengend«, stöhnte er. »Neulich habe ich bei einem Dinner einen Bordeaux für 2000 Euro die Flasche getrunken, und zu dem Zeitpunkt war ich schon zu betrunken, um es wirklich zu schmecken.«

»Hast du schon mal über einen Berufswechsel nachgedacht?«, schlug ich vor und wusste nur zu gut, dass er seinen Champagner-Lebensstil nie aufgeben würde.

»Und dann die Reisen …«, fuhr er fort, meine Bemerkung einfach ignorierend.

Was habe ich nur in diesem Mann gesehen?, fragte ich mich.

Nachdem ich demonstrativ auf meine Armbanduhr geschaut hatte, winkte ich nach der Rechnung.

Als ich aufstand, bemerkte Gaston mein Bäuchlein, und ihm klappte die Kinnlade herunter. Jetzt hätte er mir offenbar gern ein paar Fragen gestellt – und rechnete im Kopf vermutlich nach, wie lange wir getrennt waren und ob das Kind von ihm sein konnte –, aber ich würde seine Neugier nicht stillen.

Ich zuckte lediglich mit den Schultern, lächelte und ging.

Als ich ins Hotel zurückkam, wirkte Serge glücklicher, als wäre ihm eine Last von den Schultern genommen worden.

»Wie ist es gelaufen?«, fragte ich und kam sofort zum Punkt. »Weißt du jetzt ein bisschen besser, was du gern tun würdest?«

Er nickte.

»Also? Du zuerst«, sagte ich.

»Nein, du«, beharrte er.

»Gleichzeitig?«, schlug ich vor, und er nickte.

»Ich habe die Nase voll«, sagte Serge, während ich herausplatzte: »Wir sollten bleiben.«

Teil drei

Frühling

Kapitel 18

Erstaunt schauten Serge und ich uns an. Die Sekunden, nachdem er gesagt hatte, dass er genug habe, schienen ewig zu währen.

Ich überlegte, was er damit meinte. *Hatte er genug von der Landwirtschaft? Oder von mir? O Gott.* Erinnerungen an Melbourne kamen in mir hoch, als Paul mir sagte, dass er mich verlassen würde, um sich selbst zu finden. Wollte Serge in seine Fußstapfen treten? Mein Herz begann unkontrolliert zu rasen.

Plötzlich konnte ich gar nicht glauben, dass ich versucht hatte, eine Lösung für uns beide zu finden, während Serge vielleicht vorhatte, mich zu verlassen. Ich hätte es nie für möglich gehalten, dass unsere Beziehung auf die gleiche Weise endete wie die mit Paul, vor allem jetzt, wo ich schwanger war.

Dieses Mal entschied ich, nicht um den heißen Brei herumzureden.

»Willst du mit mir Schluss machen?«, fragte ich.

»Ella!«, sagte er und schaute mir tief in die Augen. »Natürlich nicht. Ich meinte, dass ich genug von der Landwirtschaft habe.«

»Oh.« Ich schwieg für einen Moment und versuchte herauszufinden, wie ich mich fühlte. Noch vor wenigen

Wochen wäre das eine wunderbare Eröffnung gewesen, aber jetzt verstärkte das nur meinen Wunsch zurückzufahren und unser Experiment des »Landlebens« nicht einfach so aufzugeben.

»Serge, wir sind erst wenige Wochen auf dem Hof. Wo willst du denn hin? Zurück nach Paris? Ich dachte, du möchtest nicht mit Kind in der Großstadt leben?« In meiner Stimme schwang ein Hauch Panik mit, der mich selbst überraschte. Ich holte tief Luft.

»Ich weiß es doch auch nicht«, sagte er, und Tränen traten ihm in die Augen. Es war das erste Mal, dass ich Serge dem Weinen nah erlebte. »Aber ich bekomme es einfach nicht hin. Mein Vater wäre unglaublich enttäuscht. Als Landwirt bin ich eine Katastrophe. Ich möchte nicht noch mehr Zeit damit verschwenden, dort leben zu müssen.«

»Du bist keine Katastrophe, Serge«, versicherte ich ihm. »Du musst dich nur einarbeiten. Wir haben doch gerade erst angefangen. Das alles braucht Zeit. Du warst doch derjenige, der mich davon überzeugt hat.«

»Aber der Käse, er ist nicht gut«, entfuhr es ihm.

Anscheinend war er endlich bereit, das zuzugeben. »Was ist denn damit?«, fragte ich.

»Keine Ahnung. Er war zu sauer, nicht genug Salz. Das Wetter war zu feucht und zu kalt, vielleicht hat das den Reifungsprozess behindert. Oder die Ziegen haben schlechtes Gras gefressen. Ich habe alles so gemacht, wie Michel es mir gezeigt hat. Ich weiß nicht, was schiefgegangen ist.«

»Serge, jetzt vergiss das alles mal für einen Moment. Wenn du guten Käse machen könntest, würdest du dann auf dem Hof bleiben wollen?«, fragte ich.

Er nickte. »Ich bin sehr gern dort. Ich mag nur die Landwirtschaft nicht.«

»Also gut«, begann ich. »Wenn du bleiben möchtest, musst du lediglich einen Weg finden, guten Käse zu machen und den Verkauf ans Laufen zu bringen.«

Er schien darüber nachzudenken und sagte dann: »Aber bisher wolltest *du* doch nicht dort leben. Ich dachte, du wärst glücklich, wenn wir nach Paris zurückkehren.«

Damit hatte er recht, ursprünglich wollte ich auch wieder zurück. Aber jetzt wollte ich nicht, dass wir so schnell aufgaben. Serge hatte lediglich Selbstzweifel. Und davon abgesehen gab es da noch den Käseverkostungsraum … *Und* eine Freundschaft mit Chuck, die es wert war, weiterverfolgt zu werden. So überraschend es auch sein mochte, ich hatte noch einige Dinge zu erledigen in diesem Chinon.

Nach ein paar Augenblicken sagte ich: »Anscheinend hat mich das Leben an der Loire von sich eingenommen. Außerdem kannst du den Hof nicht einfach aufgeben, schon gar nicht, wenn nur ein paar schlechte Käsestücke der Grund sind. Vielleicht solltest du Michel zurückholen, damit er dir hilft.«

»Ich will keine Hilfe«, beharrte Serge.

»Es ist keine Schande, jemanden um Rat zu fragen. Jeder braucht Unterstützung, wenn er etwas Neues anfängt. Denk nur daran, wie sehr du mir geholfen hast, als ich neu war in Paris. Indem du mir etwas über Käse beigebracht hast, habe ich auch etwas über die französische Kultur und Geschichte gelernt. Und dann hast du mir viel über die Liebe beigebracht. Ohne dich wäre ich schon längst nicht mehr in diesem Land.«

Serge schaute mich an. Seine Augen waren immer noch feucht, aber jetzt schimmerte ein Funken Hoffnung darin.

»Und du hältst mich nicht für schwach, weil ich Hilfe brauche?«

»Natürlich nicht. Und falls du glaubst, dass ich bei dem Verkostungsraum keine Unterstützung benötige, liegst du falsch. Ich werde *eine Menge* Hilfe nötig haben. Aber darüber lass uns später sprechen. Was brauchst du noch, um mit allem wieder in die Spur zu kommen?«

»Sobald wir wieder zu Hause sind, rufe ich Michel an.«

»Ach, ich habe übrigens erfahren, dass Ray und Mum vielleicht schon früher herkommen als ursprünglich geplant«, fügte ich möglichst beiläufig hinzu, damit Serge nicht auf die Idee kam, dass sie nur anreisten, um uns zu helfen. »Also gibt es noch ein paar zusätzliche Hände, die mit anpacken können. Es wird alles gut werden, Serge. Lass uns nur durchhalten, bis du es schaffst, guten Käse zu machen, und dann können wir noch einmal neu überlegen.« Ich vermochte immer noch nicht zu glauben, dass ich nun diejenige war, die Serge überredete, in Chinon zu bleiben. *Was war nur in mich gefahren?*

Er umarmte mich.

Es fühlte sich an, als hätten wir endlich für reine Luft zwischen uns gesorgt, und ich war erleichtert. Zwar spukte mir auch das Thema Françoise im Kopf herum, aber ich war noch nicht bereit, es anzusprechen. Nicht jetzt, nachdem Serge und ich gerade so friedlich miteinander waren. Schweigend saßen wir lange da und hielten uns einfach nur in den Armen, bis wir schließlich aufbrachen, um in unserem ehemaligen Stamm-Weinlokal zu Abend zu essen.

Wir verdrückten körbeweise Brot mit Oliven-Tapenade, cremige Fischpastete und viel zu viel Trüffelschinken mit hauchdünn geschnittenem Gruyère. Zum Nachtisch teilten wir uns eine Tarte aus dunkler Schokolade mit Himbeeren, und Serge ließ mich an seinem Espresso nippen. Es fühlte sich gut an, mit ihm in Paris auszugehen, und ich blickte optimistisch ins neue Jahr.

Als wir zum Hof zurückkehrten, verspürten Serge und ich neue Energie. Wir »feierten« Silvester, indem wir zu Hause blieben, herzhaftes, winterliches Essen kochten und jede Menge Tee tranken. Wir trafen Entscheidungen und machten Pläne, um alles gut voranzutreiben, einschließlich unserer Beziehung, die unter dem Druck durch den Umzug, die Schwangerschaft und all das Unausgesprochene gelitten hatte.

Sofort nach den Feiertagen rief Serge Michel an und lud ihn zum Mittagessen ein. Wie sich herausstellte, langweilte sich Michel im Ruhestand, und die Aussicht, Serge helfen zu können, munterte ihn sofort auf. Er hatte jede Menge Geschichten und Tipps parat. Serges Bereitschaft, ihn einzubeziehen und sich endlich von jemandem helfen zu lassen, war für uns alle eine Erleichterung.

Da Serge bei Michel nun in guten Händen war, klappte ich meinen Laptop auf, um ein bisschen wegen des Verkostungsraums zu recherchieren. Kaum hatte ich mich am Computer eingerichtet, da klingelte mein Telefon.

»Bonjour«, meldete ich mich.

»*Bonjour, ma fille.*«

»Oh, hey, Mum. Was gibt's?«

»Nun, ich habe mit Ray gesprochen, und er hat mir von eurer kleinen Unterhaltung erzählt.«

»Genau genommen war es eine wichtige Unterhaltung, aber …«

»Also, wir haben die Flüge umgebucht und kommen bereits Anfang März. Ist das in Ordnung?«, fragte sie.

»Klingt prima«, versicherte ich. So froh war ich vermutlich noch nie darüber gewesen, meine Mum zu sehen.

»Wir können doch nicht zulassen, dass du aufgibst und unseren Serge verlässt, oder?«, sagte sie.

Unseren Serge? Ich seufzte. Manche Dinge würden sich nie ändern.

»Du kannst mir helfen, das Kinderzimmer einzurichten«, wechselte ich das Thema.

»Apropos, es gibt noch ein paar Sachen, die du haben kannst – von deiner Babykleidung. Die Sachen sind in erstaunlich gutem Zustand. Ich bringe sie mit, ja?«

»Ich wusste gar nicht, dass du etwas davon aufgehoben hast«, sagte ich.

»Nun ja, ich war nicht sicher, ob ich sie je würde vom Dachboden holen müssen, aber jetzt … Die Sachen sind bereits gewaschen und verpackt.«

Ich konnte nicht umhin zu lächeln und freute mich auf die gemeinsame Zeit mit meiner Mum.

»Kann es kaum erwarten, euch zu sehen«, sagte ich zu ihr. »Hier ist es so schrecklich ruhig.«

»Hast du immer noch keine Freunde gefunden?«, fragte sie.

»Na ja, ich habe einen Engländer kennengelernt. Er ist Schriftsteller, lebt allerdings nicht immer hier«, erzählte ich. »Momentan arbeitet er an einem unheimlich faszinierenden Projekt ...«

Sie unterbrach mich. »Hör zu, Ella. Mach die Sache nicht noch komplizierter, indem du zu viel Zeit mit einem anderen Mann verbringst.«

»Sei nicht albern, Mum«, erwiderte ich lachend.

»Also zu meiner Zeit ...«, begann sie, aber ich bekam einen weiteren Anruf und sagte ihr, dass ich auflegen müsse.

»Bonjour«, meldete ich mich wieder.

»Ella. Hier ist Chuck.«

Wenn man vom Teufel spricht!, dachte ich.

»Hallo! Frohes neues Jahr. Wie war's in London?«

»Sehr schön, danke. Aber jetzt bin ich zurück und möchte weiter an dem Roman arbeiten. Ich habe mir vorgenommen, ihn dieses Jahr fertig zu bekommen.«

»Toll! Ist das denn machbar?«, fragte ich.

»Wer weiß? Ehrlich, ich muss eben mein Bestes geben.«

Ich lachte. Irgendwie klang das wie mein derzeitiges Motto. Mein Bestes geben, auf dem Hof, bei der Schwangerschaft, dem Käseverkostungsraum.

»Jedenfalls«, unterbrach Chuck meine Gedanken, »der Grund, weswegen ich anrufe, ist, dass ich dich fragen wollte, ob du zu mir kommen und mir helfen kannst, Farben auszusuchen. Ich möchte ein paar der Räume neu streichen, und ich weiß nicht recht, wo und wie ich anfangen soll. Hättest du Lust?«

»Ob ich Lust dazu habe? Ich liebe es, Farben für Räume auszusuchen! Ich bin schon unterwegs.«

Chuck nannte mir seine Adresse, und ich hinterließ eine Nachricht für Serge, bevor ich freudig loseilte.

Das neue Jahr ließ sich gut an. Es sah so aus, als würde es mit Serge und unserem Leben auf dem Hof besser werden, *und* ich hatte tatsächlich so etwas wie den Anfang eines gesellschaftlichen Lebens.

Kapitel 19

Während ich zu Chuck fuhr, überlegte ich, wie das Haus seiner Großmutter aussehen mochte. Ich wusste, dass seine Familie Geld besaß, aber ich konnte mir ihn nicht in einem großen Herrenhaus vorstellen. In meiner Fantasie lebte er in einem Loft oder einer Dachwohnung, tippte auf einer Schreibmaschine herum und trug drei Wollpullover übereinander, weil er vergessen hatte, die Gasrechnung zu bezahlen.

Als ich an dem beeindruckenden Schmiedeeisentor ankam, überprüfte ich ungläubig die Adresse. Ich schaltete das Radio aus und fuhr durch die Stille die lange Auffahrt entlang, bewunderte den riesigen Park. Automatisch stellte ich mir vor, das wäre mein Garten, und zwar so lebhaft, dass ich Mums Stimme zu hören glaubte: »Ganz ruhig, Ella.«

Und dann sah ich es.

Chucks bescheidenes Erbe war in Wahrheit ein spektakuläres Schloss.

Wow!

Aber als ich mich näherte, sah ich die Risse in der Fassade. Besonders ein langer, quer über die Front verlaufender ließ mich an der soliden Substanz dieses Anwesens zweifeln. An der Vorderseite zählte ich mindestens

16 Fenster, doch bei vielen fehlten Schlagläden, bei einigen sogar Teile der Scheibe.

Trotz der in Mitleidenschaft gezogenen Fassade verströmte das Gebäude jedoch eine gewisse Eleganz – eine alte Seele mit dem Potenzial, die Jugend zurückzuerlangen, wenn nur der Kreislauf der Vernachlässigung durchbrochen wurde. *Was für ein Projekt!*, dachte ich mit einem Anflug von Neid.

Chuck erwartete mich auf den steinernen Stufen, die zur Eingangstür führten. Er begrüßte mich herzlich. »*Bienvenue* in meiner bescheidenen Hütte.«

»Chuck, dieses Haus ist riesig«, erwiderte ich, immer noch geschockt, wie sehr er untertrieben hatte.

»Ach, weißt du, es ist ein bisschen peinlich, ein Schloss zu besitzen. Vor allem, da ich es mir nicht leisten kann, es in Schuss zu halten.«

»Das spielt keine Rolle. Führst du mich herum?« Ich gierte danach zu erfahren, was er noch unter den Teppich gekehrt hatte.

Wir begannen mit den Räumen, die er tatsächlich bewohnte und die lediglich einen kleinen Teil des Hauses ausmachten. Der Innenbereich war genauso wie das Äußere wunderschön, aber heruntergekommen. Die Möbel, viel Holz und hübsche Polster, waren entweder mit zerschlissenen Laken abgedeckt oder von einer dicken Staubschicht überzogen. Es war traurig, wie ein solch schöner Ort unter der Vernachlässigung litt. Aber für Chuck war es wohl mehr eine Art Ferienhaus. Außerdem wusste ich, dass es seinen Preis hatte, in Frankreich ein Anwesen zu erben, und viele konnte sich die Instandhaltung kaum leisten. Allein die Heizkosten waren für manche nicht bezahlbar.

Chuck schien das recht gelassen zu sehen. Während er mir alles zeigte, erwähnte er die vielen anstehenden Arbeiten, zeigte auf Eimer, in die es vom Dach tropfte, und räumte hier und da Baumaterial beiseite, das Handwerker offenbar zurückgelassen hatten. Ich hatte den Eindruck, dass Chuck sein Leben als Künstler in diesem heruntergekommenen Haus gefiel.

»Am Ende wird mein Erfolg für sich sprechen«, versicherte er. »Und bis dahin ermahnt mich das Haus unentwegt daran, mit dem Schreiben voranzumachen. Sobald ich veröffentlicht habe, wird alles renoviert.«

»Und warum willst du dann jetzt streichen?«, fragte ich.

»Eine gute Frage«, erwiderte er und führte mich in die beiden Zimmer, in denen er seiner Aussage nach die meiste Zeit verbrachte: ein hübsches Wohnzimmer mit großen Fenstern zum Park hinaus und ein winziges, angrenzendes Schlafzimmer mit verschnörkeltem Himmelbett und entsprechenden Samtrüschen.

Sein Wohnbereich sah nun wirklich nicht nach einem reichen Engländer aus, aber er wirkte gemütlich, und das hinzubekommen war bestimmt nicht einfach in einem Schloss. Nachdem ich das alte Bett bewundert hatte, bemerkte ich die Tapetenfetzen auf dem Boden und die zum Teil kahlen Wände.

»Also«, er nickte mir zu, »nachdem ich einen echt miesen Schreibtag hatte, fiel mir ein, was du über die Katharsis deiner Tapeten-Abreißaktion erzählt hast. Ich suchte dann nach einem Stück loser Tapete … und der Rest ist Geschichte.«

Ich lachte. »Chuck, wie konntest du nur? Ich habe Tapete aus den Achtzigern abgerissen! Du hast womöglich etwas Wertvolles von der Wand geholt.«

»Aber es fühlte sich gut an«, erwiderte er verlegen.

Ich lächelte. »Keine Sorge. Ich kann es verstehen.« Ich betrachtete ein Stück auf dem Boden liegende Tapete. Sie war dick und strukturiert, mit einem geprägten Blumenmotiv. *Echt schade drum*, dachte ich.

Während wir ein bisschen aufräumten, sprachen wir weiter über Chucks Pläne für das Schloss. Es war ein langfristiges Projekt, mit Außen- und Innenarbeiten, aber offenbar war die Substanz in Ordnung – die Risse in der Fassade sprach ich lieber nicht an.

Er hatte vor, die meisten Möbel restaurieren zu lassen, außer in seinen beiden Zimmern, für die er lieber ein paar neue Stücke kaufen wollte.

Verglichen mit dem, was Serge und ich in Angriff nehmen wollten, klang das hier nach einem Riesenunterfangen. Aber Chuck arbeitete ja auch schon seit ein paar Jahren an seinem Roman, er schien also nicht der Typ zu sein, der es eilig hatte.

»Und wie läuft es mit dem Roman?«, fragte ich.

»Ganz gut und andererseits fürchterlich. Ich hänge bei der achten Perspektive fest. Und meiner dritten Generation … Oder ist es die vierte? Ich weiß es schon gar nicht mehr. Die beiden Liebenden haben einen heftigen Streit. Keine Ahnung, wie es sich entwickeln wird«, sagte er und schaute wehmütig aus dem Fenster.

»Hast du denn keinen Plan für die Handlung?«, fragte ich überrascht.

»Doch, natürlich. Ich habe sie mir nur nicht aufgeschrieben. Es ist alles hier drin.« Er tippte sich an die Stirn.

Ich lachte. Nach allem, was ich über Chucks Roman wusste, schien er ziemlich kompliziert zu sein, und mir war schleierhaft, wie er ohne schriftlichen Plan nicht durcheinanderkommen wollte. Vermutlich würden sich die Renovierungsarbeiten am Schloss auf ähnlich chaotische Weise entwickeln.

»Und wie waren deine Weihnachtsferien?«, fragte er.

»Aufschlussreich«, antwortete ich.

»Mit der Antwort habe ich nicht gerechnet. Wie kam das?«

Ich erzählte ihm von dem Überraschungsausflug nach Paris und unseren Plänen, den Hof ans Laufen zu bringen. Auch in meine Idee vom Käseverkostungsraum samt Café weihte ich ihn ein.

»Das ist brillant«, sagte er. »Nach all den Jahren hätte ich dann endlich einen Ort zum Schreiben, an dem es anständigen Kaffee gibt! Was denkst du, wann du eröffnest?«

»Kleiner Haken – Serge muss der Idee noch zustimmen.«

»Wieso? Gefällt es ihm nicht?« Er klang überrascht.

»Nein, das ist es nicht. Es steht nur auch viel anderes an.«

Ich spielte die Situation Chuck gegenüber herunter, aber es gab so viele Variablen, die meine Idee scheitern lassen konnten. Würden wir überhaupt lange genug in

Chinon bleiben? Wäre der Käse gut genug für den Verkauf? Würde Françoise auftauchen und alles verderben?

Die meisten Sorgen bereitete mir natürlich der finanzielle Aspekt. Wir mussten in unser Start-up investieren, auch wenn ich vorsichtig kalkuliert und die Kosten niedrig angesetzt hatte. Blieb allerdings die Hürde, Serge davon zu überzeugen, dass der Hof insgesamt davon profitieren würde. Und wir. Und ich.

»Also, wenn du Hilfe brauchst – finanziell oder auch anders –, lass es mich wissen«, sagte Chuck.

»Im Ernst?«

»Absolut.«

Ich dankte ihm und versicherte, dass ich das tun würde, obwohl ich nicht wusste, ob ich Serge je davon überzeugen könnte, sich von Chuck Geld zu leihen.

»Lass uns jetzt mal die Farbmuster anschauen«, versuchte ich, das Thema zu wechseln.

Chuck holte einen Farbfächer und zeigte mir, an welche er gedacht hatte.

»Behältst du das Bett?«, fragte ich und streckte die Hand aus, um die Samtrüschen des Baldachins zu inspizieren.

»Hoffentlich nicht. Es ist wahnsinnig unbequem.«

Ich setzte mich darauf. »Dem ist nur schwer zu widersprechen.«

Er setzte sich neben mich und seufzte. »Es gibt so viel zu tun! Eine Menge Dinge müssen erneuert werden.«

Ich fragte mich, ob Chuck sonst noch jemanden hatte, der ihm helfen konnte. *Warum bittet er mich um Rat? Es muss doch jemanden geben, der geeigneter ist für den Job.* Aber geschmeichelt fühlte ich mich schon.

»Ein weißer Farbton wäre nicht schlecht. Dann hast du später keine Probleme, wenn du passende Möbel oder Accessoires finden musst. Die Wand ist dann wie ein neutraler Hintergrund.«

Er tätschelte mein Bein. »Clevere Idee, Ella.«

Wir saßen eine Sekunde lang schweigend da, und er zog seine Hand nicht fort. Es fühlte sich warm an, aber unangebracht. Ich hoffte, mein unfreiwilliges Erschauern war nicht so sichtbar, wie ich es spürte.

»Und was ist mit deinem Wohnzimmer?«, fragte ich, sprang auf und ging in das andere Zimmer. »Du willst doch sicher beide Zimmer gleichzeitig streichen.«

»Ja, natürlich«, stimmte er zu und folgte mir in den angrenzenden Raum. »Für dieses Zimmer habe ich mir schon etwas überlegt. Aber lass uns erst Tee trinken.«

Ich stimmte zu.

Mit der Tasse in der Hand erklärte Chuck mir kurz darauf, was er sich für das Wohnzimmer vorstellte. Es fiel mir schwer, mich zu konzentrieren, denn mein Herz raste immer noch wegen seiner Hand auf meinem Bein. Obwohl ich es nur ungern zugab, wünschte ein Teil von mir, ich wäre nicht so schnell aufgesprungen. Die Vorstellung, begehrenswert zu sein, sogar jetzt als Schwangere, war schmeichelhaft. Aber ich verdrängte diese Gedanken rasch. Vermutlich war ich einfach nur überempfindlich wegen meiner tobenden Hormone. Davon abgesehen betrachtete Chuck unsere Beziehung ganz sicher als rein platonisch. *Wieso sollte er ausgerechnet eine Schwangere anbaggern?*

Aber es ging mir nicht mehr aus dem Kopf, und ich entschied bald zurückzufahren.

»Du willst schon gehen?«, fragte er.

»Die Pflicht ruft. Serge kocht Abendessen, und ich möchte nachher mit ihm über den Verkostungsraum sprechen.« *Außerdem bin ich jetzt schon fast zwei Stunden hier*, fügte ich in Gedanken hinzu.

In Chucks Gegenwart verflog die Zeit nur so. Was als kurzer Besuch geplant war, endete als stundenlanges Plaudern. Und ich war nicht sicher, wer von uns beiden die Ablenkung mehr genossen hatte.

»Tu dir keinen Zwang an und komm vorbei, wann immer du möchtest. Jetzt weißt du ja, wo ich wohne«, sagte er.

»Und du lässt mich wissen, wenn du Hilfe beim Tapetenabreißen brauchst«, antwortete ich lachend.

Später saß ich auf dem Sofa, aß ein Stück Comté und hörte, dass auf meinem Handy eine Nachricht einging. Sie war von Chuck.

Ella, danke noch mal für deinen Rat heute. Ich werde mich revanchieren, wenn du mit dem Café anfängst. Chuck x

Serge stand am Herd, rührte in einem Topf mit Rindfleischeintopf und schaute zu mir herüber. Es schien ihn glücklich zu machen, für mich Abendessen zuzubereiten, denn er summte, während er in der Küche hantierte. Offenbar war sein Tag gut gelaufen.

»Wer war das?«, fragte er und deutete auf das Telefon, das ich immer noch in der Hand hielt.

»Ach, nur Clotilde.«

Warum zur Hölle log ich?

Ich bekam sofort ein schlechtes Gewissen. Obwohl ich mir einredete, dass diese Berührung meines Beins gar nicht stattgefunden hatte, war die Erinnerung daran noch sehr lebhaft. Vermutlich hatte ich Angst, rot zu werden, wenn ich Chuck erwähnte. Und ich wollte Serge keinesfalls auf falsche Ideen bringen.

»Wie geht es ihr?«, fragte Serge. »Was hat sie angestellt, dass du so strahlst?«

»Nichts Besonderes. Sie hat mir nur erzählt, wie sie bei einem Fotoshooting gestürzt ist und dabei ihr Ego verletzt hat.« Ich zuckte innerlich darüber zusammen, wie geschmeidig mir die Story über die Lippen kam.

Serge kam lachend zu mir und küsste mich auf den Scheitel. Ich legte mein Handy mit der Rückseite nach oben auf den Tisch. *Was ist nur in mich gefahren?* War mir am Ende die viele frische Luft zu Kopf gestiegen?

Beim Abendessen sprach ich noch mal die Idee von dem Käseverkostungsraum samt Café an, erklärte, dass der Fokus auf seinem Käse liegen würde, wir aber auch Kaffee und einfache, regionale Gerichte anbieten würden.

Er nickte, was ich als Hinweis deutete fortzufahren.

»Es würde in so vieler Hinsicht helfen! Ein zusätzliches Einkommen, und die Leute hier lernen deinen Käse kennen. Und uns wird es auch noch näher zueinanderbringen.« Ich dachte daran, dass Serge die *fromagerie* in Paris gemeinsam mit seinem Vater aufgebaut hatte und ihre Beziehung dadurch wieder aufleben konnte. »Und selbst wenn wir uns entscheiden, den Hof irgendwann aufzugeben, würde es seinen Wert drastisch steigern«, fügte ich hinzu.

Ich hielt die Luft an und wartete auf Serges Reaktion. Da wir das Thema an Weihnachten schon kurz angesprochen hatten, fiel er jetzt zumindest nicht aus allen Wolken. Dennoch war ihm vermutlich nicht klar gewesen, wie ernst es mir damit war. Es lag schon eine Weile zurück, dass ich etwas völlig Neues anfangen wollte – als es das letzte Mal passierte, flog ich von Australien für ein Jahr nach Paris und blieb. Damals war ich genauso nervös.

»Ich finde die Idee großartig«, sagte er. Ich schaute ihn mit einer Mischung aus Dankbarkeit und Erleichterung an. Aber dann sprach er den – schwangeren – Elefanten im Zimmer an. »Aber was ist mit dem Baby?«

»Was soll damit sein?«, fragte ich zurück und holte die Pläne für Budget, Design und Marketing heraus, die ich vorbereitet hatte.

Offenbar hatte Serge die Entschlossenheit in meinen Augen gesehen und entschied zum Glück, nicht schon wieder vorzuschlagen, dass ich kürzertreten sollte. Schließlich gehörte eine Schwangerschaft zu den normalsten Vorgängen auf dieser Welt.

»Lass uns die Zahlen anschauen«, sagte er, und ich konnte mir ein Grinsen nicht verkneifen.

Ich erläuterte ihm die Budgetplanung, und als ich fertig war, fragte er geradeheraus: »Und wie willst du das finanzieren?«

»Ich habe ausgerechnet, dass wir genug Geld für die Grundausstattung haben«, antwortete ich zögerlich. Und falls wir mehr brauchen, könnte ich Mum oder Ray um ein Darlehen bitten.« Jetzt improvisierte ich. Chucks Angebot wollte ich lieber noch zurückhalten. Aber woher auch immer, ich war sicher, mehr Geld auftreiben zu können.

»Auf keinen Fall«, sagte er. »Ich werde von deiner Mutter kein Geld annehmen.«

»Überlass das mir, Serge.«

Am Ende stimmte er zu, dass ich bei Bedarf zusätzliche Gelder beschaffen würde.

Nachdem diese Hürde genommen war, fragte ich Serge, ob er mir noch mehr Feedback geben wolle.

»Kein Feedback, aber einen Hinweis. Ich glaube, du hast ein paar Kostenpunkte nicht berücksichtigt«, sagte er.

»Echt?« Mein Blick wanderte erneut über die Kalkulation.

»Die Summe sieht gut aus«, sagte er. »Aber es gibt in Frankreich ein paar Vorschriften, die du wahrscheinlich nicht kennst.«

Ich atmete tief aus. *Natürlich gab es die.* Wenn ich eine Erinnerung brauchte, dass ich in einem fremden Land etwas außerhalb meiner Komfortzone machte, enttäuschten mich die Franzosen nie.

»Was soll ich ergänzen?« Ich bemühte mich, locker zu bleiben.

»Du brauchst eine Lizenz, eine Versicherung, musst dein Gewerbe anmelden und brauchst vermutlich verschiedene Genehmigungen. Ich weiß auch nicht, was alles dafür nötig ist. Ich habe ein Geschäft in Frankreich eröffnet, das qualifiziert mich aber nicht für die Eröffnung eines Cafés.«

»Im Ernst?«, fragte ich.

»Du solltest einen Anwalt engagieren. Einen Spezialisten, damit wir nicht am Ende ein Bußgeld zahlen müssen.«

»Ein Bußgeld?«

»Ja, wenn die Behörden es auf dich abgesehen haben, musst du Strafe zahlen. So etwas hast du doch sicher schon mal gehört.«

Ich schaute weg. Einen Vorgeschmack darauf, wie es ist, sich mit den französischen Behörden herumzuschlagen, hatte ich ja bereits bekommen, als ich ein Arbeitsvisum brauchte: Berge an Formularen und stundenlanges Warten in Telefonhotlines und der Antragsstelle für Visa. An einer Neuauflage war ich nicht interessiert. Aber der Verkostungsraum … *Argh! Warum sind die attraktivsten Projekte immer die schwierigsten?*

»Hilfst du mir, einen Anwalt zu finden?«, fragte ich.

»Natürlich. Wir werden uns umhören. Vielleicht kennen Marie und Jacques jemanden«, versicherte Serge und munterte mich damit ein bisschen auf.

»Und du kümmerst dich um meine Steuererklärung?«, fragte ich.

»Dabei kann ich dir helfen«, versprach er.

»Gut.« Ich hatte den Eindruck, dass wir ein Stück weiterkamen.

»In Frankreich gibt es nämlich viele Steuern«, fügte er hinzu.

Wieder stöhnte ich innerlich. Die Vorstellung, noch

mehr von meinen potenziellen Einnahmen weggeben zu müssen, war nicht verlockend.

»Aber denkst du, dass es funktionieren kann? Dass es uns hilft?«, wollte ich wissen. Serge antwortete darauf mit diesem urfranzösischen Schulterzucken, was mir nicht gerade Zuversicht einflößte.

»Lass mich selbst ein paar Berechnungen anstellen, und ich werde dir sagen, wie viel Kaffee und Käse du verkaufen musst, damit sich dein Unternehmen rentiert.«

»Abgemacht«, stimmte ich zu.

»Wie willst du es nennen? Vielleicht Ella's? Oder Ella und die Ziegen?«, schlug er grinsend vor und versuchte offenkundig, die Stimmung aufzulockern.

»So weit bin ich noch nicht«, gestand ich.

Ich hatte mit mehr Widerstand von Serge gerechnet. Aber da er es jetzt erwähnte, begeisterte mich die Vorstellung, ein nach mir benanntes Geschäft in dieser Region Frankreichs zu besitzen – und gleichzeitig machte es mir Angst. Wie kam ich, ein durchschnittliches Mädchen aus Melbourne, dazu, in Frankreich auf dem Land eine Firma zu gründen? Aber Entstehungsgeschichte hin oder her, der Name musste warten. Wichtiger war, dass Serge und ich über die Logistik sprachen und einen Plan erstellten, wie wir vorgehen wollten.

»Du bist echt mutig, Ella«, sagte er.

»Findest du?«

»Natürlich. Es gibt viele Franzosen, die sich das nicht trauen würden. Aber du bist bereit, *l'administration française* den Kampf anzusagen, obwohl du erst so kurze Zeit hier lebst.«

»So bin ich eben«, sagte ich und spürte, dass ich blass wurde, weil ich plötzlich Angst bekam, mir mehr aufzuhalsen, als mir bewusst war. »Ich liebe Herausforderungen.«

Wir gingen ins Bett, doch ich konnte nicht schlafen. Das ganze Gerede über Anwälte und Steuern hatte mir nur gezeigt, dass ich völlig grün hinter den Ohren war, wenn es darum ging, eine Firma zu gründen. Während ich Pro und Kontra der Unternehmung abwog, fragte ich mich, ob es eigentlich zu spät war, zu der ursprünglichen Idee zurückzukehren, Serge einfach nur bei der Arbeit auf dem Hof zu helfen.

Aber konnte ich wirklich glücklich sein, wenn ich wusste, dass ich aus Angst vor ein bisschen Bürokratie gekniffen hatte? Davon abgesehen brauchte ich eine neue Aufgabe, und ich musste mich irgendwie nützlich machen.

Kapitel 20

Ein paar Wochen danach, als ich bis zum Hals im Einrichten des Verkostungsraums steckte – und kurz davor war, Serge zu gestehen, dass ich viel zu schwanger und erschöpft war, um die Sache durchzuziehen –, trafen zum Glück Mum und Ray ein. Es war ein wunderschöner sonniger Morgen, als Serge und ich die beiden am Bahnhof abholten. Als ich sie auf uns zukommen sah, überwältigte mich die Freude.

Ich drückte beide ganz fest, erleichtert, nun ihre starken Arme zur Verfügung zu haben. Serge und ich hatten bis zu ihrer Ankunft unzählige Stunden geschuftet, damit sie nicht den Eindruck bekamen, wir hätten die ganze Arbeit für sie übrig gelassen.

Michel half Serge jede Woche an ein paar Vormittagen, und Serge profitierte enorm von Michels Wissen und Anleitung, was auch bedeutete, dass wir oft erst am späten Nachmittag in der Käserei arbeiten mussten, wodurch eine Menge Zeit blieb, um Wände zu streichen und die Bäder zu renovieren.

Ray und Serge umarmten einander herzlich, während Mum meinen Babybauch begutachtete.

»Wie schön, euch zu sehen«, sagte ich und begann zu heulen.

»Schwangerschaftshormone?«, fragte Mum, und ich zuckte mit den Schultern.

»Kann ich mich nicht einfach darüber freuen, meine Eltern zu sehen?«, schluchzte ich.

Ray strahlte mich an. Ich würde nicht so weit gehen, ihn Dad zu nennen, betrachtete ihn aber mittlerweile als Elternteil.

Wir fuhren zum Hof und plauderten unterwegs über den Flug und die Zugfahrt bis nach Tours. Die beiden waren im Zugrestaurant gewesen und nun ein bisschen angesäuselt von dem Wein, den sie sich bestellt hatten.

»Das ist eine sehr zivilisierte Art des Reisens«, warf Mum ein.

»Vor allem zu dieser Tageszeit«, fügte ich lachend hinzu.

Zu Hause angekommen bot ich an, die beiden überall herumzuführen, und begann mit dem Gästezimmer, das Serge und ich am vergangenen Wochenende mit dem Notwendigsten eingerichtet hatten. Um die schlimmsten Stellen der abgewetzten Dielen zu kaschieren, hatte ich ein paar Läufer ausgebreitet, aber früher oder später würden wir die Böden erneuern müssen.

Zum Glück achteten Mum und Ray gar nicht auf den Boden, sondern bewunderten den Ausblick in den Garten. Ray nannte mir sofort ein paar Pflanzen, die perfekt dorthin passen würden.

»Der Garten muss warten«, erklärte ich kategorisch und knuffte Ray liebevoll. »Weiter geht's.« Ich scheuchte die beiden im Kommandoton aus dem Zimmer. Schließlich hatte ich eine klare Vorstellung, wobei sie mir helfen sollten, und der Garten stand ganz weit unten auf meiner

Liste. Um meinen Standpunkt zu verdeutlichen, öffnete ich die Tür zum Kinderzimmer, das zur Abstellkammer für Krempel jeder Art geworden war.

»Hier soll dein Baby schlafen?«, fragte meine Mutter mit entsetztem Blick.

»Es ist ja noch nicht fertig«, erwiderte ich.

Sie sog hörbar die Luft ein. »Und wenn *mein* Enkelkind früher kommt?«

»*Mein* Kind bevorzugt es, pünktlich zu sein«, entgegnete ich. Natürlich war meine Kontrolle darüber äußert begrenzt, aber ich hatte bereits in Ruhe mit *bébé* darüber gesprochen, ob es ihr/ihm viel ausmachen würde, zumindest so lange in meinem Bauch zu bleiben, bis das Kinderzimmer fertig war.

»Mit diesem Zimmer fangen wir an«, erklärte meine Mutter entschlossen.

Nach unserer schnellen Runde durchs Haus eilten wir nach draußen, zu den Ziegen und dem Käseverkostungsraum. In der Schönheit des anbrechenden Frühlings wirkte das Gelände sehr ansprechend. Das Gras war frisch und saftig, Wildblumen sprossen überall auf den Feldern aus dem Boden, und kleine grüne Blätter bahnten sich ihren Weg aus braunen Zweigen.

Ich konnte Ray ansehen, wie er es genoss, hier draußen zu sein, er machte Bemerkungen über die Ziegen, die Ausstattung und die Einrichtung. Mum blieb ziemlich still, bis wir zum Käseverkostungsraum kamen. Am Telefon hatte ich ihr so gut wie möglich erklärt, was ich mir vorstellte, aber sie hatte gesagt, dass sie erst alles persönlich in Augenschein nehmen müsse, um es richtig zu verstehen. Ohne ihn gesehen zu haben, konnte sie sich den Raum nicht vorstellen. Mir war ihre Zustimmung ungeheuer wichtig.

»Ich denke, die Kaffeemaschine sollte hier stehen«, begann ich, sobald wir den Raum betreten hatten. »Da drüben kommen Tische und Stühle längs der Fenster hin, und draußen stehen große Holztische mit Bänken. Irgendwann möchte ich Schiebetüren einbauen, damit es keine Trennung zwischen drinnen und draußen gibt, aber vorerst müssen die Leute die Tür benutzen.«

Mum und Ray gingen durch den leeren Raum, ihre Schritte hallten laut, während ich auf ihr Urteil wartete. Schweigen.

»Und hier drüben«, fuhr ich fort, »wird die Käsevitrine stehen. Es gibt Käseplatten, Käse-Quiches und Käsekuchen. Wir verarbeiten hauptsächlich Käse von Serge und ein paar andere Sorten aus der Region. Und es gibt Käsegerichte zum Mitnehmen. Vielleicht biete ich auch Marmelade und Desserts an, wenn es erst einmal läuft. Und Scones. In letzter Zeit könnte ich sterben für Scones, deshalb würde ich sie gern mit auf die Karte setzen.«

Mum sagte als Erste etwas. »Und was machst du mit dem Baby?«

»Das bekommen wir schon hin, nicht wahr, Serge?« Ich warf ihm einen beinahe flehenden Blick zu.

»Natürlich, und falls nötig, haben wir auch Hilfe«, beeilte er sich zu versichern. »Eine gute Freundin, Marie, hat angeboten, uns in der ersten Zeit mit dem Kind zu helfen. Sie ist auch eine hervorragende Köchin.«

»Außerdem öffnen wir nur donnerstags bis sonntags, es bleiben also noch drei Wochentage für alles andere.«

»Ella, Babys machen viel Arbeit«, sagte Mum.

»Das weiß ich doch, Mum. Aber wir bekommen das hin. Und wenn nicht, dann schließe ich den Shop wieder oder stelle jemanden ein.« Ich rieb meine Hände in dem Bestreben aneinander, die Diskussion hiermit zu beenden. »Wie dem auch sei, kommt, ich zeige euch die Toiletten«, verkündete ich stolz.

Die renovierten Toiletten ließen ahnen, wie schön unser Haus sein könnte, wenn wir genug Geld hätten, um alles in Schuss bringen zu lassen. Wir hatten uns für schlichte weiße Fliesen, goldfarbene Armaturen und große Porzellanwaschbecken entschieden. Die Kabinen waren sauber, hell und vor allem praktisch. Ich zeigte Mum und Ray die »Vorher«-Bilder auf meinem Handy und erntete viel Beifall.

»Das könnte aus einer dieser Renovierungsdokus im Fernsehen stammen«, sagte Ray. »Verdammt gute Arbeit«, fügte er hinzu und inspizierte die Fugen.

»Danke, Ray. Echt erstaunlich, was man alles auf YouTube lernen kann«, sagte ich.

»Das hast du gemacht?«, fragte er.

»Nicht allein, aber ich habe dem Fliesenleger geholfen. War gleichzeitig eine gratis Französischstunde. Diese Jungs haben einen ganz guten Stundenlohn, also dachte ich, dass es ihnen bestimmt nichts ausmacht.«

»Sehr hübsch«, sagte Mum nur, aber dadurch wusste ich, dass sie sehr zufrieden mit meiner Arbeit war.

»Ihr müsst hungrig sein«, sagte ich. »Lasst uns zum Haus zurückgehen.«

Wir setzten uns zum Mittagessen an den Tisch, und

bevor ich mich's versah, hatte Mum Zettel und Stift in den Händen und erstellte einen engen Zeitplan, um das Kinderzimmer weniger wie eine Todesfalle aussehen zu lassen und den Verkostungsraum bis Ostern fertig zu bekommen.

»Habt ihr mal überlegt, gleichzeitig das Haus renovieren zu lassen?«, fragte Mum. »Das wäre einfacher als hintereinander.«

»Nein«, erwiderte ich rasch. Ich hatte noch keine Gelegenheit gehabt, Mum über unsere finanzielle Situation aufzuklären, und wollte das nicht tun, wenn Serge dabei war.

Seit ich Chucks Angebot, mir etwas zu leihen, zögernd angenommen hatte, kam ich mir vor, als würde ich mehrere Teller gleichzeitig in der Luft jonglieren, und musste aufpassen, wer was wissen durfte. Ich konnte nur ahnen, wie enttäuscht Serge sein würde, wenn er wüsste, dass Chuck der Mann hinter meiner brandneuen, ach so geliebten Kaffeemaschine war.

»Wir streichen zunächst das Kinderzimmer und richten es ein, fertig«, sagte ich energisch zu Mum. Ich kam damit klar, Chucks finanzielle Unterstützung anzunehmen, wenn es um den Verkostungsraum ging, aber auf keinen Fall würde ich etwas von seinem Geld für die Renovierung unseres Hauses aufwenden.

Mum nickte und verfolgte das Thema zum Glück nicht weiter.

Nachdem wir die To-do-Liste erstellt hatten, wurde mir klar, dass wir weiterhin alle Hände voll zu tun hatten, aber zum Glück war die Energie von Mum und Ray ansteckend. Nach einem guten Mittagessen, Kaffee und einem selbstgebackenen Schokoladenkuchen machten wir uns an die Arbeit.

»Wie läuft es mit dir und Serge?«, fragte Mum, nachdem die Männer hinaus an die Arbeit gegangen waren.

»Gut«, versicherte ich. »Aber wir haben eine Menge zu tun. Ehrlich gesagt ist es ein bisschen stressig.«

»Mir fiel eine gewisse Spannung zwischen euch auf.«

»Echt?«, fragte ich überrascht.

Ich wechselte das Thema, und während Mum von ihren Rosenbüschen erzählte, ging ich die Ereignisse des Vormittags noch einmal durch, versuchte herauszufinden, wie sie darauf kam, dass etwas nicht stimmte. Serge und ich hatten so wie immer miteinander gesprochen, aber ich wäre nicht auf die Idee gekommen, dass das »angespannt« wirkte. Und als Mum schließlich dazu überging, von ihrem Pflaumenbaum zu erzählen, hatte ich immer noch keine Antwort gefunden.

Kapitel 21

Mit jedem verstreichenden Frühlingstag blieb es ein paar Minuten länger hell, was uns sehr entgegenkam, weil die Arbeiten am Käseverkostungsraum nur langsam vorangingen und unsere To-do-Liste nicht kürzer zu werden schien.

Vermutlich hätte es mich nicht überraschen dürfen, dass das Kinderzimmer schon bald fertig war. Mum hatte es von Anfang an zu ihrer Priorität erklärt, und obwohl ich ihr sagte, dass es dem *bébé* bestimmt nichts ausmachte, wenn die Farbe der Wände nicht zu den Bettlaken passte, nahm sie ihre Pflichten als Großmutter sehr, sehr ernst.

Sie hatte sich auch erstaunlich schnell an das Leben in Frankreich gewöhnt. Sie erledigte beiläufig Dinge, die ich seit meiner Ankunft vor mir hergeschoben hatte. Nach der Fertigstellung des Kinderzimmers hatte sie sich den Verkostungsraum vorgenommen, koordinierte die Lieferung neuer Geräte und kommandierte in ihrem rudimentären, aber sehr praxisnahen Französisch die Handwerker herum. Zu sehen, was sie alles schaffte, beeindruckte und stresste mich gleichermaßen. Ich fragte mich, ob sie schon immer so effizient gewesen war und ich es nur nie bemerkt hatte. *Ob ich auch so werde, sobald das Baby da ist? Oder überspringt dieses Gen womöglich eine Generation, und ich werde für immer auf die Hilfe meiner Mutter angewiesen sein?*, fragte ich mich bang. In ihrem Schatten fühlte ich mich ein bisschen unfähig.

Langsam nahm der Verkostungsraum Gestalt an. Theoretisch brauchten wir nur noch den Herd und mehr Tische und Stühle, um eröffnen zu können. Nach Letzteren suchte ich weiterhin auf Secondhand-Seiten im Internet oder auf Flohmärkten in der Region. Doch obwohl wir es fast geschafft hatten, wurde ich das Gefühl nicht los, dass etwas nicht stimmte.

»Ich finde es ein bisschen kühl«, sagte Mum eines Nachmittags, als Ray gerade die Spülmaschine einbaute und ich in der Sonne saß und eine Teepause einlegte.

»Dann dreh die Heizung hoch«, erwiderte ich und hatte nicht die geringste Lust aufzustehen und es selbst zu tun.

»Nicht die Temperatur. Du weißt schon. Der Raum wirkt nicht sehr einladend. Für ein Café ist er sehr kahl.«

Das kränkte mich.

»Er ist ja auch noch nicht fertig«, sagte ich.

»Ich bin nicht sicher, ob ein Herd das ändern wird«, sagte sie.

»Warte einfach ab«, entgegnete ich. »Es soll schlicht sein, nichts mit Rüschen. Das ist keine englische Teestube, sondern eine Mischung aus französisch-australischem Café-Käseverkostungsraum. Es fällt in keine Kategorie«, erklärte ich und hatte den Eindruck, dass meine Werbestrategie mit der Zeit immer verworrener wurde.

»Ich meine ja nur, dass man es noch etwas aufpeppen könnte«, antwortet sie ganz sachlich.

Ich schaute mich um und überlegte, ob sie recht hatte.

»Die Deko fehlt ja noch«, sagte ich. Zwar hatte ich nichts Konkretes geplant, aber ein bisschen Recherche auf Pinterest würde mich schon auf ein paar Ideen bringen, den Raum gemütlicher zu gestalten.

»Und wann wird die Käsevitrine geliefert?«, fragte sie.

Mist!

Die hatte ich total vergessen. Serge hatte angeboten, die Vitrine zu bestellen, aber ich hatte ihm gesagt, dass ich mich darum kümmern würde.

»Die muss jeden Tag kommen«, log ich, panisch bis zur Halskrause. Ob ich diesen Patzer auch auf die Schwangerschaftshormone schieben konnte?

»Sonst denkt Serge noch, du hättest ihn und seinen Käse vergessen.«

»Haha«, lachte ich gekünstelt, zückte mein Handy und recherchierte, wo es eine verdammte Käsevitrine gab, die innerhalb der nächsten Tage geliefert wurde. Ich war so auf den Café-Aspekt fokussiert gewesen, dass ich völlig vergessen hatte, dass dieses ganze Unterfangen ja dazu dienen sollte, den Verkauf von Serges Käse anzukurbeln. *Wie hatte ich so gedankenlos sein können?*

»Ein oder zwei Sofas dort in der Ecke würden sich auch gut machen«, fügte Mum hinzu und spazierte durch den Raum.

»Mum, hör auf, ich kümmere mich darum«, sagte ich und fügte meiner To-do-Liste hinzu: ein paar verdammte Sofas auftreiben.

Sie schaute auf ihre Armbanduhr und sagte, dass es Zeit für den Arztbesuch sei.

»O Mist, das habe ich ja total vergessen«, stöhnte ich

und fragte mich, ob ich wohl sonst noch etwas Wichtiges verpeilt hatte.

»Deshalb bin ich ja hier, Liebes. Um sicherzugehen, dass du bei all dem nicht den Kopf verlierst.«

Im Wartezimmer des Arztes hatte ich einen dieser »Was in aller Welt tue ich hier«-Momente. Ich war mit Sicherheit die einzige Patientin unter sechzig und ohne Krückstock.

»Erzähl mir von deinem Arzt«, flüsterte Mum und schaute sich skeptisch um.

»Er ist prima«, versicherte ich ihr. »Vielleicht ein bisschen alt. Aber er macht ja nur die monatliche Kontrolle und ist nicht bei der Geburt dabei. Ich werde eine Hebamme haben und einen Arzt auf Abruf, falls es nötig wird.«

Als es darum ging, einen Hausarzt auszusuchen, hatte Serge quasi darauf bestanden, zu dem alten Arzt seiner Familie zu gehen, Doktor Gerard. Ich hatte blindlings zugestimmt, da es mir ziemlich egal war, wer mich untersuchte. Mir war jedoch nicht klar gewesen, dass der alte Familienarzt tatsächlich sehr alt war.

Als ich das erste Mal bei ihm war und seine Hand schüttelte, spürte ich, dass er zitterte. Ich schätzte ihn auf mindestens achtzig. *Wie kann er immer noch praktizieren?*, wunderte ich mich. Seine Praxis sah aus, als wäre darin in Jahrzehnten nichts verändert worden, und ich konnte nicht einmal einen Computer entdecken. In den Regalen reihten sich jedoch medizinische Fachbücher, was Vertrauen erweckte, obwohl ich lieber nicht wissen wollte, wann sie erschienen waren.

Aber er war sehr nett, und nachdem ich einmal bei ihm gewesen war, brachte ich es nicht übers Herz zu wechseln. Davon abgesehen bekamen Frauen schon länger Kinder, als selbst Doktor Gerard auf der Welt war.

»Ist es in Frankreich üblich, dass die Männer bei den Kontrollterminen nicht dabei sind?«, erinnerte mich Mum wenig subtil daran, dass ich ohne Serge hier war.

»Natürlich nicht. Die Franzosen engagieren sich für gewöhnlich sogar sehr. Aber Serge hat doch so viel zu tun«, verteidigte ich ihn. Allerdings wusste ich gar nicht, warum. Nachdem er mir etliche Male versichert hatte mitzukommen, sagte er dann im letzten Moment ab, weil Cecile, die blöde Ziege, wieder mal ausgerissen war. Auf der Fahrt hierher hatte ich ruhig durchatmen müssen, um nicht in Tränen auszubrechen.

Und nun war der Kloß zurück in meinem Hals.

Zum Glück wurden wir kurz danach aufgerufen.

»Gute Nachrichten«, sagte Doktor Gerard auf Französisch, sobald wir uns hingesetzt hatten.

Nervös sah ich ihn an. »Wie meinen Sie das?«

»Wir haben ein neues Ultraschallgerät«, verkündete er und rieb sich die Hände.

Mum schaute mich fragend an, ob sie ihn richtig verstanden hatte. »Ich werde das Baby sehen?«, fragte sie und rieb sich ebenfalls begeistert die Hände, nachdem ich es ihr erklärt hatte.

»Le bébé, yes!«, bestätigte Doktor Gerard aufgeregt.

»Wie schön«, sagte ich matt und war maßlos enttäuscht, dass Serge eine weitere Gelegenheit verpasste, sein Kind zu sehen. Seit Mum hier war, schien er ihr nur zu bereitwillig die Aufgabe übertragen zu haben, sich um mich zu kümmern. Er arbeitete jetzt noch mehr Stunden, und wenn wir uns sahen, waren unsere Gespräche kurz und zielgerichtet. Im Grunde tauschten wir uns nur schnell darüber aus, was erledigt war und was noch getan werden musste.

»Sollen wir erst den Ultraschall machen?«, schlug Doktor Gerard vor. »Und die langweiligeren Sachen anschließend?«

Ich war mir nicht sicher, ob ich es beruhigend finden sollte, dass er medizinische Untersuchungen »langweilig« fand, aber ich konnte es ebenfalls kaum erwarten, das Baby zu sehen.

Nur Sekunden, nachdem er mit dem Schallen begonnen hatte, und als ich ihm gerade sagen wollte, dass wir das Geschlecht nicht wissen wollten, platzte er heraus: *»O là là. Elle est grande, votre fille!«*

»*Elle*? Es ist ein Mädchen?«, kreischte Mum. »Was für eine wunderbare Neuigkeit!«

»Wir wollten uns überraschen lassen«, sagte ich enttäuscht.

»Wieso?«, fragte er. »Woher wollen Sie dann wissen, in welcher Farbe Sie die Babykleidung kaufen müssen? Es nicht zu wissen ist unpraktisch.«

Ich zuckte mit den Schultern. Das Konzept der Geschlechtsneutralität schien meinem alten Arzt verborgen geblieben zu sein.

»Und Sie sind sicher?«, hakte ich nach. »Was das Geschlecht angeht?«

»Ziemlich, ja. Ganz sicher werden wir es in ein paar

Monaten wissen«, antwortete er lachend. »Aber in jedem Fall sieht alles gut aus, soweit ich das sagen kann.«

Den restlichen Teil dieses Termins erlebte ich wie im Rausch, weil ich nur noch daran dachte, dass ich ein Mädchen bekommen würde.

Als wir gingen, sagte Mum: »Serge wird es definitiv bedauern, dass er nicht mitgekommen ist.«

Obwohl sie sich vermutlich nichts dabei dachte, versetzten mir ihre Worte einen Stich.

Ich fragte mich, was Serge am Ende noch alles bedauern würde, wenn er sich weiterhin so rar machte.

Kapitel 22

Es war der Abend des Frühlingsfestes im Dorf, und wir freuten uns alle darauf, aus den Arbeitsklamotten herauszukommen und uns zur Abwechslung zurechtzumachen. Seit dem Arztbesuch war die Stimmung zwischen Serge und mir angespannt, aber ich wollte meinen Frust für diesen Abend beiseiteschieben und Spaß haben. Ich musste mich endlich einmal wieder daran erinnern, wie das Leben gewesen war, bevor wir so viel um die Ohren hatten.

Als Serge in weißem Leinenhemd und dunkler Anzughose aus dem Schlafzimmer trat, verspürte ich ein Kribbeln im Bauch, das ausnahmeweise nicht durch Tritte des Babys verursacht wurde. Seit ich Serge erzählt hatte, dass wir eine Tochter bekommen würden, hörte er gar nicht mehr auf zu strahlen.

»Tut gut, dich ausnahmsweise in anderer Kleidung als deinen Arbeitssachen zu sehen«, sagte ich.

»Ebenso«, erwiderte er und tanzte mit mir durch den Raum.

Mum und Ray kamen kichernd zu uns ins Wohnzimmer, waren offenbar genauso aufgedreht wie wir. Wir quetschten uns in Serges Citroën. Wie in einer Sardinenbüchse hockten wir dort, wippten mit den Köpfen im Takt zu einem Song von Françoise Hardy und sahen vermutlich aus wie einer französischen Komödie entsprungen.

Als wir eintrafen, war das Fest bereits in vollem Gange. Serge hatte mir von diesen Veranstaltungen erzählt, aber ich dachte, er übertreibt, als er sagte, dass fast alle Bewohner der Gegend dort sein würden. Lange Tischreihen waren aufgebaut worden. In riesigen Kesseln auf improvisierten Kochstellen köchelten köstlich duftende Gerichte. Es war die Art von französischem Fest, die man erlebt haben muss, um es zu glauben.

In einer Ecke des Zeltes spielte eine Amateurband, und davor war eine kleine Tanzfläche eingerichtet worden. Ein paar Kids sprangen darauf herum und lachten. Ein Gefühl echter Gemeinschaft lag in der Luft, und da der Sommer vor der Tür stand, schienen alle in Feierlaune zu sein.

Mum steuerte selbstbewusst auf die Bar zu, um Getränke für uns alle zu holen, während Serge, Ray und ich mit Jacques und Marie plauderten. Wenige Augenblicke später war Mum schon wieder zurück und balancierte ein Tablett mit Gläsern.

»Ella, ich hatte gerade ein unglaublich seltsames Gespräch«, flüsterte sie mir zu. »Ich habe auf Französisch Getränke bestellt, und der Mann neben mir hat sofort erraten, dass ich aus Melbourne stammen muss. Ist das nicht schräg?«

War sie etwa gerade Chuck begegnet?, wunderte ich mich.

»Da ist er!«, sagte sie und bestätigte meine Vermutung. Ich musste lächeln. Mir gefiel die Vorstellung, dass er ausgerechnet Mum begegnet war.

»Chuck! Ich wusste nicht, dass du heute Abend auch hier sein würdest«, sagte ich und küsste ihn zur Begrüßung auf die Wange.

»Um nichts auf der Welt lasse ich mir das entgehen«, antwortete er grinsend. »Diese Dorffeste bieten großartiges Material. Es gibt immer ein oder zwei Dramen, die sich prächtig als witzige Nebenhandlung eignen.«

Mum wirkte verwirrt. »Ihr kennt euch bereits?«, fragte sie.

»Mum, das ist Chuck«, stellte ich ihn vor. »Wir haben uns kennengelernt, kurz nachdem Serge und ich hergezogen sind. Er ist der Engländer, von dem ich dir erzählt habe.«

»Ah, ja«, sagte sie, doch ich konnte ihrem Gesichtsausdruck nicht entnehmen, ob sie sich an das Gespräch erinnerte, bei dem sie mir riet, nicht zu viel Zeit mit einem anderen Mann zu verbringen.

»Und das sind meine Mutter und ihr Verlobter Ray.«

»Dann haben Sie also nicht geraten, woher ich komme?«, fragte Mum, der es offenbar peinlich war, dass sie sich so leicht täuschen ließ.

»Ihr Französisch ist wirklich sehr gut. Aber Ella erwähnte, dass Sie herkommen und ihr mit dem Café helfen wollen, und als ich Sie sah, habe ich eins und eins zusammengezählt.« Er zwinkerte mir zu, und ich lachte.

Mum begab sich daran, Chuck über seinen Leben auszufragen und wie er es schaffte, halb in England und halb in Frankreich zu leben. Wenn ich nicht mit Serge zusammen gewesen wäre, hätte ich mir Sorgen machen müssen, dass sie im Begriff war, mich zu verkuppeln.

Da Mum das Gespräch voll unter Kontrolle hatte, nutzte ich die Gelegenheit, um mir an der Bar ein weiteres Glas Saft zu holen. Mein Gefühl sagte mir, dass es bis zum Essen noch ein bisschen dauern würde, und ich brauchte Energie.

»*Er* ist also der Bursche, der Michels alte Farm übernommen hat?«, hörte ich eine Frau zu ihrem Begleiter sagen. Sofort spitzte ich die Ohren und blickte verstohlen zu dem Pärchen. Sie waren gut gekleidet, schätzungsweise in den Fünfzigern, und wenn sie nicht gerade über Serge getratscht hätten, hätte man behaupten können, dass sie ganz nett wirkten.

»Oh, oui«, antwortete der Mann. »Und wie ich hörte, läuft es nicht gut. Ein Freund hat die erste Partie Käse seit der Übernahme probiert und sagte mir, sie habe lange nicht die gewohnte Qualität gehabt.«

»Tatsächlich?« Die Frau nickte, um ihn zu ermutigen fortzufahren.

»Anscheinend musste der neue Eigentümer Michel anflehen zurückzukommen und ihm zu helfen«, fügte er hinzu.

»Ha!« Sie lachte. »Diese Stadtmenschen machen es hier draußen nie lange.«

Die beiden kennen Serge nicht, dachte ich. *Oder mich!*

Ich ging zu unserer Gruppe zurück, betrachtete jeden Einzelnen und fragte mich, ob sie Serge und mich auch für Außenseiter hielten. Vor allem sorgte ich mich um Serge. Ich war es gewohnt, in Frankreich nicht wirklich dazuzugehören, aber für ihn waren es seine Heimat und seine Leute.

Zumindest schien Serge nichts von der Einstellung der Dorfbewohner zu ahnen, denn er wirkte glücklicher denn je, plauderte angeregt mit Michel und Jacques, vermutlich ging es um den Hof. Er lachte herzhaft. So gelöst hatte ich ihn seit Wochen nicht erlebt. Vielleicht war es frustrierend für ihn, jetzt schon eine ganze Weile von Englisch sprechenden Menschen umgeben zu sein. Tatsächlich vergaß ich oft, dass es nicht seine Muttersprache war und es ihn möglicherweise anstrengte, ständig in einer Fremdsprache zu kommunizieren. Wenn ich die ganze Zeit Französisch hätte sprechen müssen, wäre ich vermutlich schon vor langer Zeit auf und davon gewesen.

Ich überließ Serge seiner Unterhaltung und machte mich auf, um Chucks Verhör durch meine Mutter zu beenden. Als er mich sah, breitete sich Erleichterung in seinem Gesicht aus.

»Und, Chuck, wie läuft es mit der Renovierung?«, fragte ich.

»Bestens«, sagte er. »Ich habe eine Badewanne ins Schlafzimmer gestellt, direkt unters Fenster. Ich muss sie nur noch an die Wasserleitung anschließen.«

Au weia. Eine Badewanne im Arbeitszimmer.

»Und bis dahin«, fuhr er fort, »nutze ich sie als Ort zum Schreiben.«

»Zum Schreiben?«, vergewisserte ich mich.

»Ohne Wasser natürlich. Ich habe sie mit Kissen ausgepolstert. Das ist echt gemütlich.«

Ich lachte so lange, dass mir die Luft wegblieb. Ich weiß nicht, was an der Vorstellung von Chuck mit dem Laptop in der Badewanne so lustig war, aber nachdem ich einmal angefangen hatte zu lachen, konnte ich nicht mehr aufhören. Und es schien ansteckend zu sein, denn nachdem ich unabsichtlich geschnaubt hatte, stimmte Chuck mit ein.

Mum schaute uns beide an, als hätten wir den Verstand verloren.

»Ich verstehe nicht, was daran so amüsant ist«, sagte sie mit verschlossener Miene.

»Das kannst du auch nicht, weil du Chucks Zimmer noch nie gesehen hast«, antwortete ich lachend.

Jetzt warf Mum mir einen derart ernsten Blick zu, dass mein Kichern verebbte, und wir alle in verlegenes Schweigen verfielen.

»Wo steckt Ray eigentlich?«, fragte ich schließlich, in der Hoffnung, dass Mum losziehen würde, um ihn zu suchen.

»Dort drüben. Du kennst Ray, er schließt überall sofort Freundschaften«, sagte sie.

»Seien Sie auf der Hut«, sagte Chuck zu Mum. »Er unterhält sich mit Franck. Das ist der gewiefteste Immobilienmakler der Gegend. Kommen Sie, ich stelle Sie vor, er ist gut drauf.«

Franck war ein lustig aussehender Bursche mit Schnäuzer, rosigen Wangen und einem Ricard in der Hand. Ich hatte den Eindruck, dass dies nicht sein erster Drink an diesem Abend war.

»*Bonsoir, Mesdames, Monsieur*«, begrüßte er uns, als wir zu ihm und Ray stießen. *Definitiv Franzose.*

»*Alors*, Charles, haben Sie noch einmal über mein Angebot nachgedacht?«, wollte er sofort wissen.

»Du willst verkaufen?«, fragte ich Chuck und verspürte einen Anflug von Panik. *War das der wahre Grund für die*

Renovierung? Bin ich im Begriff, meinen einzigen Freund hier zu verlieren?

»Nein«, versicherte Chuck. »Zumindest nicht freiwillig. Franck versucht, mir mein Haus unter dem Hintern wegzukaufen.«

Franck lachte über diese Bemerkung, wandte sich dann wieder Ray zu und bezog Mum in das Gespräch mit ein, fragte, wie lange sie in Frankreich bleiben wollten und warum sie hier waren.

»Dann haben Sie bestimmt Bedarf an einer kleinen Immobilie«, hörte ich ihn sagen. »Vielleicht ein Sommerschlösschen?«

»O nein«, erwiderte Mum. »Wir fühlen uns wohl bei Ella.«

Chuck warf mir einen vielsagenden Blick zu, und ich kicherte.

»Chuck, da ich dich gerade für mich allein habe«, sagte ich, »möchte ich mich noch mal für die Hilfe bei dem Café bedanken. Ich kann dir das Geld sicher bald nach der Eröffnung zurückzahlen.«

»Ich tue alles für eine anständige Tasse Kaffee in diesem Ort«, antwortete er grinsend. »Aber im Ernst, nicht der Rede wert.«

Ich lächelte. Im Annehmen von Hilfe war ich noch nie gut gewesen, und Chuck wiederum schien sich unwohl zu fühlen, wenn man ihm dafür dankte. Vorerst kein Wort mehr darüber zu verlieren kam uns anscheinend beiden entgegen.

»Sollen wir uns irgendwo hinsetzen?«, schlug ich vor. »Es sieht so aus, als gäbe es bald etwas zu essen.«

»Ja, suchen wir uns einem Platz, von dem aus wir die Tanzfläche im Blick haben. Das wird bestimmt unterhaltsam.«

Ich versuchte, Serge in der Menge zu finden, da ich mich vielleicht auch mit ihm zusammensetzen sollte. Aber als ich ihn entdeckte, plauderte er immer noch angeregt mit Jacques, also ließ ich die beiden in Ruhe.

Als die Vorspeisen herumgereicht wurden, spähte ich neidisch zu den Platten mit Austern und den Gläsern voller Muscadet, wurde aber für meinen Verzicht mehr als angemessen entschädigt, als das gegrillte Spanferkel an der Reihe war. Alle um mich herum hatten rosige Wangen von dem Chinon, der in Strömen floss. Und dann wurde getanzt. Man ließ die Haare herab, kickte die Schuhe weg. Von meinem Aussichtspunkt mit Chuck aus fand ich alles gleichermaßen wunderbar wie urkomisch.

Und dann begegnete ich Mum auf der Toilette.

»Ella, Gott sei Dank erwische ich dich einen Moment allein.«

»Warum? Ist alles in Ordnung?«

»Sag du es mir«, erwiderte sie. »Was läuft da zwischen dir und Chuck?«

»Wie bitte? Nichts! Chuck ist ein Freund. Einer meiner wenigen Freunde hier draußen.«

»Bist du sicher, dass er keine anderen Ambitionen hat?«

»Ernsthaft jetzt? Bei einer schwangeren Frau?« Ich fragte mich, ob Mum vielleicht zu viel Wein getrunken hatte, aber ihre Miene verriet mir, dass sie es absolut ernst meinte.

»Ich sah, wie er dir zugezwinkert hat. Und wie du über seine Witze lachst. Du solltest ihn nicht auch noch ermutigen. Direkt vor Serges Nase.«

O mein Gott! Das war typisch Mum. Ständig steckte sie *ihre* Nase in Dinge, die sie nichts angingen.

»Mum, bitte halte dich da raus. Ich bin sehr wohl in der Lage, eine platonische Beziehung mit einem Mann zu führen.«

»So fangen alle Beziehungen an.«

»Und manchmal bleiben sie auch so.«

»Liebes, ich weiß, dass es normal ist, sich nach einer Ablenkung umzuschauen, wenn man eine stressige Phase durchmacht, aber ich glaube, du verstehst nicht, welche Konsequenzen das hat. Oder wie es aussieht, wenn eine schwangere Frau ihre Zeit mit einem Mann verbringt, der nicht der Vater ihres Kindes ist.«

»Und was soll ich stattdessen tun? Die ganze Zeit allein sein? Oder mit dir zusammen?«, fragte ich. »Und was ist, wenn du nach Australien zurückfliegst?«

»Vielleicht ist es an der Zeit, darüber nachzudenken, ebenfalls zurückzugehen«, antwortete sie.

»Aber was ist dann mit Serge? Und dem Café?«, fragte ich entgeistert. »Soll ich das alles einfach aufgeben und zurückkommen?«

Eine Frau betrat den Waschraum und beendete unser Gespräch vorerst. Ich war erleichtert und frustriert – froh, eine zwecklose Diskussion über eine platonische Beziehung versiegen zu lassen, und ärgerlich, dass es überhaupt dazu gekommen war.

»Du solltest es zumindest in Erwägung ziehen. Wenn

du willst, rede ich mit Serge«, bot sie an, während wir hinausgingen.

»Du wirst nichts dergleichen tun, Mum«, flüsterte ich wütend.

Ich ging zurück zu Chuck, der aber in der Zwischenzeit eine angeregte Unterhaltung mit Ray über Immobilien auf dem Land begonnen hatte. Ich war also meinen eigenen Gedanken überlassen, vor allem Mums Bemerkung, ich solle überlegen, nach Australien zurückzukehren.

Irgendwann bemerkte ich, dass Jacques und Marie aufbrachen. Serge kam zu mir und setzte sich.

»Ich habe dich heute Abend kaum gesehen«, sagte er.

Er klang enttäuscht, obwohl ich nicht verstand, warum. So groß war dieses Fest nun auch nicht; wenn er mich hätte finden wollen, hätte er nicht lange suchen müssen.

»Serge, würdest du Frankreich jemals verlassen?«, fragte ich.

»*Oh, là!* Wo kommt das denn jetzt her?«

»Ich habe nur so überlegt. Und, würdest du?«

»Ich glaube nicht, dass ich das könnte. Sieh dich doch um. Das ist meine Heimat.«

Seit wir zusammen waren, hatten wir nie wirklich darüber gesprochen, wo wir den Rest unseres Lebens verbringen wollten. Nach fast einem Jahrzehnt mit meinem Ex, Paul, wollte ich nicht zu langfristig planen, denn das hielt mich davon ab, die Gegenwart zu genießen. Und dann kam Paris, in das ich mich verliebte, und dann das Baby, und dann der Hof. Irgendwie hatte ich dennoch angenommen, dass Serge mitkommen würde, falls ich je das

Bedürfnis hätte, nach Australien zurückzukehren. Aber womöglich hatte ich mich geirrt.

»Müssen wir das jetzt entscheiden?«, fragte er.

»Nein, natürlich nicht. Es ist nur …«, begann ich.

»Gut«, unterbrach er mich. »Sollen wir tanzen? Du bist zu schön, um nicht auf diesem Tanzboden gesehen zu werden.«

Als er mich im Takt der Musik drehte, lachte ich, aber innerlich fühlte ich mich irgendwie gefangen. Ich war es gewesen, die sich entschied, nach Frankreich zu gehen und dann sogar aufs Land zu ziehen, aber ich hatte nie in Betracht gezogen, dass es für immer sein würde.

Zum ersten Mal seit meiner Abreise aus Australien hatte ich das Gefühl, meine Zukunft sei abhängig von einem Mann, und das machte mir Angst.

Kapitel 23

Nachdem sich der Frühlingsregen ein paar Wochen hingezogen hatte, kam endlich die Sonne heraus, gerade rechtzeitig zur Eröffnung von »Ella und die Ziegen« – vorerst immer noch der Arbeitstitel, bis Serge, ich, Mum und Ray uns auf einen besseren einigten.

Es war noch ein Wettlauf gegen die Zeit geworden – und wegen eines Wasserrohrbruchs, der uns in letzter Minute erheblich ausbremste, mussten wir bis spät in die Nacht arbeiten, um pünktlich fertig zu werden. Zum Glück übertraf das Ergebnis sämtliche Erwartungen. Wir hatten zwei perfekte braune Ledersofas aufgetrieben, und ich hatte riesige Vintage-Poster beschafft, die den Wänden Farbakzente verliehen. Die Käsevitrine war gerade noch rechtzeitig eingetroffen – nach mehr als nur einem Telefonat, um die Expresslieferung sicherzustellen –, und Serge hatte sie sorgfältig mit einer Auswahl seiner Käsesorten bestückt.

Ich starrte auf den leeren Parkplatz, den Ray wunderschön mit Pflanzen gestaltet hatte, die, wie er mir versicherte, bald zu einer Hecke herangewachsen sein würden. Ich war stolz auf unser Werk, wusste aber natürlich nicht, ob es bei den Franzosen Anklang finden würde.

Als sich der Morgennebel verflüchtigte und die ersten Sonnenstrahlen durch die Fenster fielen, hatte ich das

Gefühl, dass wir bereit waren. Ich hatte die Scones und Tartes arrangiert, ein paar Platten mit Käseproben zusammengestellt. Als letzten Schliff stellte ich den Strauß Wildblumen, den Serge mir an diesem Morgen zur Eröffnung gepflückt hatte, in eine Vase neben die Kaffeemaschine. Er kam zu mir und schlang die Arme um mich.

»Glückwunsch, Ella. Du hast es geschafft!«

Jetzt fehlten nur noch Gäste oder zumindest ein paar Freunde, die den Raum füllen würden.

Zum Glück wollten Chris und Clotilde mit dem Zug aus Paris anreisen. Zu meiner Überraschung – und vielleicht auch Clotildes – hatte Chris entschieden, die Jagd auf französische Frauen vorübergehend ruhen zu lassen, da sein Herz öfter gebrochen worden war, »als es zu zählen lohnte«. So lauteten seine melodramatischen Worte. Für eine Weile konzentrierte er sich jetzt auf sich selbst, was für mich den Vorteil hatte, dass er bereit und in der Lage war, mir das Zubereiten von Kaffee beizubringen. Clotilde freute sich wie immer, bei einem Event dabei zu sein, das nichts mit Kameras und Laufstegen zu tun hatte.

Nachdem ich die beiden kurz herumgeführt hatte, machten sie sich an die Arbeit – Chris in Bezug auf meine Ausbildung beim Kaffeekochen und Clotilde für unsere Social-Media-Präsenz. Sie bewarb den Käseverkostungsraum als Ausflugsziel für Pariser, wo sie auf dem Land nicht nur Käse, sondern auch guten Kaffee in einem schönen Ambiente bekamen. Als wir nach draußen gingen, um Fotos von den Ziegen zu schießen, damit der Aspekt des »vom Hof direkt auf den Tisch« betont wurde, fragte ich Chris nach seinen Gefühlen für Clotilde.

»Ella, ich werde Clotilde immer lieben. Aber jetzt ist nicht der richtige Zeitpunkt«, antwortete er.

»War die letzte Zeit wirklich so übel?«, fragte ich, und er nickte mit ernster Miene.

»Ich habe mich entschieden, auf die Richtige zu warten. Vielleicht die weibliche Version von Serge«, sagte er.

»Dann wird es bestimmt eine tolle Frau sein«, scherzte ich. »Aber im Ernst, niemand ist perfekt.«

»Ärger im Paradies?«, fragte er.

»Nicht gerade Ärger, nur ein paar Hindernisse«, antwortete ich.

»Nun ja, was hast du erwartet? Ihr habt nicht gerade den leichten Weg gewählt«, sagte er.

Chris hatte recht. Unsere »Flitterwochen« waren zerstückelt worden wie ein Camembert auf einem Partybuffet. Nach nur wenigen glückseligen Monaten waren wir zunehmend unter Druck geraten, angefangen von der ungeplanten Schwangerschaft über den Umzug nach Chinon bis zur Gründung meines Geschäfts. Es war eine aufreibende Phase gewesen. *Vielleicht sollte ich nicht so streng mit Serge sein*, dachte ich.

Ein Dutzend Kaffeekochversuche samt ein paar koffeinfreier Versionen später hatten wir immer noch keine Gäste außer Marie und Jacques, die um elf Uhr eingetroffen waren und langsam zwei Espresso getrunken hatten, um es bis mittags nicht ganz so leer aussehen zu lassen. Obwohl wir in Chinon Flyer verteilt hatten, die auf die »große Eröffnung« hinwiesen, zögerten die Menschen offenbar zu kommen.

Ich dachte zurück an das Gespräch, das ich auf dem

Dorffest mit angehört hatte, und fragte mich, ob niemand kam, weil man Serge und mich weiterhin als »Zugereiste« betrachtete. Aber ich würde nicht zulassen, dass ein paar zögerliche Ortsansässige meinen Erfolg verhinderten. Wenn alles gut lief, würde der Käseverkostungsraum zu einer beliebten Adresse werden. Die Menschen würden von weit her zu uns fahren, und wir wären nicht auf die engstirnigen Nachbarn angewiesen. *Alles wird gut*, sagte ich mir immer wieder, wenn auch mit jeder verstreichenden Minute meine Nerven angespannter wurden.

Wie es in Frankreich üblich ist, kamen ein paar Gäste pünktlich zum Mittagessen. Zwei Frauen Ende sechzig, die sich staunend umschauten, die Vitrine und die beeindruckende Kaffeemaschine betrachten. Ich ging schnell zu ihnen, um unser »Konzept« zu erklären.

»Es ist eine Kombination aus Käseverkostung und Café im australischen Stil«, sagte ich zu den beiden. »Wir haben auch Käse-Tartes, Salate oder ein Dessert, wenn Sie etwas Süßes bevorzugen. Und natürlich Kaffee. *Guten* Kaffee«, stellte ich lächelnd klar, obwohl diese Feinheit bei meinem Französisch vermutlich unterging.

»Haben Sie auch ein Mittagsmenü?«, krächzte eine der beiden Frauen.

Verdammt! Wie hatte ich das vergessen können. Die Franzosen lieben ihre Vorspeise-zwei-Hauptspeisen-zur-Wahl-Dessert-Kombination.

»Natürlich«, versicherte ich und improvisierte: »Es kostet 15 Euro für Hauptgang plus Dessert.«

»Vernünftige Preise«, sagten sie, nickten und setzten sich.

Angespannt schaute ich zu, wie die Frauen Ziegenkäse-Tartes auf Salat aus Rays improvisiertem Garten, gefolgt von Pfirsichauflauf, aßen. Als sie den Espresso ablehnten, sagte ich, dass der heute aufs Haus ginge, zur Feier der Eröffnung. Widerwillig stimmten sie zu.

»Ich werde die ganze Nacht nicht schlafen können«, murmelte die eine, als ich die Tassen auf den Tisch stellte.

»Bestimmt haben wir den ganzen Nachmittag Sodbrennen«, grummelte die andere.

Der Kaffee wurde mit ernster Miene konsumiert.

»Très bon«, sagte die eine, während die andere etwas murmelte, dass sowohl Zustimmung wie auch Ablehnung sein konnte.

Sobald die Damen gegangen waren, rieb ich mir die Hände und schaute zu Serge.

»Nicht schlecht für unser erstes Mittagessen«, sagte ich.

»Findest du?«, fragte er.

»Na ja, der Ort ist nicht sehr groß. Es wird sich herumsprechen«, versicherte ich.

»Und der Ziegenkäse in der Tarte hat ihnen geschmeckt?«

Mist. Ich hatte vergessen zu fragen.

»Sie haben gesagt, ihnen habe alles geschmeckt«, antwortete ich.

Serge setzte ein erzwungenes Lächeln auf, und ich merkte ihm an, dass er über die geringe Zahl der Gäste enttäuscht war.

»Gut Ding will Weile haben«, erinnerte ich ihn, aber auch ich war nicht sehr glücklich.

»Ich bin nur froh, dass wir dafür keinen Kredit bei der Bank aufgenommen haben«, sagte er.

Ich hatte Serge immer noch nichts von Chucks Leihgabe erzählt, und bisher hatte er auch keinen Verdacht geschöpft.

»Es ist beruhigend, eine gewisse Flexibilität beim Zahlen von Raten zu haben.«

»Hä?«, fragte ich.

»Das war wirklich großzügig von deiner Mum«, setzte er hinzu.

»Mum?«, entfuhr es mir, bevor ich mich wieder fasste. Natürlich, Mum. »Ja, das war großzügig. Aber lass uns jetzt nicht darüber grübeln«, versuchte ich, ihn abzulenken. »Ich mache dir einen Kaffee.«

Beim Geräusch des Bohnenmahlens zerbrach ich mir den Kopf, wie Serge darauf kam, dass Mum uns Geld geliehen hatte. Abgesehen von unserem ersten Gespräch darüber, dass ich mich um das Beschaffen weiterer Mittel kümmern würde, hatte ich nie etwas erwähnt, das ihn auf die Idee hätte bringen können. *Hatte Mum irgendetwas gesagt?* Aber wie auch immer er zu dieser Schlussfolgerung gekommen war, da er nun wusste, dass ich mir Geld geliehen hatte, war es vielleicht an der Zeit, die Karten auf den Tisch zu legen.

Ich ging zu ihr, um sie darauf anzusprechen, aber bevor ich das Thema auch nur anschneiden konnte, wurden wir von einem nachmittäglichen Ansturm überrascht. Die Leute hatten offenbar Wind bekommen von dem »englischen« Mädchen, das eine »Teestube« eröffnet hatte, und kamen wegen Tee und Scones. Das war nicht so ganz der Markt, auf den ich es abgesehen hatte, aber bei der momentanen Situation würde ich sicher niemanden abweisen.

Ich scheuchte Mum in die Küche, wo sie eine neue Fuhre Scones backen sollte, während ich noch eine Kanne English Breakfast Tea kochte. Sehnsüchtig starrte ich auf die Kaffeemaschine und streichelte sie tröstend, während Serge beschäftigungslos hinter seiner Käsetheke stand.

»Ella, eine Kaffeebestellung!«, rief Chris kurze Zeit später.

Endlich, dachte ich und eilte zur Maschine. *Noch ist nicht alles verloren.*

»Von einem Franzosen?«, fragte ich.

»Bin nicht sicher«, antwortete er. »Er steht dort drüben.«

Ich erspähte einen riesigen Blumenstrauß und dann erst den Mann, der sich dahinter verbarg.

»Chuck, hallo!«, rief ich, nachdem ich endlich einen Blick auf sein Gesicht erhascht hatte.

»Gratuliere, Ella! Was für eine Leistung«, sagte er und drückte mich. Ich peilte hinüber zu Serge, um zu sehen, wie er auf Chucks Blumen reagierte, aber er war damit beschäftigt, zum gefühlt zehnten Mal an diesem Nachmittag seine Käsetheke umzuräumen.

»Danke, Chuck, obwohl es bisher eine mittlere Katastrophe ist«, gestand ich ehrlich. »Nur zwei Gäste zum Mittagessen, und jetzt scheinen wir eine Art englische Teestube zu betreiben. Die Scones sind bereits ausverkauft.«

»Hm«, erwiderte er. »Ich hätte auch gern einen gehabt.«

»Wie wäre es stattdessen mit Pfirsichauflauf?«, schlug ich vor.

Ich bereitete Chuck einen Flat White zu und setzte mich dann zu ihm. Es tat gut, die Beine ein bisschen zu entlasten. Obwohl ich entschlossen war, mich von meinem Bauch nicht beeinträchtigen zu lassen, musste ich zugeben, dass er mich ermüdete.

»Was gibt es Neues außerhalb dieses Ortes?«, fragte ich.

»Alles beim Alten«, antwortete er. »Abgesehen von einer undichten Stelle im Dach.«

»O nein. Vielleicht könntest du das heruntertropfende Wasser in der Badewanne auffangen«, schlug ich vor.

Wir lachten beide, woraufhin Serge zu uns herüberschaute. Ich winkte ihm, sich zu uns zu gesellen, aber entweder verstand er die Einladung nicht, oder er ignorierte sie. Ich wandte mich wieder Chuck zu.

»Und wie läuft es mit deinem Buch?«, fragte ich.

Chuck schilderte mir sein aktuelles Handlungsdilemma und fragte mich um Rat. Es war eine Erleichterung, in seine fiktionale Welt und deren Probleme einzutauchen, um meine eigenen für ein paar Minuten zu vergessen.

Mum brachte ein Tablett mit frischen Scones aus der Küche und entdeckte mich bei Chuck. Sie kam zu uns, um ihn zu begrüßen, und legte dabei ihre Hände auf meine Schultern. Während wir uns nett unterhielten, fühlte ich mich erleichtert, dass sie ihn anscheinend als einen meiner Freunde akzeptiert hatte.

»Gut, ich sollte mich jetzt wieder an die Arbeit machen«, sagte sie. »Und du auch, Ella.«

»Yep, ich komme in einer Minute«, sagte ich.

Bevor sie ging, beugte sie sich herunter und flüsterte mir ins Ohr: »Du solltest Serge helfen. Die Leute kommen sonst auf falsche Ideen.«

Ich ging wieder an die Arbeit.

Gegen 17:00 Uhr schlossen wir das Café. Es war ein langer Tag gewesen, und um unseren Helfern zu danken, hatte ich ein Sixpack mit regionalem Schaumwein besorgt. Ich stellte Gläser hin und bat alle, sich auf die Sofas zu setzen.

Chuck, der mittlerweile nahezu alles auf der Karte probiert hatte, wollte gehen, aber ich bestand darauf, dass er blieb. Ich platzierte ihn neben Clotilde, in der Hoffnung, dass die beiden ein bisschen flirten würden und Mum mich dann in Ruhe ließ.

Sobald ich gleich darauf zu sprechen begann, schoss mir das Blut in die Wangen. »Ich möchte mich bei euch allen für eure Hilfe bedanken. Die Idee zu diesem Projekt kam mir erst vor wenigen Monaten, und ohne eure Hilfe hätte ich es nie rechtzeitig geschafft.«

Ich hätte noch weiterreden können, aber zum Glück erhob sich Serge in dem Moment und erlöste mich aus meiner Verlegenheit. »Wir sollten alle unser Glas auf Ella erheben. Auf ihre verrückten Träume und ihre Fähigkeit, sie zu verfolgen. Das ist eine deiner bewundernswertesten Eigenschaften, *ma belle*«, fügte er hinzu und schaute mich an.

Ich wurde noch roter, weil mir allmählich klar wurde, dass ich es tatsächlich geschafft hatte, den ersten Tag meines eigenen Geschäfts in Frankreich lebendig zu überstehen.

Aber dann fuhr Serge fort: »Und danke an Ellas Mum für die finanzielle Unterstützung. Zum Wohl!«

Merde! Ich hatte immer noch nicht mit Mum gesprochen.

Ich warf ihr einen Blick zu, der so viel sagte wie: »Ich erkläre es dir später«, und schaute dann zu Chuck, der rot angelaufen war. Ich lächelte, aber Serge waren die Blickwechsel nicht entgangen, und er schien sich plötzlich unbehaglich zu fühlen.

Während Serge seinen Käse wegräumte, zog ich Mum in die Küche und erzählte ihr von dem »Missverständnis«.

»Ihm muss klar geworden sein, dass mir jemand eine Finanzspritze gegeben hat, und jetzt nimmt er an, dass du es gewesen bist. Ich wollte es ihm heute früh erklären, aber dann war auf einmal so viel los.«

»Ella, du hättest es ihm schon sagen sollen, als Charles dir das Geld anbot«, erwiderte sie vorwurfsvoll.

»Ich weiß, aber es ist kompliziert. Und das Geld hat zu einer Zeit geholfen, als ich wirklich verzweifelt war.«

»Du hättest mich fragen können.«

»Aber du hast schon so viel getan«, erwiderte ich. »Davon abgesehen hat Chuck es so bereitwillig angeboten, dass es mir leichtfiel, sein Geld anzunehmen.«

»Und du bist sicher, dass seine Absichten ehrenwert sind?«

»O Mum! Hör auf damit. Ich bitte dich nur, Serge nichts zu verraten.«

»Du begibst dich auf gefährliches Terrain«, sagte sie. »Aber wenn du das unbedingt willst …«

»Ja. Danke, Mum. Ich werde Serge noch früh genug alles erzählen.«

Zum Glück sprach Serge das Thema zunächst nicht an. Doch als wir endlich allein waren, ging es los.

»Habe ich irgendetwas falsch gemacht, als ich deiner Mum für die finanzielle Unterstützung gedankt habe?«, fragte er. »Sie wirkte im ersten Moment so bestürzt.«

Seit dem Nachmittag suchte ich nach einem Weg, wie ich ihm am schonendsten beibringen konnte, dass Chuck das Geld zur Verfügung gestellt hatte. Ich hätte gern Farbe bekannt, ahnte jedoch, dass Serge die Nachricht nicht besonders gut aufnehmen würde. Und ich wollte auf keinen Fall den Eindruck vermitteln, dass ich glaubte, er sei nicht in der Lage, aus eigener Kraft ein Geschäft aufzubauen, vor allem nach unseren Startschwierigkeiten.

»Natürlich hast du nichts falsch gemacht«, sagte ich. »Es war Mum nur peinlich: Ich bin nicht einmal sicher, ob Ray in alles eingeweiht ist.«

»Oh«, entfuhr es Serge, und dann entschuldigte er sich.

»Alles in Ordnung«, versicherte ich. »Ist bereits vergessen.«

Obwohl ich erschöpft war, konnte ich nicht einschlafen. Ich fühlte mich schrecklich. Nicht nur, dass ich Serge angelogen hatte, sondern ich hatte auch Mum mit hineingezogen. Was sollte ich jetzt tun? Ich würde Chuck das Geld sicher bald zurückzahlen können und hoffte nur, dass Serge die Wahrheit nicht vorher herausfand.

Kapitel 24

Ein paar Wochen später hatte sich der Käseverkostungsraum inoffiziell und ungewollt in eine englische Teestube verwandelt. Die Einnahmen waren gut, ich wagte es also nicht, mich zu beschweren, aber wenn ich gewusst hätte, wie viel English Breakfast Tea ich servieren würde, hätte ich nicht so viel Geld für einen Kaffeemaschine ausgegeben. Eine professionelle Maschine zum Herstellen von Scones wäre dagegen eine gute Investition gewesen.

Frustrierend war auch, dass weniger Käse verkauft wurde als erhofft.

Da ich immer noch nicht herausgefunden hatte, woran das lag, ließ ich Clotilde heimlich Serges Käsesorten probieren.

»Der Käse ist ganz okay«, sagte sie. »Aber er schmeckt nicht so wie der von Michel.«

»Und?«, fragte ich.

»Nun ja, manche Menschen erwarten eben, dass Dinge sich nicht ändern«, mutmaßte sie.

»Aber schmeckt er denn schlecht?«, hakte ich nach, weil ich das Schlimmste befürchtete.

»Natürlich nicht. Serge würde keinen schlechten Käse verkaufen.«

»Davon bin ich ausgegangen.«

»Er schmeckt einfach nur anders. Michels Käse schmeckt sehr traditionell. Serges Käse ist frischer. Jünger.«

»Cooler?«

»Kann Käse cool sein?«

»Für mich schon«, erwiderte ich.

»Vielleicht muss er seine Präsentation modernisieren, sich stärker von Michel abgrenzen. Etwas Neues, Aufregendes anbieten«, schlug sie vor.

Ich war erleichtert, dass Serges Käse zumindest essbar war, aber wie konnte ich die Gäste dazu bringen, nicht nur wegen Scones und Tee zu kommen, sondern auch Käse zu kaufen? Mehr als einmal hatte Serge schon darauf hingewiesen, wie viel Arbeit er in die Renovierung des Raums gesteckt hatte und dass er seine Zeit vielleicht besser woanders investiert hätte.

Ich versuchte, mich von seiner negativen Haltung nicht beeinflussen zu lassen, da ich annahm, dass wir einfach Geduld haben mussten. Das Konzept, direkt auf dem Hof Käse zu probieren und zu kaufen, war solide. Früher oder später würden sich die Leute darauf einlassen. Und die Neuartigkeit einer englischen Teestube würde sich irgendwann abnutzen.

Ich hatte auch einen Plan erarbeitet, noch mehr Käse in die angebotenen Gerichte aufzunehmen – hallo, Käse-Scones! –, um den Verkauf anzukurbeln und Serges *fromage* bekannter zu machen.

Aber erst einmal musste ich jetzt allein klarkommen. Meine Pariser Freunde waren wieder in der Hauptstadt und Mum und Ray in Australien. Vor mir lag die erste Woche, in der ich das Café allein managen musste.

Wenigstens bleibt mir dadurch keine Zeit, mich einsam zu fühlen, tröstete ich mich.

Mum und Ray hatten angeboten, ihren Aufenthalt zu verlängern, aber ich fand, dass ich das Pflaster besser mit einem Ruck abreißen sollte. Dies war mein Projekt, und ich musste es entweder allein schaffen oder eine andere Lösung finden, damit es funktionierte. Außerdem wollte ich gern noch ein bisschen Zeit mit Serge allein haben, bevor das Baby kam. Nicht mehr lange, und wir würden zu dritt sein.

Aber an den ersten Tagen kollabierten wir förmlich auf dem Sofa, sobald die letzten Gäste gegangen waren, und unsere Kraft reichte gerade noch zum Fernsehen. Wir hatten viel um die Ohren, und ich versuchte, mir keine Sorgen zu machen, schließlich hatten wir ja noch unser ganzes gemeinsames Leben vor uns. Doch Serge wirkte merkwürdig distanziert. Als ich ihn fragte, ob alles in Ordnung sei, behauptete er, nur müde zu sein.

Das wird schon, sagte ich mir immer wieder.

In der Küche des Cafés starrte ich auf den Kalender, während ein weiteres Blech Scones im Ofen war. Die Zeit seit der Eröffnung war nur so verflogen, und ich befürchtete, dass die verbleibenden Wochen bis zum errechneten Geburtstermin genauso schnell vergehen würden. Dabei war noch unglaublich viel zu tun.

Marie hatte sich gern bereit erklärt, das Café zu übernehmen, während ich im Krankenhaus sein würde. Aber ich musste dafür sorgen, dass bis dahin alles reibungslos lief. Clotildes Social-Media-Posts hatten für etliche Follower gesorgt, aber das würde womöglich bald wieder abebben. Vielleicht sollte ich einfach die Pseudo-englische Atmosphäre aufgreifen und mich anziehen wie ein viktorianisches Hausmädchen?

»Morgen, Ella«, riss mich eine vertraute Stimme aus meinen Träumereien.

»Oh, hey, Chuck.« Ich war froh über ein bisschen Gesellschaft, die mich von meinen Grübeleien ablenkte. »Kaffee?« Tee schlug ich ihm gar nicht erst vor, denn Chuck gehörte zu den wenigen Gästen, die Kaffee bestellten, und ich wollte den Traum am Leben erhalten, dass sich diese Kaffeemaschine bezahlt machen würde.

Seit meiner Eröffnung war er jeden Tag hier gewesen, demonstrierte damit quasi seine Unterstützung. Manchmal war er der einzige Gast, aber seine gute Laune bewahrte mich davor, bei jeder Flaute gleich in Panik zu geraten.

»Ein Flat White, wenn es dir nichts ausmacht«, sagte er. »Eigentlich wollte ich heute nicht herkommen, weil ich letzte Nacht nicht geschlafen habe. Aber dein Kaffee ist einfach zu verlockend.«

»Das kann ich gut verstehen«, versicherte ich.

»Mein Aussehen bitte ich zu entschuldigen. Wenn ich zu wenig geschlafen habe, wirke ich immer ziemlich lädiert«, sagte er und strich sein Haar zurück.

»Mich lässt die Schwangerschaft auch nicht gerade aussehen wie ein Model«, parierte ich.

»Was redest du da? Du bist wunderschön«, erwiderte er.

Ich lachte, um das Kompliment herunterzuspielen, aber es ließ mich ein paar Zentimeter wachsen.

»Lust auf Scones?«, schlug ich vor. »Sie kommen gerade frisch aus dem Backofen.«

»Fantastisch.« Er zückte Stift und Notizbuch.

Weitere Gäste trudelten ein, und Chuck und ich fanden erst wieder Gelegenheit, miteinander zu sprechen, als er ein paar Stunden später gehen musste. Auf dem Weg nach draußen stieß er fast mit Serge zusammen, der gekommen war, um den Bestand in seiner Käsevitrine zu überprüfen. Die beiden begrüßten sich, plauderten kurz und gingen dann jeder seiner Wege.

»Er ist ein bisschen seltsam«, sagte Serge, als er bei mir ankam.

»Vermutlich, aber sind wir das nicht alle?«, erwiderte ich. »Und er ist so ziemlich der Einzige, der zum Kaffeetrinken herkommt«, fügte ich hinzu.

»Ich nehme einen Kaffee«, sagte Serge schnell.

»Latte? White Flat?«, fragte ich begeistert.

»Espresso, bitte«, antwortete er, und ich fragte mich, warum die Franzosen ihren Kaffee immer schwarz und klein wollen.

»Kommt sofort«, sagte ich. »Und rate mal, wer heute Vormittag zwei von deinen Blüten-Ziegenkäsen verkauft hat?«

Ich hatte schließlich einen Weg gefunden, Serge geschickt dazu zu bringen, seine Käsekreationen zu modernisieren, woraufhin er hübsche kleine Käse herstellte, die mit Blütenblättern bestreut waren. Das war ausgefallen, schmeckte lecker und sah sowohl in der Vitrine als auch auf einer Käseplatte toll aus. Mein Gefühl sagte mir, dass sich dieser Käse gut verkaufen würde.

»Wer hat die verkauft?«, fragte er.

»Ich«, antwortete ich lächelnd. »Anscheinend spricht es sich herum.«

»Zwei ist gut, aber wenn wir Gewinn machen wollen, müssen wir wesentlich mehr verkaufen«, gab er zu bedenken.

»Es ist immerhin ein Anfang«, hielt ich dagegen und dachte an Weihnachten zurück, als er die Farm aufgeben und nach Paris zurückkehren wollte. »Warte ein paar Monate, und dein Käse wird uns aus der Hand gerissen.« Ich war optimistisch.

Später an diesem Nachmittag putzte ich gerade die Küche des Cafés, als ich hörte, dass die Tür aufging. Ich wunderte mich, wer so spät noch vorbeikam, und nahm an, dass es Serge war, der noch einen Kaffee wollte. Gut gelaunt rief ich, dass ich in der Küche sei.

»'allo«, sagte eine Frauenstimme, und die dazugehörige Person erschien im Türrahmen. Ich riss den Kopf herum, da ich die Stimme nicht kannte und mich fragte, wen ich wohl gerade in meine Küche eingeladen hatte.

Eine zierliche Frau sah mich an. Ein perfekter brauner Bob, in dem sich kein Haar bewegte, umrahmte das Gesicht. Sie kam mir irgendwie bekannt vor, und ich überlegte, ob sie schon einmal im Café gewesen war.

»Tut mir leid«, sagte ich auf Französisch. »Ich habe Sie für jemand anderen gehalten. Wir haben für heute schon geschlossen.«

»Où est Serge?«, fragte sie. Ihre Stimme war sanft, aber entschlossen. Ich betete, dass ihre Frage irgendetwas mit

Käse zu tun hatte, aber mein Bauchgefühl sagte etwas anderes. Diese Frau wirkte nicht so, als sei sie wegen eines geschäftlichen Anliegens hier.

Und dann wusste ich plötzlich, wo ich dieses Gesicht schon einmal gesehen hatte.

»Ich sage ihm Bescheid«, antwortete ich.

Sie nickte, ging zu einem Tisch und setzte sich.

Während ich Serge anrief, musterte ich sie sorgfältig. Sie war klein und dünn, sorgfältig gekleidet in schwarzer Jeans und einer Bluse, die offenbar aus Seide war. Ihre Handtasche war aus schwarzem Leder, und die Schuhe hatten denselben tiefroten Farbton wie ihre Bluse. Im Vergleich zu meiner löchrigen Schwangerschaftsjeans und der mehlbestäubten Schürze sah sie einfach perfekt aus.

Mein Herz pochte heftig.

»Serge, hier ist eine Frau, die dich sprechen möchte«, versuchte ich, möglichst gelassen zu sagen.

»Wer ist es?«, fragte er.

»Ich glaube, es ist deine Exfrau«, sagte ich und legte auf.

Kurz darauf betrat Serge den Käseverkostungsraum. Sein Gesicht war kalkweiß, als er reglos dort stand und zwischen mir und Françoise hin und her schaute. Offenbar wusste er nicht, was er tun sollte. Ich schenkte ihm ein schwaches Lächeln, um ihm zu signalisieren, dass es in Ordnung sei, wenn er zu ihr ginge, um sie zu begrüßen.

Nachdem er das getan hatte, stellte er uns einander vor. Françoise sah schockiert aus, als Serge mich als seine Freundin bezeichnete. Während ich sie wegen des Hochzeitsfotos wiedererkannt hatte, traf die Neuigkeit von mir sie aus heiterem Himmel. Ihr Blick wanderte zu meinem Bauch, und sie sog hörbar die Luft ein. Unbehaglich blickte ich zu Boden, und Serge murmelte irgendetwas völlig Überflüssiges bezüglich der Schwangerschaft. Die Anspannung war ein bisschen zu viel für mich, und da ich nicht Gefahr laufen wollte, irgendetwas Dummes zu sagen, nur um dieses Schweigen zu beenden, verzog ich mich in die Küche und spülte bereits sauberes Geschirr erneut ab.

Serge und Françoise setzten sich und begannen eine leise und sehr vertraut wirkende Unterhaltung. Ich versuchte, den beiden Zeit zu lassen, musste aber immer wieder hinschauen.

Was zum Teufel will sie hier?

Leider konnte ich von meinem Platz aus nichts verstehen, und die Minuten zogen sich in die Länge wie Stunden. *Hat ihr Überraschungsbesuch etwas mit den Briefen zu tun? Bittet sie ihn etwa, zu ihr zurückzukehren?*

Die Gedanken in meinem Kopf rotierten.

Ich schrieb Billie eine SMS. Sie wusste immer, was in unangenehmen Situationen zu tun war. Ich umklammerte mein Telefon, hoffte, sie würde trotz der Zeitverschiebung zwischen Frankreich und Australien sofort antworten. Als sie mich anrief, zuckte ich vor Schreck zusammen.

»Billie, wieso bist du noch wach?«, fragte ich. Die Vorstellung, nach Mitternacht noch auf den Beinen zu sein, war mir völlig fremd geworden.

»Ich war mit einem Typen aus. Die reinste Katastrophe, deshalb bin ich jetzt zu Hause und arbeite.«

»War es jemand, den ich kenne?«

»Nein. Wieder mal irgendein Idiot. Aber egal, andere Mütter haben auch schöne Söhne, richtig?«

»O Billie, das tut mir leid. Möchtest du darüber reden?«

»Nein. Und jetzt sag mir, was los ist, El.«

»Es macht dir nichts aus?«

»Es ist eine gute Ablenkung von meinem eigenen Drama.«

Ich durfte nicht vergessen, sie noch mal in Ruhe anzurufen, um herauszufinden, was bei ihr beziehungstechnisch los war, sobald ich die Sache mit Françoise geklärt hatte. Erst einmal brachte ich Billy jedoch auf den neuesten Stand – in aller Kürze, weil ich selbst keine Ahnung hatte, was gerade passierte. »Ich weiß wirklich nicht, warum sie hier ist«, beendete ich leise meinen Kurzbericht. »Vielleicht hat es mit den Briefen zu tun.«

»Welche Briefe?«, fragte sie.

Mir fiel ein, dass ich Billie nichts davon erzählt hatte, vermutlich weil ich selbst nicht darüber nachdenken mochte, was Françoise' Versuche, Kontakt zu Serge aufzunehmen, für meine Beziehung zu ihm zu bedeuten hatten. Aber nun war sie hier, aufgetakelt und Serges Aufmerksamkeit mit Beschlag belegend.

»Nun ja, sie hat ihm geschrieben«, antwortete ich. »Ihn gebeten, sich mit ihr zu treffen oder sie anzurufen.«

»Und was sagt Serge dazu?«, fragte Billie.

»Ich habe nicht nachgebohrt«, sagte ich und dachte an den Brief, den ich verbrannt hatte.

»Hm.« Billie dachte offenkundig nach.

Ich kam mir so dumm vor, weil ich immer noch nicht verstand, was das zwischen Serge und Françoise war.

»Und was hast du jetzt vor, El?«

»Ich hatte gehofft, du könntest mir sagen, was ich tun soll.«

»Na ja«, begann sie und schwieg dann für einen Moment. »Sobald die beiden fertig sind, musst du Serge fragen, was los ist. Sag ihm, dass es dir unangenehm ist, sie in deiner Nähe zu haben. Finde die Wahrheit heraus.«

»Du hast recht«, antwortete ich. »Ich muss das Problem frontal angehen und lösen. Es regelrecht zerquetschen.«

»Nicht übertreiben, Ella. Im Zweifel für den Angeklagten. Vielleicht geht es nur um etwas wegen ihrer Scheidung.«

»Vermutlich«, stimmte ich zu und dachte, dass mir das Zerquetschen aber doch lieber wäre.

Plötzlich hörte ich das Verrücken von Stühlen im Café und sagte Billie, dass ich auflegen müsse.

»Versuch, ruhig zu bleiben«, ermahnte sie mich.

Ich ging hinüber zu Serge und Françoise. Sie wollte gerade gehen. Ich verabschiedete mich von ihr und hielt dabei Augenkontakt. Sie schenkte mir ein angestrengtes Lächeln, nickte und ging. Das Geräusch ihrer Absätze hallte durch den Raum.

Nachdem sie fort war, spürte ich meine Nervosität heftiger als zuvor. Noch vor wenigen Augenblicken hatte ich unbedingt erfahren wollen, was vor sich ging. Nun war es beinahe so, dass ich es lieber nicht wissen wollte. Ich zog die Spannung in die Länge, indem ich mir eine Tasse Tee zubereitete. Serge wartete darauf, dass ich wieder an den Tisch kam.

»Also?«, fragte ich, als ich mich endlich zu ihm setzte.

»Also«, erwiderte Serge.

»Großer Tag«, sagte ich.

»Großer Tag«, wiederholte er.

»Komm auf den Punkt, Serge. Was wollte Françoise?«

»Sie ist hier, weil Clovis krank ist.«

»Und wer ist Clovis?«, fragte ich, und mir fiel ein, dass ich diesen Namen in dem Brief gelesen hatte.

»Ihr Vater. Sie wollte wissen, ob ich ihn mal besuchen kann.«

»Oh …« Ich war überrascht, dass sich nicht mehr dahinter verbarg.

»Er hat Alzheimer.«

»Du liebe Güte«, murmelte ich, und plötzlich tat sie mir sogar leid.

»Françoise sagte, dass er in den vergangenen Monaten immer wieder nach mir gefragt habe. Sie denkt, es könne gut für ihn sein, mich zu sehen.«

»Natürlich solltest du ihn besuchen. Sonst wollte sie nichts?«

»Was sollte sie denn sonst noch wollen?«, fragte er auf eine Weise, als sei es völlig normal, dass die Ex unangekündigt auftaucht.

»Möglicherweise ein bisschen Käse kaufen«, improvisierte ich, obwohl ich mitbekommen hatte, dass Françoise zu den wenigen Franzosen gehörte, die keinen Käse mögen.

»Offenbar isst sie neuerdings wirklich Käse«, antwortete er.

»Wusste ich's doch!«, entfuhr es mir, und ich fragte mich, welche Asse sie noch im Ärmel hatte.

»Ella, ich mache nur Witze. Sie wird Käse niemals mögen.«

Ich scheuchte seine Hand weg, mit der er über den Tisch hinweg nach meiner greifen wollte.

»Und selbst wenn dem so wäre«, sagte er, stand auf, kam zu mir und rieb über meinen Bauch, »habe ich im Moment alle Hände voll zu tun. Ich bin ziemlich verknallt in meine beiden Mädchen.«

Seine Worte liebkosten mich wie eine Scheibe zähflüssiger Camembert, der sich an ein Stück Baguette schmiegt.

»Obwohl sich eine der beiden manchmal ein bisschen verrückt aufführt …«, fügte er hinzu und verdarb damit den Augenblick.

»Du wirst ihren Vater also besuchen?«, fragte ich.

»Wenn du einverstanden bist«, antwortete er.

»Und dann hört Françoise auf, dir zu schreiben?«

»Wann hat sie denn geschrieben?«

»Hä?«, versuchte ich, Zeit zu gewinnen. Ich hätte mich selbst in den Hintern treten können.

»Sie hat einen Brief erwähnt«, sagte er und sah mich forschend an. »Ich dachte, er sei nicht angekommen.«

»Oh, das ist seltsam. Weißt du, dieser Postbote wirkt tatsächlich ein bisschen unzuverlässig«, stammelte ich herum und wurde rot. »Ich meinte natürlich, ob sie dann nicht noch einmal herkommt.«

»Ihr Vater lebt hier im Ort, und sie muss einiges organisieren«, sagte er, aber zum Glück erwähnte er den Brief nicht mehr.

Anscheinend ist Françoise' Gastauftritt nichts Einmaliges gewesen, dachte ich und bekam sofort ein schlechtes

Gewissen. Wenn sie nur wegen ihres kranken Vaters hier war, hieß das wohl, dass sie sonst niemanden hatte, der ihr zur Seite stand. Ich konnte mir nicht einmal vorstellen, mich in einer vergleichbaren Situation um meine Mum kümmern zu müssen.

Trotzdem, warum musste die Unterstützung ausgerechnet in Gestalt meines Freundes daherkommen?

Kapitel 25

Als ich in der Stadt unterwegs war, um mich gegen meinen schwangerschaftsbedingten Heißhunger auf Süßes mit Alternativen einzudecken, lief ich zufällig Franck, dem Immobilienmakler, über den Weg.

»Bonjour, Ella. Bonne nouvelle, non?«, fragte er, nachdem er mich zur Begrüßung auf die Wangen geküsst hatte, und beäugte meine mit Schoko-Croissants prall gefüllte Tüte.

»Gute Neuigkeiten? Inwiefern?«, fragte ich auf Französisch.

»Sie haben es noch nicht gehört? Ihr Vater hat ein Angebot für ein Haus ein Stück weiter die Straße hinunter abgegeben. Es wurde soeben akzeptiert.«

»*Excusez-moi*, aber da müssen Sie sich irren. Ich habe keinen Vater«, sagte ich.

Er sah mich an, als wäre ich nicht ganz bei Sinnen.

Oh, verflixt, vielleicht meint er Ray …

»Ray?«, fragte ich.

»Ja, Ihr *papa, non*?«

»Nicht so ganz. Mein zukünftiger Stiefvater«, stellte ich klar, woraufhin Franck verwirrt wirkte, aber unbeirrt fortfuhr. »Jedenfalls ist er bald der stolze Besitzer eines 5-Zimmes-Hauses in Chinon«, vollendete er sichtlich zufrieden seine Mitteilung.

»Sie machen Witze, oder? Haben Sie sich diesen kleinen Streich zusammen mit Serge ausgedacht?«

»*Main non*, ich habe gestern die Verträge vorbereitet. Es ist ein sehr gutes Geschäft. Ein sehr guter Preis.«

»Aber wieso hat er mir nichts davon erzählt? Und Mum hat es ganz sicher nicht erwähnt.«

»Dazu kann ich nichts sagen, Ella. Vielleicht sollten Sie Ray selbst fragen?«, schlug er vor.

»Und ob ich das tue«, entgegnete ich, verabschiedete mich und stapfte wütend davon.

Während der Fahrt nach Hause wollte mir einfach nicht in den Kopf gehen, dass Serge und Ray mich beide mit dem Kauf eines Hauses im selben Ort im ländlichen Frankreich überrascht hatten. Das war wie ein schlechter Witz.

»Ella, ich habe wundervolle Neuigkeiten«, überfiel mich meine Mutter sofort, als ich sie anrief.

»Ich weiß«, sagte ich. »Zumindest weiß ich, dass du Neuigkeiten hast. Ob sie wundervoll sind, weiß ich allerdings nicht.«

»Ray hat mir ein Ferienhaus in Frankreich gekauft!«, kreischte sie. Sie war offenkundig begeistert, wie sich alles entwickelte. »Es sollte eine Überraschung sein, aber dieser Immobilien-Makler konnte nicht die Klappe halten. Es ist ein Hochzeitsgeschenk! Ist das nicht unglaublich?«

»Allerdings«, gestand ich ehrlich. So sehr ich Mum und Ray auch liebte, ich war mir nicht sicher, ob ich mit ihnen quasi in derselben Straße wohnen wollte.

»Ich denke, wir werden dieses Jahr ein paar Monate

dort verbringen, und wenn Ray in ein paar Jahren in Rente geht, sind wir jedes Jahr sechs Monate dort und die übrigen in Australien.«

»Mum, ich weiß nicht einmal, ob ich in ein paar Jahren noch hier bin! Ob wir auf dem Hof wohnen bleiben.«

»Oh«, entfuhr es ihr. »Wieso nicht? Ich habe bereits mit Serge gesprochen, und er hat mir bestätigt, dass er nicht vorhat, nach Australien umzusiedeln. Und auf diese Weise können wir viel Zeit miteinander verbringen. Ich kann das halbe Jahr mit meinem Enkelkind zusammen sein! Das wird mich für die anderen sechs Monate entschädigen, in denen wir dann getrennt sind.«

»Und was ist, wenn wir nach Paris zurückkehren?«, fragte ich ehrlich und dachte an das Gespräch mit Serge an Weihnachten.

»Aber es läuft doch gut auf dem Hof, oder?«, fragte sie.

»Besser, aber noch lange nicht richtig gut«, antwortete ich.

»Nichts ist perfekt«, erwiderte sie.

»Der Kauf ist also bereits über die Bühne?«

»Die Anzahlung wurde geleistet, und in ein paar Monaten können wir einziehen. Gerade zum rechten Zeitpunkt, wenn die kleine *Mademoiselle* auf der Welt ist.«

»Offenbar kann man euch nicht davon abhalten«, sagte ich und schickte mich in die Tatsache, dass ich von nun an jedes Jahr sechs Monate lang nur einen Katzensprung von Mum entfernt wohnen würde.

Und dann wurde mir klar, wie vertraut mir das war und wie sie mich mit ihrer Liebe, Unterstützung und Nettigkeit in den Wahnsinn treiben würde.

Trotzdem machte ich mir eine Notiz, dass ich unbedingt Ray eine E-Mail schreiben und ihm sagen musste, was für ein prima Kerl er war. Wie er sich wohl bei dem Gedanken fühlen mochte, demnächst jedes Jahr sechs Monate in Frankreich zu leben? Ich würde mir ein paar interessante Gartenprojekte überlegen müssen, um ihn beschäftigt zu halten. Und Chuck würde bestimmt auch einen Gärtner benötigen. Vielleicht konnte sich Ray damit hier sogar selbstständig machen. Plötzlich schossen mir tausend Möglichkeiten durch den Kopf. Ob ich wollte oder nicht – ein Stück Heimat würde in diesen Ort ziehen. Ich ging rasch zu Serge, um ihm davon zu erzählen.

»Oh«, lautete sein einziger Kommentar, nachdem ich ihn in Mums und Rays Pläne eingeweiht hatte.

»Wie ›oh‹? Was bedeutet das?«

»Na, wir wissen ja noch nicht einmal, ob wir hierbleiben«, erwiderte er.

»Das habe ich Mum auch gesagt, aber sie ließ sich nicht abschrecken.«

»Und? Freust du dich?«, wollte er wissen.

»Schon. Im ersten Moment war ich irritiert, aber je länger ich darüber nachdenke, desto besser gefällt es mir.«

»Okay. Es wird dem Kind auch guttun, mit seinen Großeltern zusammen sein zu können«, sagte er.

»Und du bist sicher, dass es dir nichts ausmacht?« Ein bisschen sorgte ich mich, dass Serge einfach nur nett sein wollte. Möglicherweise hatte er ja eher gedacht, den »Schwiegereltern« aus dem Weg gehen zu können, indem wir in Frankreich blieben. Andererseits hatte er meine Mutter kennengelernt, und ihm musste eigentlich sofort klar geworden sein, wie hartnäckig sie war, wenn sie sich einmal etwas in den Kopf gesetzt hatte. Aber wenn das Kind erst auf der Welt war, würde auch er bestimmt über jede Unterstützung froh sein.

»Es wird alles gut, Ella.«

»Danke.« Ich umarmte ihn, weil er ein so verständnisvoller Mann war. »Und ich werde eine gute Torwächterin sein und aufpassen, dass Mum und Ray sich uns nicht aufdrängen«, versprach ich, obwohl die Wahrscheinlichkeit, dass ich meine Mutter in Schach halten konnte, sehr gering war. *Der gute Wille zählt*, sagte ich mir.

In den darauffolgenden Wochen fanden Serge und ich in einen produktiven Rhythmus. Wir spürten beide den Druck durch den nahenden Geburtstermin und wollten bis dahin noch möglichst viel schaffen. Ich hatte zwar gehofft, dass der Käseverkostungsraum uns näher zusammenbringen würde, aber wie sich zeigte, arbeitet jeder die meiste Zeit für sich. Während ich mich um die Gäste kümmerte, stellte Serge Käse her oder musste die Ziegen versorgen. Er sagte mir ständig, wie stolz er darauf sei, was ich auf die Beine gestellt hatte, und dass es den Wert des Hofes sicher steigerte, aber er betonte genauso oft, dass ich nicht mehr lange so viel arbeiten konnte, und sprach davon, Marie schon früher mit an Bord zu holen.

Ich versicherte ihm, dass es mir noch prima ginge und wir aktiv werden würden, sobald sich daran etwas änderte.

Doch dann, als ich mir endlich nicht mehr ständig Sorgen wegen der Zukunft machte, holte mich die Vergangenheit ein und biss mich in den Hintern.

Es war ein ziemlich ruhiger Vormittag im Café gewesen, und ich trank gerade meine zweite Kanne Kamillentee, als Françoise auftauchte. Geradezu panisch kam sie hereingestürmt.

»Wo ist Serge?«, fragte sie auf Französisch.

»Bonjour«, erwiderte ich. Die französische Hartnäckigkeit, stets zu grüßen, hatte ich zu diesem Zeitpunkt bereits so verinnerlicht, dass es mir aufstieß, wie Françoise einfach darüber hinwegging.

»Bonjour«, erwiderte sie mit entschuldigender Miene. »Könnten Sie mir bitte helfen, Serge zu finden?«

»Er müsste unten beim Melkschuppen sein«, antwortete ich.

»Da habe ich schon nachgesehen.« Sie schüttelte den Kopf.

Wie anmaßend, unaufgefordert auf unserem Hof herumzuspazieren!

»Haben Sie versucht, ihn anzurufen?«, fragte ich und wusste genau, dass Serge ihr nie seine Nummer gegeben hatte.

»Können Sie ihn für mich anrufen?«, flehte sie.

Mehr als nur ein paar ihrer Haare waren diesmal nicht an Ort und Stelle; sie musste einen ziemlich miesen Morgen hinter sich haben.

Übers Telefon teilte ich Serge mit, dass Françoise wieder vorbeigekommen sei.

»Ich gebe sie dir«, sagte ich zu ihm und hoffte, dass beide meinen widerwilligen Ton bemerkten. *Bloß nicht die Vermittlerin zwischen den beiden werden*, dachte ich mir.

Ich reichte ihr mein Telefon und fand mich damit ab, nur Françoise' Teil des Gesprächs zu hören. Sie sprach so schnell und in einem so undeutlichen Französisch, dass ich am Ende lediglich etwas von Krankenhaus verstanden hatte und dass sie sofort hierhergefahren sei.

Sie gab mir das Handy zurück, setzte sich an einen der Tische und rief mir zu: »*Un café, s'il vous plaît!*«

Nachdem ich meine Kinnlade vom Boden wieder aufgehoben hatte, ging ich zur Kaffeemaschine.

Zum Glück tauchte Serge fünf Minuten später auf. Nachdem er Françoise zur Begrüßung auf die Wangen geküsst hatte, erklärte er mir, was passiert war.

»Clovis, ihr Vater, ist letzte Nacht in seinem Haus gestürzt. Offenbar hat er starke Schmerzen, weigert sich aber, ins Krankhaus gebracht zu werden.«

Ich nickte und versuchte zu verstehen, was das mit Serge zu tun hatte.

»Sie hat sonst niemanden, den sie um Hilfe bitten kann«, fuhr er fort. »Würde es dir etwas ausmachen?«

»Was?«, fragte ich.

»Dass ich hinfahre und ihr helfe?«

»Habe ich denn eine Wahl?«

Als Antwort schaute er mich mit seinen großen Augen an.

»Na schön, geh«, sagte ich und scheuchte ihn förmlich weg.

Mir blieb nichts anderes übrig, als zuzuschauen, wie Françoise ihre Handtasche nahm und zusammen mit Serge hinausging.

»*Merci*, Ella«, sagte sie noch, bevor sie durch die Tür

war, lächelte schwach, zeigte auf die Kaffeetasse und fügte hinzu: »*Très bon.*«

Ich hätte nicht sagen können, ob sie ehrlich war oder nur höflich.

Als es langsam dunkel wurde und ich immer noch nichts von Serge gehört hatte, begann ich mir Sorgen zu machen. Ich räumte das Café auf, schloss dann die Tür ab und watschelte zurück zum Haus. Mein Bauch war dick, ich fühlte mich langsam und schwer. *Es ist sehr nett von Serge, allen zu helfen außer seiner schwangeren Frau*, dachte ich, und meine Müdigkeit verwirrte meine Gefühle.

Mit einer Tüte Popcorn ließ ich mich aufs Sofa fallen und scrollte durch Instagram auf der Suche nach Fotos von Paris. Ich sehnte mich danach, wieder in der Stadt zu sein. Ohne Serge fühlte ich mich in dem Bauernhaus überraschend einsam und fand auch nichts, um mich abzulenken.

Er kam gegen 23:00 Uhr nach Hause, als ich schon im Bett lag und so tat, als würde ich schlafen. Er schlüpfte unter die Decke und legte den Arm um mich.

»Alles in Ordnung, Bella?«, fragte er leise.

Ich murmelte, dass alles gut sei, und drückte seine Hand.

»Und bei dir?«, fragte ich.

Serge erzählte, dass Françoises Vater jetzt im Krankenhaus liege.

»Sie will für eine Weile hier in der Gegend bleiben, um sein Haus aufzulösen und ihn in einer Pflegeeinrichtung unterzubringen«, sagte er.

Na toll, dachte ich und stellte mir weitere Begegnungen mit Françoise vor.

Serge schlief schnell ein, während ich dort lag, die Wand anstarrte und versuchte, den Knoten zu lösen, den ich plötzlich in meinem Magen spürte.

Eines der Dinge, die mich sofort zu Serge hingezogen hatten, war seine Nettigkeit. Ich war nie zuvor mit einem Mann zusammen gewesen, der so selbstlos und fürsorglich war wie er, und allmählich wurde mir klar, dass sich diese Eigenschaften nicht nur auf mich bezogen.

Ich fragte mich, wie oft ich allein zurückbleiben würde und mich selbst um alles kümmern musste, wenn das Baby erst einmal auf der Welt war, weil er in einer hilfsbereiten Mission unterwegs war. *Habe ich für Serge Priorität? Oder doch eher die Ziegen, Françoise oder wer sonst noch gerade Hilfe braucht?*

Ich versuchte, mich davon zu überzeugen, dass ich mir all diese Sorgen nur einbildete, aber es machte mich nervös, wie abhängig Françoise immer noch von ihm war und wie bereitwillig er sie unterstützte.

Kapitel 26

In der darauffolgenden Woche trafen Serge und ich uns mit Franck, um Mums neues Haus zu besichtigen.

Es war wunderschön, wirkte beinahe wie ein Puppenhaus. Zwei Etagen plus ausgebauten Dachstuben und einer kleinen Garage an einer Hausseite. Hübsche, burgunderrote Schlagläden rahmten die Fenster ein, und symmetrisch getrimmte Formschnittbäumchen standen auf jeder Seite der Haustür. *Wieso lebten alle, die ich kannte, in diesen wunderschönen Landhäusern, während ich auf einen heruntergekommenen Bauernhof hauste?*

Drinnen war alles etwas altmodisch, aber gut in Schuss. Während ich von Raum zu Raum ging, stellte ich mir vor, wie es aussehen würde, wenn die schweren dunklen Möbel durch hellere, leichtere ersetzt worden waren und dadurch alles luftiger und moderner wirkte. Aber renovieren mussten sie kaum etwas, falls überhaupt. *Die Glücklichen!*

»Ist etwas anders als bei Ihnen.« Franck grinste, als könne er Gedanken lesen.

»Hm.« Ich biss mir auf die Zunge und dachte daran, dass sämtliche weiteren Arbeiten in unserem Haus jetzt erst nach der Ankunft des Babys stattfinden würden.

»Und oben gibt es ein schönes Kinderzimmer«, fügte er hinzu.

»Hä?«, fragte ich und sah Serge ratlos an, aber der zuckte auch nur mit den Schultern.

»Für das Baby«, sagte Franck und zwinkerte Serge zu.

»Wir haben selbst ein Kinderzimmer«, stellte ich klar.

»Aber Sie brauchen auch Zeit für, wie sagt man, ›*le couple*‹.«

Ich wurde rot.

»Dafür sind Großeltern da«, fuhr er fort. »Wie soll denn sonst das zweite Kind entstehen?«

Was zum Teufel …, dachte ich, entschied mich aber, nur zu lächeln und zu nicken. Wie drastisch würde sich mein Liebesleben mit Serge wohl noch ändern? Seit ich herausgefunden hatte, dass ich schwanger war, ging es bei uns im Schlafzimmer merklich ruhiger zu. Aber wenn das, was Franck andeutete, stimmte, dann würde es noch sehr viel schlimmer werden.

Serge zwickte mich in den Hintern, als wir das Kinderzimmer betraten. Diese Geste machte mir klar, dass man keine Liebesratschläge von einem versoffenen, altmodischen Typen annehmen sollte.

Das Ergebnis der Besichtigung war ermutigend für Mum und Ray – die beiden hatten das Ganze von Australien aus organisiert, und ich freute mich, ihnen sagen zu können, dass sie einen guten Handel abgeschlossen hatten. Für mich war es eher *ent*mutigend, denn ich wünschte, Serge und ich hätten dieses Haus gekauft statt des Hofes.

»Es ist sehr hübsch«, sagte ich zu Serge und verdrängte meinen Neid.

»Eine kluge Investition«, pflichtete er bei.

»Glaubst du, es wird ihnen gefallen, in Chinon zu leben?«

»Das kann ich nicht beantworten«, sagte er mit ernster Miene. »Das Haus finden sie sicher sehr schön. Und sie werden hoffentlich die französische Gastfreundschaft genießen. Aber mir ist klar, dass das hier nicht jedermanns Sache ist. Vielleicht lernen sie ein paar Engländer kennen und bauen sich einen Freundeskreis auf.«

»Meinst du?«

»Warum nicht? In der Gegend gibt es viele Engländer«, versicherte er.

»Und wieso ist mir bisher nur Chuck begegnet?«

»Dann finden sie eben französische Freunde«, erwiderte er.

»Leichter gesagt, als getan.«

»Die Menschen sind hier sehr gastfreundlich. Vielleicht musst du dich einfach nur stärker bemühen.«

Für einen Moment verschlug es mir die Sprache. Nun gut, er hatte ja auch nicht mitbekommen, was die Einheimischen über seinen Käse sagten.

»Im Ernst?«, fragte ich, sobald ich meine Stimme wiedergefunden hatte. »Mehr bemühen?«

»Das wäre ein guter Schritt.«

»Und was schlägst du noch vor?«, fragte ich.

»Nun ja, bisher ist dein einziger Stammkunde Engländer«, antwortet er.

Darum geht es also! Jetzt wurde mir klar, worauf Serge hinauswollte.

»Hast du ein Problem damit? Oder liegt es daran, dass *Chuck* diese Person ist?« Langsam redete ich mich in Rage.

»Das habe ich nicht gemeint.«

»Ich denke schon.«

Serge schwieg für einen Moment. Lange genug, damit ich spüren konnte, wie es in meinen Schläfen pochte.

»Es ist ja nicht so, dass ich Chuck nicht mag«, sagte er.

»Da bin ich aber froh«, erwiderte ich sarkastisch.

»Aber ist dir aufgefallen, wie er sich in deiner Nähe aufführt?«

»Nein«, erwiderte ich, wobei meine Stimme leicht zitterte.

»Ich habe bei ihm einfach kein gutes Gefühl.«

»Warum? Nur weil ihm ein Château gehört? Weil er reich ist? Ein interessantes Leben führt?«

»Ella …«, begann Serge.

»Oder weil du zu sehr damit beschäftigt bist, Françoise zu helfen, um wirklich zu wissen, was bei deiner eigenen Freundin so los ist?«

Natürlich hegte ich immer noch Groll wegen Serges ritterlicher Hilfeaktionen bei Françoise. Aber ich hätte nicht gedacht, dass es bei einem Gespräch herauskam, in dem es um meine Bemühungen ging, mich besser in das französische Landleben zu integrieren.

In den angespannten Minuten, die darauf folgten, fragte ich mich, ob ich zu weit gegangen war.

»Wieso sagt du nichts mehr?«, fragte ich schließlich.

»Ist damit nicht schon alles gesagt?«

»Ich denke nicht.« Plötzlich wurde mir etwas klar: Wenn Serge nicht bereit war, mir bei diesem Gespräch entgegenzukommen, brauchte ich das auch nicht. »Vielleicht bevorzugen wir es momentan eben beide, Zeit mit anderen Menschen zu verbringen.«

»Möglicherweise«, sagte er.

Stunden später war ich immer noch wütend. Und ich hatte ein schlechtes Gewissen: Ich hatte schnell um mich geschlagen und war defensiv gewesen. Vielleicht hatte ich ja Angst, dass an Serges Worten tatsächlich etwas Wahres dran sein könnte. Ich wünschte, wir hätten die Zeit zurückstellen und eine gemäßigtere Diskussion führen können.

Da ich annahm, dass Serge noch bei den Ziegen war – er stürmte davon, sobald wir wieder zu Haus ankamen –, setzte ich mich aufs Sofa, um zu grübeln.

Und dann sah ich sein Handy auf der Kommode neben der Tür liegen.

Seltsam, dachte ich. Er muss es vergessen haben.

Ich starrte es eine Weile an und merkte plötzlich, wie ich mich langsam darauf zubewegte.

Ich gehe nur sicher, dass er keine dringenden Käsebestellungen bekommen hat, rechtfertigte ich mich, als ich seine PIN eingab, die übliche 1111.

Ich überflog seine Nachrichten und verspürte Schuldgefühle. Nichts Neues. Alles gut.

Ich legte das Handy wieder fort – und schnappte es mir dann erneut. Ich konnte nicht anders.

Rasch scrollte ich durch seine letzten Anrufe.

»Was?«, entfuhr es mir, als mir Françoises Name förmlich entgegensprang.

Ich schaute ein zweites Mal auf den Zeitpunkt – heute

früh. Und dann fiel mir ein, dass Serge nach draußen geeilt war, als wir uns Mums und Rays neues Haus anschauten, und irgendetwas von einer »dringenden Angelegenheit« gemurmelt hatte, um die er sich kümmern müsse.

Ich schaute durchs Fenster, um zu prüfen, ob sein Wagen noch da war. Er stand unschuldig vor der Garage. *Was läuft da?*, fragte ich mich.

Ich spielte mit dem Gedanken, die gefürchtete Exfrau anzurufen, um herauszufinden, ob Serge bei ihr war, aber als ich mir das Gespräch vorstellte, entschied ich, dass es die Peinlichkeit nicht wert war.

Stattdessen zog ich meine Gummistiefel an und stapfte zu den Weiden, um zu sehen, ob Serge dort war. Hoffentlich hatte ich nur überreagiert und fand ihn bei seinen Ziegen. *Du hast noch eine letzte Chance, Serge*, dachte ich, und schlang die Arme gegen den Wind um meinen Körper.

Jeder Schritt bestätigte allerdings nur die Tatsache, dass Serge nicht dort war. Es fühlte sich an, als würde er mich für unseren Streit bestrafen. Vielleicht wollte er mich auch einfach nicht sehen. Ich war nicht nett gewesen, aber war seine Reaktion hier gerechtfertigt? *Immerhin bin ich schwanger!*

Vor meinem geistigen Auge tauchte die Vision auf, wie ich mich mit einem Baby auf dem Arm durch eine Tierherde zwängte und nach Serge suchte. *Ich schaffe das nicht allein*, schoss es mir durch den Kopf, und ich bekam Panik. Eine Ziege beäugte mich, als ich an ihr vorbeiging, der abschätzige Blick war in ihren unheimlichen Augen deutlich zu erkennen. Ich ging schneller.

»Was zum Teufel mache ich eigentlich hier?«, fragte ich mich laut. Es war *Serges* großer Plan für unsere Familie gewesen, und nun war er verschwunden. Ein ungutes Vorzeichen.

Ich schnappte mir seinen Autoschlüssel, ohne zu wissen, wohin ich wollte, aber ich musste hier fort.

Während ich auf die Einfahrt zu Chucks Château einbog, ärgerte ich mich darüber, dass Serge recht hatte: Hier draußen auf dem Land hatte ich nur einen einzigen Freund.

»Ella! Was für eine Überraschung«, begrüßte er mich, als er im Bademantel die Tür öffnete.

»Lust, einem schwangeren Mädchen eine Tasse Tee zu kochen?«, fragte ich.

Chuck lachte und bat mich herein. Er ließ mich auf einem altmodischen Stuhl in der Küche Platz nehmen, während er im Kochtopf auf dem Herd Teewasser zubereitete.

»Hast du keinen Kessel?«, fragte ich.

»Kein Kessel, keine Probleme«, antwortete er.

»Ich glaube nicht, dass der Spruch so lautet«, erwiderte ich.

Chuck ist echt ein bisschen exzentrisch, schoss mir durch den Kopf.

Er zuckte mit den Schultern und lachte. »Nicht? Auch gut. Also, was führt dich hierher, Ella?«

Ich kam mir vor, als wäre ich bei einer Therapiesitzung.

Apropos … die könnte ich vielleicht wirklich gebrauchen.

»Serge und ich haben uns gestritten. Aber deshalb bin

ich nicht hier. Ich wollte nur hallo sagen und hören, wie es mit deinem Buch läuft. Und mir einmal nicht selbst eine Tasse Tee kochen müssen.« Ich versuchte zu lachen, aber es klang ziemlich aufgesetzt.

»Erzähl mir von dem Streit. Worum ging es?«

Und dann brach die Wahrheit nur so aus mir heraus. »Manchmal fühlt es sich an, als gäbe es zwischen Serge und mir eine riesige Kluft. Er scheint nicht zu verstehen, wie schwer es mir fällt, mich an das Leben hier zu gewöhnen. Und alles, was ich schon erreicht habe, will er nicht sehen. Außerdem frage ich mich, was da zwischen ihm und seiner Exfrau läuft.«

»Machst du dir wegen ihr Sorgen?«, fragte Chuck.

»Tief in meinem Innern nicht, aber manchmal fürchte ich, Serge könnte es bedauern, dass ich keine Französin bin. Keine Ahnung. Klingt das dumm?«

»Interkulturelle Beziehungen sind immer schwierig. Manchmal richtig anstrengend. Es besteht ein hohes Risiko für Missverständnisse. Aber das bedeutet nicht, dass Liebe über Kulturen hinweg unmöglich ist. Manchmal muss man nur härter daran arbeiten.«

Chucks Redegewandtheit brachte mich aus der Fassung. Er schien aus dem Herzen zu sprechen. Hatte dieses Thema bei ihm etwa einen wunden Punkt berührt?

»Aber ist es die härtere Arbeit wert?«, fragte ich.

»Das kannst nur du beantworten. Und Serge. Wenn du das Gefühl hast, dass etwas es wert ist, darum zu kämpfen, dann musst du es tun. Und sei ehrlich zu Serge. Hab keine Angst vor einem Streit. Manchmal kann das sehr gesund sein.«

»Wir streiten momentan oft, aber ab welchem Punkt ist es nicht mehr gesund?«

Chuck zuckte mit den Schultern. »Ich weiß nicht, ob ausgerechnet ich qualifiziert bin, um das zu beantworten.«

»Vielleicht doch«, erwiderte ich.

»Meine Geschichte ist Schnee von gestern. Und dieser Schnee ist schon vor einer Weile in der Loire geschmolzen«, erklärte er entschieden.

Ich verspürte den Drang, mich zu verabschieden. »Ich sollte lieber gehen«, sagte ich und sammelte meine Sachen ein. »Danke für den Tee. Und entschuldige, dass ich dich damit überfallen habe.

»Jederzeit. Abgesehen von den nächsten paar Wochen. Heute Abend fahre ich nach London. Ich muss mich um eine Familienangelegenheit kümmern. Lass mich wissen, wenn ich etwas für dich tun kann«, sagte er.

Ich war dankbar für seinen Rat. Manche Dinge lassen sich eben am besten in der Muttersprache erklären und verstehen.

Vielleicht war genau das Serges und mein größtes Problem. Anfangs war alles schön gewesen, als unsere Beziehung aus Picknicks, leckerem Wein und Käseplatten bestand; aber jetzt gab es Probleme, Fristen und Verantwortungen, und unsere Kommunikation brach immer öfter zusammen. Es musste einen Grund haben, dass ich viel Zeit mit jemandem verbrachte, der dieselbe Muttersprache hatte. Ohne beim Reden ständig nach Wörtern suchen zu müssen, hatte etwas Beruhigendes.

Wie sehr war ich zu kämpfen bereit?

Als ich wieder zu Hause ankam, saß Serge am Küchentisch.

»Oh, hi«, sagte ich. »Du warst verschwunden. Ich habe dich gesucht.«

»Du auch«, entgegnete er. Seine Stimme verriet mir, dass er immer noch wütend war.

»Ich bin zu Chuck gefahren«, sagte ich.

»Natürlich.«

»Was soll das jetzt wieder heißen?«, brauste ich auf.

»Dass es zu erwarten war.«

»Und hast du auch erwartet, dass ich dich überall suchen würde, um dann darauf zu kommen, dass du bei Françoise bist?«

Sein Gesichtsausdruck bestätigte meine Vermutung.

»Ich sage wenigstens ehrlich, mit wem ich meine Zeit verbringe.«

»Ella, sie kam her, um mich zu bitten, beim Transport von ein paar Sachen ihres Vaters zu helfen. Ich wollte sie nicht hängen lassen. Davon abgesehen ist sie meine Exfrau. Das zwischen uns ist vorbei. Du dagegen verbringst Stunden mit einem anderen Mann und denkst, dass ich es nicht merke.«

»Du hast also ein Problem damit, dass ich hin und wieder mit Chuck zusammen bin?«, warf ich ihm vor.

»Nachdem wir gestritten haben – ja«, antwortete er.

»Aber es ist in Ordnung, dass du nach unserem Streit zu Françoise gehst? Weißt du eigentlich, wie das wirkt?« Ich merkte plötzlich, wie verzweifelt ich klang, aber wenn er mich wegen Chuck verhörte, wollte ich auch reinen Tisch machen bezüglich seiner Exfrau.

Er schüttelte den Kopf. »Wie das wirkt?«

»Nun ja, es sieht so aus, als würdest du allen gern helfen außer mir.«

»Ella, ich mache mir doch nur Sorgen um dich«, erwiderte er.

»Es gibt nichts, worüber du dir Sorgen machen musst. Chuck ist ein Freund. Und Freunde kann ich momentan weiß Gott gebrauchen, bei allem, was auf dem Hof und im Café los ist.«

»Ist er dieselbe Art Freund, wie ich es gewesen bin, als du mit Gaston zusammen warst?«, fragte er. »Vergiss nicht, dass wir uns geküsst haben, während ihr noch ein Paar gewesen seid.«

»Das ist etwas anderes«, versuchte ich, mich gegen seinen unerwarteten Angriff zu verteidigen.

»Tatsächlich? Inwiefern?«

»Gaston hat mich betrogen«, sagte ich.

»Und deswegen war es in Ordnung?«

»Es ist einfach etwas anderes. Wenn du nicht verstehen kannst, dass ich hier draußen mitten im Nirgendwo gern Zeit mit jemandem verbringe, dessen Muttersprache ebenfalls Englisch ist, dann haben wir echt ein Problem.«

»Ella, ich weiß von dem Geld.«

»Oh«, erwiderte ich nur.

Wie hatte er herausgefunden, dass Chuck mir für das Café Geld geliehen hatte?

»Ich habe seinen Namen auf deinem Kontoauszug gesehen«, fügte er hinzu.

Für einen Moment war ich sprachlos und fragte mich,

ob er mir nachspionierte oder zufällig über die Information gestolpert war. In jedem Fall hatte ich Mist gebaut.

»Serge, es tut mir leid. Ich wollte es dir sagen, aber ich wusste, dass dann alles nur noch komplizierter werden würde.«

»Du hast recht. Es ist dadurch noch komplizierter.«

»Aber ich versichere dir, dass es lediglich geliehen ist. Und ich habe mittlerweile schon fast alles zurückgezahlt.«

»Hattest du vor, mir je davon zu erzählen? Oder sollte ich gegenüber deinen Freunden und der Familie bis in alle Ewigkeit als der Trottel dastehen? Der blöde Franzose, mit dem man alles machen kann?«

»Serge, so war das nicht.«

»Oder bin ich dir nicht mehr gut genug, nachdem du jetzt einen Freund mit Château und dickem Bankkonto hast?«

O mein Gott, wann ist Serge denn so verbittert geworden?

»Du übertreibst maßlos, Serge«, erwiderte ich.

»Ich beschreibe nur, was ich sehe«, erwiderte er stur.

»Vielleicht sollte ich das auch tun. Ich sehe einen Mann, der sich ein bisschen übernommen hat und ganz vergisst, dass wir nur aufs Land gezogen sind, um für sein Kind ein besseres Leben zu gewährleisten. Du verbringst den ganzen Tag bei den Ziegen und schaust nicht einmal danach, wie es mir geht, oder hilfst mir im Café. Dabei habe ich diesen Verkostungsraum nur geschaffen, um dir zu helfen, mehr von deinem verdammten Käse zu verkaufen!«

»Und wie ich vermutet habe, wird dadurch nicht mehr Käse verkauft, aber du bist gestresst.«

»Aber ich habe wenigstens eine Aufgabe!«, schrie ich.

»Was soll ich denn hier draußen machen? Es ist ja nicht gerade so, als würdest du ständig an meiner Seite sein.«

»Vielleicht solltest du weniger Zeit mit Chuck verbringen«, schlug er vor.

»Oder du weniger Zeit damit, für jemanden der Laufbursche zu sein«, schoss ich zurück. Diese eifersüchtige Version von mir kannte ich kaum, aber bei diesem Streit ging es nicht nur um Francoise, es ging um alles, was in letzter Zeit passiert war. Es ging um die Zweifel, ob wir beide gute Eltern sein würden, ob ich in die Fußstapfen meiner Mutter treten und dieses Kind allein großziehen sollte und ob ich überhaupt in Frankreich bleiben wollte. Ich liebte Serge, aber so wie es momentan aussah, gab es zu viele Unsicherheiten.

»O Ella. Ich helfe Françoise durch eine schwere Zeit. Würdest du nicht dasselbe tun?«

Ich überlegte. Ein netter Gedanke, aber bei meinen Exfreunden war das nur schwer vorstellbar. Vielleicht war genau das der Unterschied zwischen Serge und mir.

»Liebt sie dich noch immer?«, fragte ich.

»Natürlich nicht«, erwiderte er. »Aber sie hat sonst niemanden, den sie fragen könnte.«

»Wie praktisch«, entfuhr es mir.

Seine freundliche Miene wich der Trauer und wandelte sich dann genauso schnell in Wut.

»Ich wüsste nicht, was ich falsch gemacht habe«, sagte er schließlich. »Ich bin dir gegenüber stets loyal gewesen. Du dagegen …«

Das war ein Schlag unter die Gürtellinie. Mir wurde klar, dass ich Serge an die Grenze seiner Belastbarkeit gebracht hatte, und das Ergebnis war schwer zu verdauen. Meine Schläfen pochten.

»Es kommt mir so vor, als würden wir nicht mehr dasselbe wollen«, sagte ich.

»Sehe ich auch so«, sagte er und stand auf.

Will er jetzt etwa gehen?, dachte ich wütend. Das muss ich mir nicht gefallen lassen. Das *sollte* ich mir nicht gefallen lassen – schon gar nicht in meinem Zustand. Wenn hier einer ging, dann war ich das!

Ich schnappte mir den Autoschlüssel des Citroën und sagte zu Serge, dass ich ein bisschen herumfahren würde, um einen klaren Kopf zu bekommen. Ich brauchte Luft – und Zeit, um über alles nachzudenken.

Ich küsste ihn kurz auf die Wange und legte mir eine Stola um. Dann eilte ich zum Wagen, ohne eine Ahnung zu haben, wo ich hinfahren sollte. Aber plötzlich wusste ich es.

Eine Stunde später saß ich im Zug nach Paris. Serge rief mich auf dem Handy an, aber ich mochte nicht rangehen. Ich wusste sowieso, was er sagen würde. Dass ich zurückkommen solle. Dass wir über alles reden und eine Lösung finden würden. Aber ich brauchte das hier jetzt. Ich brauchte Zeit für mich.

»Ist alles in Ordnung, Ella?«, fragte Chuck, der neben mir im Zug saß. »Bist du wirklich sicher, dass es das ist, was du willst?«

Ich wandte mich ihm zu und nickte.

Teil vier

Sommer

Kapitel 27

Als wir in Paris ankamen, trennten sich unsere Wege: Ich ging zu Clotilde, und Chuck fuhr mit dem Eurostar nach London.

Während der Fahrt hatte ich Chuck erneut mein Herz ausgeschüttet. Er hörte mir geduldig zu und sah mich höchstens ein- oder zweimal so an, als sei ich geisteskrank. Er schlug sogar vor, ich solle ihn nach London begleiten und dort in Ruhe über alles nachdenken. Aber ich war nicht bereit, Frankreich endgültig aufzugeben, jedenfalls noch nicht. Davon abgesehen musste ich bis zu dem mit Riesenschritten nahenden Geburtstermin jetzt jede Woche zur Kontrolle ins Krankenhaus. Es war vermutlich klüger, Frankreich nicht zu verlassen.

Außerdem wollte ich Chuck nicht auf falsche Gedanken bringen, so charmant er auch war. Ein harmloser Flirt war ja ganz nett, aber letztlich war er nicht der Vater meines Kindes – woran Mum mich unentwegt erinnerte –, und das Letzte, was ich brauchte, war eine neue Dreiecksbeziehung wie damals die mit Gaston und Serge.

Nicht, dass ich mir hätte Sorgen machen müssen wegen Chucks Absichten. Nachdem ich ihn den Großteil der Fahrt vollgequatscht hatte, erzählte er mir von seiner Ex.

»Sie war der totale Gegensatz zu allen Mädchen, mit denen ich als Teenager zusammen gewesen bin.«

»Inwiefern?«, fragte ich.

»Natalia ist Italienerin. Und sie ist *sehr* italienisch, wild und offen. Mit ihr zusammen zu sein war eine emotionale Achterbahnfahrt. Es klingt wie ein Klischee, aber ich übertreibe nicht, wenn ich sage, dass wir die ganze Zeit im Clinch lagen.«

»Habt ihr euch deshalb getrennt?«

»Nein, an die Streitereien hatte ich mich gewöhnt. Und an den Versöhnungssex auch. Wenn wir dann im Bett lagen, nachdem wir für Stunden oder manchmal auch Tage gestritten hatten, entschuldigte sie sich oder ich mich. Aber mit den Jahren wurden die Auseinandersetzungen komplizierter, es gab immer mehr spitze Bemerkungen und Sarkasmus. Und als Natalie versuchte, ihre Gefühle auf Englisch auszudrücken, wurden daraus Schläge unter die Gürtellinie.«

»Und was ist dann passiert?«, hakte ich nach.

»Na ja, trotz der vielen Meinungsverschiedenheiten liebten wir uns noch, aber gleichzeitig hatte ich das Gefühl, sie würde mich hassen. Als wir an einem Wochenende mit genau diesem Zug nach London fuhren, gerieten wir in eine heftige Auseinandersetzung über die Franzosen. Es war albern, weil keiner von uns in Frankreich aufgewachsen ist, wobei ich wegen meiner Großmutter noch die stärkere Verbindung habe.«

»Und worüber habt ihr gestritten?«

»Warum die Franzosen so sehr darauf bedacht sind, dass es still ist während der Zugfahrt«, sagte er.

Ich nickte. Das war mir auch schon aufgefallen. »Und welche Seite hast du vertreten?«

»Die stille natürlich. Ich liebe eine ruhige Zugfahrt, aber Natalia wollte ihren Weg nach Paris sozusagen singen und tanzen.«

»Das klingt eigentlich ziemlich harmlos«, vermutete ich.

»Stimmt«, bestätigte er. »Aber es war nicht mehr harmlos. In dem Moment war es so, als hätten alle vorherigen Streitereien zu dieser einen geführt, und sie wollte Krieg.«

Irgendetwas an Chucks Geschichte kam mir bekannt vor. Er fuhr fort: »Bis zu dieser Zugfahrt schien nichts unsere Beziehung derartig aus dem Gleichgewicht bringen zu können, dass sie nicht zu retten war. Aber als sie ausstieg und ohne mich in die Stadt stürmte, nicht an ihr Handy ging und mich auch nicht zurückrief, fragte ich mich, ob das wohl das Ende unserer Beziehung war.«

»Ist sie zurückgekommen?«

»Nein. Ich fuhr ohne sie weiter nach London. Dort verbrachte ich eine prima Zeit mit meinen Freunden, ging aus und konnte mich in meiner Sprache unterhalten. Und ich plauderte mit einem wunderschönen Mädchen aus London, sie war so süß und nett! Betrunken dachte ich an Natalie und dass ich raus musste aus diesem Drama. Wie du war ich all die Missverständnisse leid, die durch die verschiedenen Muttersprachen entstanden, war es leid, ständig nach den richtigen Wörtern suchen zu müssen.«

Ich fühlte mit ihm. »Und dann hattest du Dates mit diesem anderen Mädchen?«, fragte ich.

»Ja. Aber es fühlte sich nicht richtig an, und die Sache

verlief im Sande. Natalia und ich haben uns nie offiziell getrennt. Und so nett dieses Mädchen auch war, mir fehlte das italienische Feuer.«

»Und was wurde aus Natalia?«

»Ich habe sie seit jener Zugfahrt nicht mehr gesehen. Sie schrieb mir in einem Brief, dass sie eine Pause brauche, reisen wolle. Sie würde sich melden, wenn sie wieder zurück sei. Sie bat mich zu warten.«

»Und?«, drängte ich gespannt.

»Das war vor einem Jahr. Ich warte immer noch.«

»Echt?«, fragte ich ungläubig.

»Na ja, ich habe in dieser Zeit nicht wie ein Mönch gelebt, aber ich vermeide es, mich zu verlieben. Mein Herz gehört ihr.«

Ein Teil von Chucks Geschichte erinnerte mich an meine eigene, als Paul mir damals sagte, er wolle reisen, um »sich selbst zu finden«. Er hatte mich auch gebeten, auf ihn zu warten. Unvorstellbar, wie mein Leben wohl verlaufen wäre, wenn ich Australien nicht verlassen hätte.

Vielleicht brauchte Chuck einen ähnlichen Anstoß, um endlich loszulassen. Anscheinend hatte er die Vorstellung von Natalia romantisiert.

Als ich mir vorstellte, wie sie in Paris davongestürmt war, erkannte ich plötzlich, dass ich ja auch davonlief – vor Serge. *Ich war Natalia! O Gott, ich war Paul!*

Sofort schrieb ich Serge eine Nachricht.

Mein Liebling, es tut mir leid, dass wir gestritten haben. Und dass ich weggefahren bin. Das Auto steht am Bahnhof. Ich brauche ein bisschen Zeit,

um einen klaren Kopf zu bekommen, bevor das Baby geboren wird. Ich weiß, dass du das verstehst. Ich bin bei Clotilde. Wir reden in Ruhe, wenn ich wieder zu Hause bin. Ich liebe dich, Ella x

Nachdem ich die Nachricht abgeschickt hatte, fühlte ich mich sofort besser. Serge antwortete kurz darauf.

Ich verstehe dich, Bella. Mir tut es auch leid. Ruh dich aus und sei vorsichtig.

Erleichtert las ich seine Worte. Mein Herzschlag beruhigte sich, und ich konnte endlich wieder normal atmen, auch wenn das Baby sein Bestes gab, mich daran zu hindern. Dann schob ich meine Gedanken an Serge erst einmal beiseite, um zu sehen, ob ich Chuck helfen konnte, sich über seine Gefühle klar zu werden.

»Chuck, hast du schon mal daran gedacht, dass Natalia möglicherweise jemand anderen gefunden hat? Oder dass sie sich seit eurer Trennung verändert hat? Oder du dich?«, begann ich.

»Natürlich habe ich darüber nachgedacht. Ich bin ja nicht dumm. Aber bis ich jemanden gefunden habe, der es mit ihr aufnehmen kann, der um meine Zuneigung kämpft, wie sie es getan hat, kann es doch nicht schaden zu warten.«

Ich verstand genau, was er meinte. Sein Herz war gebrochen, und er leckte immer noch seine Wunden. Diese nagende Vorstellung, dass er etwas von mir wollte, war pure Einbildung. Er sprach mit mir über die Liebe, wie ich es mit Billie oder Clotilde getan hätte. Wie albern, dass ich mir von Mum diesen Floh hatte ins Ohr setzen lassen. Wie ich Serge gegenüber von Anfang an versichert hatte, war Chuck nur ein Freund.

Auf dem Bahnsteig erwartete mich Clotilde und schloss mich in die Arme. Ich winkte Chuck zum Abschied. Clotilde sah mich mit hochgezogenen Brauen an. Als ich ihr eine SMS geschickt hatte, ob ich bei ihr wohnen könne, hatte ich nicht erwähnt, dass Chuck im selben Zug sitzen würde. Jetzt wirkte sie zwar überrascht, ließ sich aber nicht davon abhalten, mir unverzüglich eine wichtige Nachricht zu überbringen.

»Ich habe mit Serge gesprochen«, sagte sie. »Und den strikten Auftrag bekommen, dir eine schöne und stressfreie Zeit zu bereiten.«

»Unseren Streit hat er nicht erwähnt?«, fragte ich.

»Nein«, antwortete sie zögernd. »Er sagte, es hätte ein Missverständnis gegeben, über das ich mir aber keine Sorgen machen solle. Aber allein diese Information beunruhigte mich schon. Deshalb bin ich gespannt auf deine ungekürzte Version.«

Ich versuchte zu lächeln, brauchte aber erst einmal dringend eine Pause von all dem.

»Ich erkläre es dir morgen früh beim Brunch«, schlug ich vor. »Aber jetzt lass uns irgendwo etwas trinken gehen. Ich habe mich schon viel zu lange nach dem Nachtleben verzehrt!«

»*D'accord*«, sagte sie und bestellte ein Uber.

Als wir aus dem Gare Montparnasse hinaustraten, wurden wir sofort in den Feierabendverkehr hineingezogen, und ich fühlte mich, als wäre ich nach Hause zurückgekehrt. Trotz all der weniger glanzvollen Seiten von Paris – die Obdachdosen, die Bettler, die Hunde, die die Bürgersteige als Toiletten benutzen – fühlte ich mich hier sehr lebendig. Es lag sicher auch an diesem subtilen Kampfgeist, den die Pariser mit sich herumtrugen und den ich aufregend fand. Man musste sich in dieser Stadt behaupten, und ich hatte gelernt, dass es nichts brachte, wenn man zaghaft war.

Ich sagte Clotilde, dass ich ganz bald unbedingt ein paar Basics shoppen müsste, da ich ohne Gepäck zu dieser Spritztour aufgebrochen war. Clotilde nickte nur, als sei es das Normalste auf der Welt, irgendwo hinzureisen, ohne auch nur frische Unterwäsche dabeizuhaben. Dafür liebte ich sie. Eine meiner Lieblingseigenschaften an den Franzosen war, dass sie einen in Sachen Liebe und Leidenschaft nie verurteilten.

Sobald wir im Wagen saßen, schlug ich die Stola auf. Clotilde sah mich mit großen Augen an.

»Heiliger Bimbam«, murmelte sie. Ich hätte ja gelacht, aber ihre Reaktion machte mir Angst.

»Was ist denn?«, fragte ich.

»Du bist soooo schwanger!«

Ich schaute an mir hinunter und fragte mich, ob sie etwas sah, das mir entging. Mein Bauch war in den vergangenen Wochen merklich dicker geworden, ja, aber ich hätte nicht gedacht, dass es so extrem auf andere wirkte. Ich streichelte darüber.

»Du siehst aus, als wären wir auf dem Weg ins Krankenhaus«, fügte Clotilde lachend hinzu.

»Keine Sorge, ich muss diesen Bauch noch mindestens drei Wochen mit mir herumschleppen«, beruhigte ich sie.

Als wir bei dem Rushhour-Verkehr endlich Les Terraces erreicht hatten, war es dort voll, und wir fanden keinen Platz. Ich hatte ganz vergessen, wie viel in Paris los war, sobald das schöne Wetter begann. Nachdem ich an der Bar ständig angerempelt wurde und Blicke erntete, die so viel sagten wie: »Was will dieser Walfisch denn hier?«, fanden wir endlich draußen einen freien Tisch.

Es war ein wunderbarer Abend, und ich atmete tief durch. *Paris, Paris, Paris!,* sang ich im Kopf. Aber meine Freude war nur kurz, da wir gleich darauf von einer Wolke eingenebelt und zu Passivraucherinnen wurden.

Ich sah, wie die Frau am Nebentisch vor sich hin paffte. Ihre mit leuchtend rotem Lippenstift markierte Zigarette wirkte wie ein abstoßendes Stillleben. Der Gestank war penetrant, und ich fragte mich, ob diese Empfindung mit meiner Schwangerschaft zu tun hatte oder ich mittlerweile die frische Landluft gewöhnt war. Ich überredete Clotilde, woanders hinzugeben.

»Eine Freundin schmeißt heute Abend eine kleine Party, falls du Lust hast«, schlug sie vor.

»Klar«, versicherte ich schnell.

»Ich weiß allerdings nicht, was für Leute da sein werden. Und es besteht die Möglichkeit, dass Gaston auftaucht«, gestand sie.

»Dann wird er sehen, wie wunderschön ich als Schwangere bin. Lass uns hingehen!«

Wir bestiegen ein Paar Mietfahrräder, obwohl Clotilde versucht hatte, mich davon zu überzeugen, dass das in meinem »Zustand« nicht sicher sei. Wir radelten langsam, und ich fühlte mich wunderbar frei. Es gelang mir beinahe, alles zu vergessen, was in den vergangenen acht Monaten passiert war, und ich wurde wieder das sorglose Mädchen – wenn auch mit gebrochenem Herzen –, das vor gar nicht allzu langer Zeit in Paris eingetroffen war. Der Wind wehte durch mein dank der Schwangerschaft üppiges Haar, als wäre ich Model einer Shampoo-Werbung. Ich fragte Clotilde, ob Haarmodels gesucht wurden, und musste aus irgendeinem Grund so schallend lachen, dass ich mir fast in die Hose machte.

Als wir auf der Party ankamen, bestand Clotilde darauf, dass ich mich irgendwo hinsetzte. So ungern ich es auch zugab, es war eine Wohltat. *Vielleicht ist es doch keine so gute Idee, schwanger mit dem Fahrrad über Kopfsteinpflaster zu fahren*, dachte ich.

»Erzähl mir alles, was hier so los gewesen ist«, bat ich Clotilde.

»Mal überlegen …« Sie wickelte eine Haarsträhne um den Zeigefinger und schaute nachdenklich drein. »Eigentlich nicht viel.«

»Ernsthaft?«, fragte ich. »Irgendetwas muss doch passiert sein. Warst du in letzter Zeit im Flat White? Wie geht es Chris?«

»Nun, zunächst mal, er ist mit mir ausgegangen.«

»Echt?« Es überraschte mich, dass er seine Haltung Clotilde gegenüber so plötzlich geändert hatte.

»Irgendwie war das wohl eine Art Verzweiflungstat, als wolle er etwas für sich klären.«

»Und wie war es?«

»Wir sind etwas trinken gegangen, und es war seltsam. Ich glaube, wir sind beide zu dem Schluss gekommen, dass wir als Freunde besser dran sind.«

»Oh.« Für Chris tat mir das leid. Nach der langen Vorlaufzeit hatte offenbar ein Drink genügt, um seine Träume platzen zu lassen.

»Aber ich habe es wiedergutgemacht«, sagte Clotilde zu meiner Erleichterung. »Ich habe ihn mit Julie zusammengebracht. Du erinnerst dich, meine Freundin aus Bordeaux. Jedenfalls hat sie sich allen Berichten nach zu urteilen total in ihn verguckt. Und er sich in sie. Anscheinend bin ich eine gute Kupplerin.«

Ich lächelte. Auf Clotilde war Verlass, wenn es darum ging, Menschen oder Dinge zusammenzubringen. »Das sind wunderbare Neuigkeiten«, sagte ich. »Darf ich jetzt aufstehen und zur Toilette gehen?«

Unterwegs hörte ich eine vertraute Stimme leise fragen: »Wer hat denn die Kuh mitgebracht?« Ich drehte mich um, weil ich wissen wollte, wer mich da gerade beleidigte, und entdeckte Camille. Sie war verantwortlich für meine Trennung von Gaston, als ich die beiden plus einen Freund bei einem Dreier erwischte. Es war nicht das erste Mal, dass sie mich nicht erkannte, aber ich würde dafür sorgen, dass es auf alle Fälle das letzte Mal war. Ich ging zu ihr.

»Oh, Ella, du bist es! *Mon Dieu*, bist du dick!«, fügte sie der Beleidung jetzt auch noch eine Kränkung hinzu.

»Ist das nicht wunderbar?«, erwiderte ich mit breitem Lächeln. »Mein Freund Serge und ich freuen uns riesig.«

Sie sah mich mit großen Augen an.

»Und wann ist *dein* errechneter Termin?«, fragte ich sie, trotz der Tatsache, dass sie spindeldürr war und rauchte.

»Wie meinst du das?«, erwiderte sie.

»Du bist doch auch schwanger, oder?« Ich gab mich so unschuldig wie nur möglich.

»Natürlich nicht!« Sie starrte mich entsetzt an.

»Oh, entschuldige, ich dachte nur, weil, na ja, du weißt schon …« Und dann ging ich.

Ich war noch nie gut darin gewesen, Leuten spontan eins vor den Bug zu geben, hoffte aber, dass es mir dieses Mal gelungen war.

Die Schlange vor der Toilette war lang; aber sobald die anderen meinen Bauch sahen, schauten sie mich besorgt an und ließen mich vor. Als ich schließlich im Spiegel einen Blick auf mein Gesicht erhaschte, sah ich, dass meine Wangen feuerrot glühten. Nie zuvor hatte ich mich derart fehlplatziert gefühlt.

Obwohl ich mich anstrengte, Spaß zu haben, kam ich nicht richtig in Stimmung. Nachdem ich erfolglos ein nichtalkoholisches Getränk gesucht hatte, ließ ich mich auf einen Stuhl sinken, der allerdings eher dekorativ als funktional wirkte. Als er unter meinem Gewicht ächzte, stand ich sofort wieder auf und lehnte mich stattdessen gegen die Wand.

Während ich den Blick über die Menge schweifen ließ, merkte ich, wie sehr ich Serge und unser gemütliches kleines Haus vermisste. Vielleicht war das Gras in Paris doch gar nicht grüner …

Ich startete einen letzten Versuch, mich in das Gespräch von ein paar Leuten einzuklinken, die sich über Reisen unterhielten, aber als ein Joint herumgereicht wurde, erkannte ich, dass ich die Nase voll hatte.

Obwohl es toll war, Zeit mit Clotilde zu verbringen, fühlte es sich falsch an, nicht bei Serge zu sein. Ich fragte sie, ob es okay sei, wenn ich schon ins Apartment fahren würde, und überlegte, gleich am nächsten Morgen den ersten Zug zurück zu nehmen.

»Ich komme mit«, sagte sie. »Was für eine dämliche Party.«

Erleichtert schaute ich sie an. Ich hatte nicht undankbar wirken wollen, war aber froh, dass sie mir zustimmte. Die vergangenen Monate hatte ich oft von Paris geträumt und geglaubt, ich würde viel verpassen. Aber es hatte nur einen Abend gedauert, bis ich erkannte, dass ich dieses Lebens überdrüssig war. Für mich begann eine andere Lebensphase. Was ich jetzt wollte, war, mit meinem Freund auf dem Sofa zu kuscheln – aber der war leider eine lange Zugfahrt von mir entfernt.

Kapitel 28

Ein paar Stunden später wurde ich von heftigen Bauchkrämpfen geweckt.

»*Mist!*«, fluchte ich leise. »Mist, verdammter! Das kann nicht sein.«

Hundertprozentig sicher war ich nicht, aber was ich spürte, war offenbar eine Wehe. Es tat höllisch weh, hörte dann plötzlich wieder auf und kehrte mit voller Kraft zurück. Ich versuchte, mich daran zu erinnern, was die Hebamme im Geburtsvorbereitungskurs über die Abstände der Wehen gesagt hatte. Aber mein Kopf war komplett leer. Ich holte mein Handy hervor und googelte es.

Clotilde musste mein Stöhnen gehört haben. Sie kam zu mir.

»Ich glaube, ich habe Wehen«, sagte ich ängstlich. Ich musste unbedingt Serge informieren.

»*Merde!* Was soll ich tun?«, fragte sie. Sie saß auf der Kante des ausgeklappten Schlafsofas, auf dem ich lag. Vorsichtig rieb sie über mein Bein. »In so einer Situation war ich noch nie.«

»Ich auch nicht«, stöhnte ich und schaffte es sogar, ein jämmerliches Lachen hervorzubringen. »Aber möglicherweise ist es nur Fehlalarm. Deshalb stoppe ich die Zeit.«

»Du stoppst was?«

»Den Wehenabstand.« Ich zeigte ihr mein Handy. »Ich will sehen, ob die Abstände kürzer werden. Das sollten sie eigentlich nicht. Es ist noch zu früh. Mein Termin ist erst in ein paar Wochen.«

»Soll ich Serge anrufen?«, fragte sie.

»Noch nicht, ich möchte ihn nicht unnötig beunruhigen.«

»Gut. Was soll ich dann tun? Dir den Rücken massieren?«

»Im Moment geht's. Aber vielleicht rufe ich sicherheitshalber im Krankenhaus an.«

»In welchem?«, fragte sie.

Der Schmerz kam zurück, ziemlich intensiv, und raubte mir für einen Moment die Konzentration.

»Entschuldige«, keuchte ich nach gefühlten Minuten, obwohl nur sechzig Sekunden vergangen waren. »Wie war noch mal die Frage?«

»Welches Krankenhaus soll ich anrufen?« Clotilde hielt ihr Handy umklammert.

»Das in Chinon.«

»Falls du Wehen hast, wirst du es nicht bis Chinon schaffen«, sagte sie mit ernster Miene.

»Aber ich muss. Die haben meine Unterlagen.«

»Überlass das mir«, sagte sie.

Die nächste schmerzhafte Welle deutete sich an, während ich zuhörte, wie Clotilde mit dem Krankenhaus sprach und fragte, wie man echte Wehen von einem Fehlalarm unterscheiden konnte. Sie bewahrte Ruhe, unterbrach ihr Gespräch nur, um mich zu fragen, in welchen

Abständen die Wehen jetzt kamen, und gab die Information dann weiter an die Person am Telefon. Ein besorgter Blick breitete sich auf ihrem Gesicht aus, bevor sie fragte, welches Krankenhaus wir in Paris anrufen sollten. Jetzt wurde ich doch nervös. *O Gott, das Baby kommt!*, dachte ich. *Ich habe alles ruiniert, indem ich einfach abgehauen bin.* Ich war wütend auf mich selbst, aber es blieb keine Zeit zum Grollen.

»Mach dich bereit«, sagte Clotilde, nachdem sie aufgelegt hatte. »Klingt so, als würde dein Baby zur Welt kommen wollen.«

Ich stöhnte.

»Die nächste Wehe?«, fragte sie.

»Nein, ich habe nur soeben alles mit Serge vermasselt.«

»Jetzt ist nicht der Moment, um darüber nachzudenken«, sagte Clotilde, vermutlich um mich zu trösten. »Lass uns schnell ins Krankenhaus fahren. Du kannst ihn von unterwegs anrufen.«

Ich zog mich rasch an und schnappte mir meine Handtasche.

»Ich bin fertig.«

»Stimmt. Ich vergaß, dass du ja gar nichts dabeihattest.«

Sie bestellte ein Uber, lief in ihr Schlafzimmer und warf ein paar Kleidungsstücke und Toilettenartikel in eine Tasche. Kurz darauf fuhren wir durch die leeren Straßen von Paris. Es war gespenstisch ruhig zu dieser frühen Morgenstunde, und ich genoss es sogar für einen Moment, trotz der Angst davor, was jetzt passieren würde.

»Serge, ich bin's«, meldete ich mich.

»Ella, geht es dir gut? Was ist los?«, fragte er verschlafen.

»Ich möchte dich nicht beunruhigen«, sagte ich, fürchtete jedoch, dass ich genau das mit diesen Worten erreichte. »Aber«, fuhr ich rasch fort, »ich bin gerade auf dem Weg ins Krankenhaus.«

»Du bis *was*?«, schrie er und war jetzt offenbar hellwach.

»Ich habe ein paar Wehen. Sie hören sicher wieder auf, aber Clotilde war in Sorge.« Ich warf ihr einen entschuldigenden Blick zu. »Sie hat mich gezwungen, ins Krankenhaus zu fahren.«

»Soll ich mich sofort auf den Weg machen? In welches Krankenhaus fahrt ihr?«, fragte er.

Die nächste Wehe nahte, und ich wollte nicht, dass er die Anspannung in meiner Stimme hörte.

»Keine Sorge, Serge. Ich rufe dich wieder an, sobald ich mehr weiß.«

»Ich lege das Telefon nicht aus der Hand«, versicherte er. »Soll ich Michel anrufen, damit er herkommt und sich um die Tiere kümmert?« Er klang so nervös, wie ich mich fühlte.

»Ich gebe dir noch Bescheid.«

Im Krankenhaus schickte man uns sofort auf die Entbindungsstation, wo es seltsam ruhig war. Ich weiß nicht, was ich erwartet hatte, aber nach all den Krankenhausdramen, die ich aus dem Fernsehen kannte, rechnete ich eher damit, dass eine Frau auf der Treppe ihr Kind zur Welt brachte, während nach einem Vulkanausbruch oder einem Brückeneinsturz oder einer anderen Naturkatastrophe überall Menschen notdürftig versorgt wurden.

Anscheinend war ich die Einzige, die zu dieser Stunde ein Baby zur Welt bringen musste.

Wir gingen zum Empfang, und plötzlich konnte ich kein Wort Französisch mehr. Mit offenem Mund und Panik in den Augen stand ich da und suchte nach den Wörtern für: »Ich glaube, ich habe Wehen.«

Zum Glück eilte mir Clotilde zu Hilfe. Sie erklärte der Schwester, dass ich zu Besuch in Paris sei und die betreuende Klinik in Chinon uns hierher verwiesen habe.

Die Schwester fragte Clotilde, ob sie meine Partnerin sei, woraufhin diese nickte. »Sonst lassen sie mich nicht mit rein«, flüsterte sie mir hinterher zu.

Wir wurden in ein Krankenzimmer geschickt. Als ich dort auf dem Bett lag, entspannte ich mich ein wenig. Zumindest fühlte ich mich jetzt gut aufgehoben, auch wenn ich unzählige Fragen hatte.

»Und ob Sie Wehen haben«, sagte kurz darauf eine Hebamme, nachdem die Fruchtblase geplatzt war.

Ich atmete erleichtert auf, dass ich mir nicht in die Hose gepinkelt hatte.

»Wann, sagten Sie, ist der errechnete Geburtstermin?«, fragte sie.

»Erst in gut drei Wochen.«

»Nun, der Muttermund ist bereits ein ganzes Stück geöffnet. Vier Zentimeter. Wir hängen Sie ans CTG, um zu überprüfen, ob es dem Baby gut geht. Dann bereiten wir Sie für die PDA vor.«

Mit jeder Wehe, die ich bereits durchgestanden hatte, waren meine Vorstellungen von einer Geburt ohne medikamentöse Unterstützung stärker verblasst. Der Gedanke, dass es noch schlimmer werden würde, hatte meine Entscheidung bereits besiegelt.

»Parfait«, sagte ich erleichtert.

Clotilde und die Hebamme sprachen miteinander, während mich die nächste Wehe in die Knie zwang. Ich wand mich, versuchte Entlastung zu finden. Da hörte ich Clotilde fragen, wie lange es etwa noch dauern würde, bis das Baby da war. Kurz darauf war die Hebamme verschwunden.

»Ist alles in Ordnung?«, fragte ich Clotilde, als die Welle des Schmerzes abgeklungen war.

»Alles prima, Ella. Mach du dir keine Gedanken. Ich gehe nur mal schnell raus und rufe Serge an. Er sollte sich auf den Weg machen. Dieses Ereignis wird er nicht verpassen wollen«, sagte sie augenzwinkernd.

Plötzlich dämmerte mir, dass ich Paris mit einem Baby verlassen würde, dass ich nur noch Stunden davon entfernt war, mein Kind im Arm zu halten. Ich bekam Panik. *Und wenn Serge immer noch sauer auf mich ist? Wenn er nur wartet, bis das Kind auf der Welt ist, um sich dann von mir zu trennen? Was ist, wenn ich, wieder einmal, alles kaputt gemacht habe?*

Die nächste Wehe bereitete meinem Fragenkatalog ein abruptes Ende. Ich konzentrierte mich auf meine Atmung und betete, dass ich bald diese PDA bekommen würde.

Minuten vergingen, und draußen begann es zu regnen. Ob das ein schlechtes Omen war? Als sich Paul von mir trennte, hatte es auch geregnet. Meine Gedanken wanderten zurück zu jenem Abend in Australien, als ich dachte, er würde mir einen Antrag machen. Während ich mich jetzt in diesem französischen Krankenhauszimmer umschaute, fühlte ich mich plötzlich sehr allein.

Zum Glück kam Clotilde zurück, bevor ich tiefer in diesen Strudel der traurigen Gedanken hinabstürzte, und erzählte, dass Serge unterwegs sei. Ich wollte gerade fragen, wie lange er brauchen würde, da kam die Hebamme ins Zimmer geeilt und sagte, dass wir jetzt in den Kreissaal wechseln müssten. Ich wollte erwidern, dass wir noch auf den Vater des Kindes warten mussten. Aber Clotilde schnappte sich bereits ihre Tasche und nickte. *Oh, Gott*, dachte ich. *Es geht tatsächlich los!*

Der fensterlose Kreissaal machte einen unterkühlten Eindruck. Er war größer, als ich ihn mir vorgestellt hatte, und voller medizinischer Geräte. Ein einschüchternder Ort. In einer Ecke des Zimmers stand eines dieser durchsichtigen Neugeborenenbettchen, symbolisierte gleichzeitig Anfang und Ende. Ich wünschte, Serge wäre an meiner Seite.

Die Hebamme hielt mich an den Armen, damit ich ruhig blieb, während die PDA gelegt wurde. Danach konnte ich mich ein wenig entspannen. Ich lag da und wartete auf Serge, betete, dass er rechtzeitig eintreffen würde. Schließlich spürte ich das Verlangen zu pressen, versuchte, dem aber so lange wie möglich zu widerstehen.

Doch dann sagte mir die Hebamme, es sei so weit.

Seit ich von der Schwangerschaft wusste, hatte ich versucht, mir vorzustellen, wie sich die Geburt anfühlen würde, aber selbst in meinen lebhaftesten Fantasien war es nicht so schmerzhaft gewesen. Und wenn nicht am Ende etwas so Schönes dabei herausgekommen wäre, hätte ich mir niemals vorstellen können, mich ein zweites Mal darauf einzulassen.

Kapitel 29

»*Il est parfait*«, sagte die Hebamme, nachdem alles vorbei war.

»Was meinen Sie mit ›*Er* ist perfekt‹? Es ist ein Mädchen, *non*?«, fragte ich fassungslos.

»Nicht aus diesem Blickwinkel«, versicherte sie und legte mir das winzige Wesen auf die Brust. »Es ist definitiv ein Junge. Glückwunsch! Sie haben das toll gemacht.«

Mit großen Augen schaute ich Clotilde an.

»Ella, es ist ein kleiner Junge«, versicherte sie.

»Aber der Ultraschall …«, versuchte ich zu erklären.

»War ein Irrtum.«

Ich hätte es besser wissen müssen, als dem alten Doktor Gerard zu vertrauen, dachte ich.

Ich schaute hinunter auf unseren kleinen Jungen, rosig und zart und vor allem zappelnd, als versuche er, diese völlig neue Situation zu verstehen – genauso wie ich.

»Clotilde, könntest du Serge für mich anrufen?«, fragte ich.

»Natürlich«, sagte sie, ließ erst in dem Moment meine Hand los, um ihr Handy zu ergreifen. Sie war eine wunderbare, wenn auch völlig unerwartete Geburtspartnerin gewesen, hatte meine Hände massiert und meine Schultern gestützt, um mir beim Pressen zu helfen.

Und obwohl sie normalerweise recht zimperlich war, hatte sie nicht mit der Wimper gezuckt, als ich mich mitten in einer Wehe übergeben musste oder als die Hebamme ihr vorschlug, nach unten zu fassen und den Kopf des Babys zu fühlen. Sie hatte ihre übliche gelassene Haltung bis zum Schluss bewahrt.

»Vorher noch schnell ein Selfie vom ›Team Baby‹«, sagte sie und machte ein Bild von uns dreien, auf dem sowohl das Baby als auch ich genauso aussahen, wie wir uns fühlten, und Clothilde wie beim Fotoshooting.

»Serge!«, rief ich, als er endlich ranging.

»Ich bin bald da. Ist alles in Ordnung?«, fragte er aufgeregt.

»Du bist *papa*«, antwortete ich.

»Ich habe es verpasst? Geht es unserem Mädchen gut? Und geht es *meinem* Mädchen gut?«

»*Er* ist perfekt, und mir geht es gut«, sagte ich und wartete darauf, dass sich die Information bei ihm setzte.

»Ich habe mir solche Sorgen gemacht! Ich bin jetzt kurz vor Paris. In einer halben Stunde müsste ich da sein.«

»Ich kann es kaum erwarten, dass du *ihn* kennenlernst«, sagte ich.

»Geht mir genauso. Bald bin ich da. Ich lege jetzt auf, damit ich mich aufs Fahren konzentrieren kann. Glückwunsch, Bella, du hast das bestimmt toll gemacht.«

Ich schaute zu Clotilde. »Er hat es nicht kapiert«, sagte ich.

»Wenn er seinen Sohn sieht, wird er es schon begreifen«, versicherte Clotilde.

Kurz darauf surrte ihr Handy.

»Es ist ein Junge?«, schrie Serge am anderen Ende. »Willst du mich auf den Arm nehmen?«

Ich lachte. »Nee, Gerard hat sich vertan.«

»Ein Junge?« Serge schien mir nicht zu glauben. »Bist du sicher? Sie haben nicht etwa die Babys vertauscht?«

»Es wurde von mehreren Personen bestätigt«, antwortete ich.

»Ich freue mich so auf euch!«, rief Serge, und man konnte ihm anhören, wie glücklich er war.

Ich wurde mit dem Bett in mein Zimmer gefahren, während Clotilde schnell etwas zu essen bestellte. Ich hatte riesigen Hunger, Clotilde ebenfalls, und Serge hatte bestimmt auch nicht unterwegs angehalten, um etwas zu essen.

»Wonach ist dir?«, fragte sie und scrollte über die Food-To-Go-Go-App auf ihrem Handy.

»Sushi. Rohes Fleisch. Weich gekochte Eier. *Käse!«* Ich ratterte alles herunter, was ich in den vergangenen Monaten vermisst hatte.

»Gut«, sagte sie. »Und wenn du dich für eines entscheiden müsstest?«

»Lass uns Sushi bestellen«, sagte ich. »Oder einen Burger. Gott, habe ich Hunger!«

Das winzige Baby in seinem Bettchen neben uns begann zu schreien und erinnerte uns daran, auf was für einer Abenteuerreise wir uns befanden. Ich hob den Kleinen hoch, und er schlief sofort wieder ein. Wie absolut surreal! Hier war ich, mit meinem Baby, *meinem Baby*, Serges Baby. Ich hätte nie gedacht, dass Neugeborene so unglaublich gut riechen, aber mein kleiner Junge tat das. Ich war wie euphorisiert vor Erschöpfung, Erleichterung und Liebe. Alles, worüber Serge und ich gestritten hatten, fühlte sich plötzlich bedeutungslos an. Wenn er doch nur endlich da wäre.

Nur Augenblicke später kam er ins Zimmer gestürmt und ließ mit dumpfem Knall eine Reisetasche zu Boden fallen. Er küsste mich auf die Stirn, setzte sich dann neben mich aufs Bett und betrachtete gerührt das kleine Bündel in meinen Armen.

»Er sieht aus wie du«, sagte er dann.

»Echt?«, fragte ich ungläubig.

»Nein, aber das ist doch das, was die Leute immer sagen, oder?«

Ich lachte.

»Hier.« Ich reichte den Kleinen Serge, der ihn ängstlich an sich drückte.

Mich überkam eine überwältigende Woge der Liebe, und ich brach in Tränen aus. Clotilde verließ den Raum mit irgendeiner Entschuldigung von wegen, sie würde nach unserem Essen Ausschau halten. Serge fragte mich, was los sei.

»Nichts«, antwortete ich. »Es tut mir nur so leid, dass du die Geburt verpasst hast. Es war furchtbar dumm von mir, einfach nach Paris zu fahren. Ich hätte bleiben und mit dir über alles sprechen sollen. Nicht einmal die Hälfte von dem, was ich gesagt habe, war auch so gemeint. Ich war nur ziemlich durch den Wind.«

Er schaute mich liebevoll an, und sein Blick sagte mir, dass er mir keine Vorwürfe mache. *Vielleicht löst es ja alle*

Probleme und klärt alle Meinungsverschiedenheiten, wenn man ein Baby im Arm hält?, dachte ich.

»Lass uns warten, bis wir wieder zu Hause sind, und dann in Ruhe über alles sprechen«, sagte er, als eine Krankenschwester hereinspaziert kam, um meinen Blutdruck zu messen. Sofort wurde ich wieder nervös.

»Was gibt es denn noch zu besprechen?«, fragte ich, während die Schwester meinen Arm nahm.

»Nichts, das nicht warten kann«, versicherte er. »Wir finden für alles eine Lösung.«

Die Schwester stellte mir ein paar Fragen, gab mir ein Schmerzmittel und eilte davon. Ich wollte Serge bedrängen, mir zu sagen, worüber wir reden müssten, aber er unterbrach mich.

»Jetzt müssen wir erst einmal über einen Namen nachdenken«, sagte er und schaute auf den kleinen Jungen in seinen Armen. »Wie würdest du denn gern heißen?«

»Ich habe an Noah gedacht«, schlug ich zaghaft vor. »Nach meinem Großvater.«

»Und wir bauen ihm eine Arche?«, fragte Serge und brachte mich damit zum Lachen.

An den biblischen Bezug hatte ich gar nicht gedacht.

»Und es regnet ja auch schon«, sagte er und schaute aus dem Fenster.

»Der Name gefällt dir?«

»Ja, Noah Serge Marais«, sagte er. »Das klingt schön.«

»Es ist perfekt«, stimmte ich zu.

Wir küssten uns, kuschelten mit unserem kleinen Noah und bewunderten einfach nur, was wir da geschaffen hatten. Es war eine ganz natürliche Sache, fühlte sich aber dennoch gewaltig an. Nun, da Noah auf der Welt war, hatte ich das Gefühl, dass alles gut werden würde.

Clotilde kam zurück und trug mehrere Portionen Sushi. Wir aßen und lachten, während Noah friedlich in seinem Bettchen schlief. Als die Sonne aufging, kam die Schwester herein und schickte Clotilde hinaus – nachdem wir zugegeben hatten, dass sie nicht meine Lebenspartnerin war. Ich umarmte meine liebe Freundin zum Abschied und dankte ihr noch einmal für alles.

Während der folgenden drei Tage im Krankenhaus, die, wie ich rasch lernte, in Frankreich die übliche Dauer nach einer Geburt sind, versuchten Serge und ich zu schlafen, lernten, wie man das Baby versorgt, und machten reichlich Gebrauch von der Food-To-Go-Go-App.

Es fühlte sich seltsam an, in Paris statt in Chinon zu sein, aber es hatte auch einen Vorteil, denn wir bekamen jede Menge Besuch. Chris brachte jeden Morgen Kaffee und kuschelte kurz mit Noah. Er verriet mir, dass er insgeheim eine Glucke sei, und ich versicherte ihm, dass ich jederzeit gern Babykuscheln gegen Flat Whites eintauschte, wenn er Bedarf hatte. Als ich sah, wie vernarrt er in Noah war, dachte ich schmunzelnd, dass Clotildes Freundin Julie auf der Hut sein musste.

Tim von Food To Go Go schickte mir eine SMS, um mir zu »versichern«, dass es noch stressiger werden würde, bevor es dann leichter wurde. Aber er malte nicht nur Schwarz. Er bot uns einen Lieferservice-Rabatt an, für die Zeit, die wir noch in Paris blieben.

Clotilde kam ebenfalls täglich vorbei. Schon am zweiten Tag brachte sie Papa Jean mit, der eine Flasche gekühlten Champagner dabei hatte.

»Mein Held!«, begrüßte ich ihn und betrachtete das Kondenswasser auf der Flasche. Er schenkte mir ein Glas ein, und sobald die prickelnden Tropfen meine Zunge berührten, seufzte ich. Falls ich je ein Glas Champagner verdient hatte, dann war es dieses.

»Und das war Clotildes Idee«, sagte er und reichte mir eine große Schachtel.

Wie bei meiner Anfangszeit in Frankreich schnupperte ich auch jetzt schon den köstlichen Duft, bevor ich sehen konnte, was sich in der Schachtel verbarg. Es war Käse. Zähflüssiger, nicht pasteurisierter, weicher, stinkender Käse. Eine Schwester kam ins Zimmer, und als sie unsere kleine Party entdeckte, sagte sie: »Ich tue einfach mal so, als hätte ich nichts gesehen.« Dann ging sie wieder und sagte vorher noch: »In dreißig Minuten bin ich zurück.«

Wir öffneten das Fenster und breiteten den Käse auf meinem Bett aus. Papa Jean hielt stolz Noah auf dem Arm, während wir schwelgten und ich alles wiederentdeckte, was ich an Brie, Roquefort und Sainte-Maure de Touraine so liebte. Ich hatte zwar immer noch Schmerzen, aber das war egal. Alles fühlte sich perfekt hat. Offenbar war Käse die ideale Arznei.

Am darauffolgenden Spätnachmittag trafen Mum und Ray ein, kamen direkt vom Flughafen, um nur ja sofort ihren Enkel zu sehen. Als ich Mum am Telefon den Namen des Kleinen genannt hatte, war sie in Tränen ausgebrochen. Sie sagte, dass Großvater unglaublich stolz auf mich gewesen wäre, weil ich dieses Abenteuer Frankreich gewagt hatte. Da musste ich auch weinen. Die Gefühle schlugen eindeutig hohe Wogen.

Nachdem wir Ray und Mum Noah vorgestellt hatten, bot Ray Serge an, ihn zu einer Pinkelparty einzuladen.

»Ganz sicher nicht«, lehnte Serge entgeistert ab.

»Du musst erklären, was das ist, Ray«, sagte ich lachend.

»Stimmt. Es ist ganz einfach. Wir gehen zu Ehren des Kleinen etwas trinken.«

Serge nickte erleichtert. »Das können wir machen.«

Nachdem die Männer losgezogen waren, hatte ich Mum für mich. Bei all den bisherigen Besuchern war es eine Erleichterung, sie an meiner Seite zu wissen.

»Und jetzt, wo alle weg sind, sag mir, wie du dich wirklich fühlst«, bat sie.

Aufatmend sah ich sie an. Sie verstand mich so gut. Ich musste ihr nichts vorspielen. »Mir tut alles furchtbar weh«, gestand ich.

»Du hast eine Menge durchgemacht. Aber es wird mit jedem Tag besser werden.«

»Und ich habe solche Angst, dass irgendetwas schiefgeht«, fügte ich hinzu.

»Das ist auch normal. Alle Mütter machen eine Phase durch, in der sie mit einem offenen Auge schlafen.«

»Und diese Gefühle … Kommt das alles durch die Hormone?«, fragte ich.

Sie sah mich mit einem wissenden Lächeln an und rieb über meinen Arm. »Alles wird sich bald einspielen. Und jetzt erzähl mir, warum du das Baby in Paris bekommen hast und nicht in Chinon. Gab es medizinische Gründe?« Meine pragmatische Mum war zurück.

»Nein«, erwiderte ich. »Serge und ich hatten einen Streit, also fuhr ich nach Paris, um ein paar Tage mit Clotilde zu verbringen. Ich hätte ehrlich nicht gedacht, dass ich schon Wehen bekommen könnte.«

»Das war ziemlich naiv«, sagte sie.

»Aber es ist ja alles gut ausgegangen«, ignorierte ich ihre Missbilligung.

»Und mit Serge ist wieder alles in Ordnung?«, fragte sie.

Ich wollte ja sagen und ihr erzählen, dass alles prima sei, aber die Wahrheit kam nur so aus mir herausgesprudelt. »Ich habe keine Ahnung, wo wir stehen. Er hat gesagt, dass wir in Ruhe reden, wenn wir wieder zu Hause sind«, schloss ich.

»Oh«, sagte Mum nur.

»Und was soll das jetzt heißen?«

»Na ja, jetzt, wo ein Baby involviert ist …« – sie schaute liebevoll auf den kleinen Noah –, »… musst du rasch alles in Ordnung bringen. Babys bekommen eine Menge mit.«

Mum hatte recht. Ich musste die Sache mit Serge klären. Während der vergangenen Tage waren wir wie in einer rosaroten Blase in diesem Krankenhaus zusammengehalten worden, aber bald würden wir auf den Hof und zu unseren Problemen zurückkehren.

Vielleicht würde Noah die Brücke sein, die wir brauchten, um uns den Übergang zu erleichtern. Ich liebte diesen kleinen Kerl. Schließlich war er der Grund für unseren Umzug aufs Land gewesen, und irgendwie hatten Serge und ich das aus dem Blick verloren. So gesehen lastete eine Menge auf diesen winzigen Schultern.

Kapitel 30

Als ich mit Serge und dem Baby wieder an die Loire fuhr, sah unterwegs alles ganz anders aus als im vergangenen Winter, als wir herzogen. Obwohl sich Mum und Ray mit dem Citroën auf den Weg machten, damit wir einen etwas komfortableren Wagen mieten konnten, empfand ich die Fahrt als angespannt.

Serge und ich waren beide sehr schweigsam. Ich zögerte, über das zu sprechen, was vor Noahs Geburt abgelaufen war, weil ich eine erneute Auseinandersetzung fürchtete. Serge und ich waren nun zum ersten Mal wirklich allein, nach der endlosen Parade von Krankenschwestern und Besuchern, und ich wollte nur noch in seine Arme sinken und schlafen.

Ich schaute nach hinten zu Noah, der in seiner Babyschale so winzig wirkte, und dachte daran, dass Mum mir geraten hatte, die Dinge möglichst bald in Ordnung zu bringen. Ich nahm also meinen Mut zusammen und begann.

»Serge, wir sollten uns darüber aussprechen, was vor Paris passiert ist«, sagte ich. Sobald die Worte aus meinem Mund waren, seufzte ich erleichtert. Was auch immer jetzt kam – es wäre dann wenigstens vorbei.

»Ich war wütend«, gestand Serge.

Ich hatte nicht einmal gewusst, dass Serge überhaupt wütend werden *kann*, schon gar nicht, dass er wütend auf mich sein könnte. Das war nicht das Gespräch, das ich mir erhofft hatte. Aber wenigstens hatte er gesagt, er *war* wütend. Es bestand also die Hoffnung, dass es vorbei war.

»Warum hast du dann zu Clotilde gesagt, sie solle dafür sorgen, dass ich eine schöne Zeit in Paris verbringe?«, fragte ich.

»Ich habe sie gebeten, sich um dich zu kümmern, weil ich mir Sorgen gemacht habe. Du wolltest mir nie zuhören, wenn ich davon angefangen habe, aber du kannst dein Leben nicht unverändert weiterführen wie vor der Schwangerschaft. Du musst vorsichtiger sein. Wir haben jetzt ein Kind. Es ist *unser* Kind«, sagte er.

Ich fühlte mich, als hätte ich ihn im Stich gelassen.

»Aber sieh es doch mal aus meiner Perspektive, Serge. Es ist *unser* Kind, ja, aber ich bin diejenige, die im wahrsten Sinne des Wortes die ganze Last trägt. Stell dir vor, du müsstest dir über alles Gedanken machen, was du isst, trinkst oder tust. Ich brauchte eine Pause von all dem Druck und dem Landleben. Es war wohl nur ein schlechtes Timing.«

»Ella, ich möchte nicht, dass du solche Entscheidungen ohne mich triffst. Wir machen alles zu zweit.«

Natürlich möchte Serge, dass wir alle Entscheidungen zusammen treffen, dachte ich. Würde ich das nicht auch wollen, wenn die Rollen vertauscht wären? Ich sah ein, dass es egoistisch gewesen war, einfach nach Paris zu fahren, aber unser Streit hatte sich nicht darum gedreht, Entscheidungen gemeinsam zu treffen. Es ging vielmehr darum, dass ich Zeit mit Chuck verbrachte und Serge seiner Exfrau half, wann immer sie nach ihm rief. Ich wollte nicht einfach darüber hinweggehen, was uns ursprünglich wütend gemacht hatte.

»Ich bin absolut damit einverstanden, Entscheidungen gemeinsam zu treffen«, sagte ich. »Serge, du weißt, wie wichtig du mir bist.«

Er drückte kurz meine Hand.

Ich zögerte. Wie leicht wäre es gewesen, die Diskussion an diesem harmonischen Punkt zu beenden. *Nicht aussteigen, Ella*, sagte ich mir jedoch. »Aber du musst ehrlich mir gegenüber sein, was Françoise betrifft. Muss ich mir Sorgen machen?«

»Überhaupt nicht, *ma belle*«, versicherte er rasch.

»Sicher?«

»Natürlich.«

»Ich habe ja nichts dagegen, wenn sie ab und zu deine Hilfe bekommt, ich will nur sicher sein, dass sie weiß, wo sie steht«, erklärte ich vorsichtig. »Serge, du bist zu allen immer so nett. Ich möchte nicht, dass sie das ausnutzt.«

»Sie ist bereits wieder in den Süden gefahren«, sagte er, und mir entwich ungewollt ein Seufzer der Erleichterung.

Wir schwiegen für einen Moment, doch das nötige Gespräch über Chuck stand immer noch aus.

Wieder war ich diejenige, die den ersten Schritt tat. »Und ich hoffe sehr, dass ich in Zukunft mit Chuck zusammen sein kann, ohne dass du die Augen verdrehst oder sauer wirst.«

»Ich war nur sauer, weil ich den Eindruck hatte, dass du lieber mit ihm Zeit verbringst als mit mir.«

»So ist es nicht, aber manchmal ist es einfacher, mit jemandem zu reden ohne diese Sprachbarriere«, erwiderte ich und merkte im selben Moment, wie wenig überzeugend das klingen musste.

Wieder schwiegen wir, und ich überlegte, ob es bei meiner Freundschaft mit Chuck doch um mehr ging als nur das Vermeiden von Kommunikationsproblemen. Es hatte mir geschmeichelt, dass er mich kennenlernen wollte, obwohl ich schwanger war. Er hatte mir Komplimente gemacht und sich für meine Pläne interessiert. Bei Chuck hatte ich mich gefühlt wie eine spannendere Version von mir selbst. Es war leichter, sich vorzustellen, zwischen einem Château in Frankreich und London zu pendeln, statt permanent auf einem heruntergekommenen Bauernhof festzusitzen. Doch auch wenn mir Chucks Lebensstil gefiel, so wollte ich doch nie den Mann dahinter.

»Es tut mir leid, dass ich sein Geld angenommen habe, ohne dir etwas davon zu sagen. Das war falsch«, räumte ich ein.

»Und mir tut es leid, dass ich dir nicht das geben konnte, was du wolltest«, sagte er, wodurch ich mich noch schlechter fühlte.

»Du verstehst also, dass Chuck nur ein Freund ist. Er ist meine Clotilde auf dem Land. Mein Resonanzboden.«

»Ella, das weiß ich alles. Und ich möchte ja auch, dass du hier draußen Freunde hast. Vielleicht hatte ich einfach Angst, dass du außerhalb von Paris erkennen würdest, dass ich nur einfacher Ziegenbauer bin. Du bist vor deinem Leben in Australien geflohen, und ich dachte, jetzt würdest du vielleicht vor mir davonlaufen.«

»Ich bin nicht vor Australien, sondern vor einem idiotischen Exfreund fortgelaufen. Davon abgesehen könnte ich gar nicht einfach von hier verschwinden. Ich baue mir auf dem Land mit dir gemeinsam ein Leben auf. Ich habe mich für dich entschieden, und dazu stehe ich. Ein Leben ohne meine beiden Jungs kann ich mir gar nicht mehr vorstellen.«

Ein Lächeln erschien auf seinem Gesicht.

»*Je t'aime*, Ella. Für immer«, sagte er.

»Ich liebe dich auch«, sagte ich, und Tränen traten mir in die Augen.

Wie hatte ich nur je an meiner Beziehung zu Serge zweifeln können? Mit Sicherheit würde es auch in Zukunft mal Streit geben, aber für den Moment war alles wieder in Ordnung.

Wir plauderten während der restlichen Fahrt entspannt miteinander, abgesehen von der halben Stunde, in der ich einnickte, und der anderen halben Stunde, in der wir anhielten, um Noah zu wickeln und zu füttern. Wir sprachen alles an, worüber sich jeder von uns insgeheim Sorgen gemacht hatte – den Verkostungsraum, die Verkaufszahlen, die Renovierung –, und gingen gemeinsam die Probleme durch.

Als Familie zurück zum Hof zu fahren fühlte sich seltsam normal an. Von dort wegzugehen wurde gar nicht mehr angesprochen. Wir waren beide wild entschlossen, dafür zu sorgen, dass es funktionierte.

Mum und Ray erwarteten uns bereits. Sie hatten aufgeräumt und Essen gekocht. Der warme Duft von Rindfleischeintopf hatte sich im Haus verteilt, und Mum hatte das »Willkommen, kleines Mädchen«-Plakat abgenommen, das sie bei ihrem letzten Besuch unbedingt hatte kaufen müssen. Als ich den leeren Rahmen im Kinderzimmer sah, musste ich lachen.

Erschöpft von der Fahrt setzte ich mich mit einer Tasse Tee aufs Sofa und schloss die Augen. Mum legte mir eine Decke über die Beine und nahm Noah.

»Ist das okay für dich?«, fragte ich.

Sie schaute mich an, als sei ich geisteskrank. »Du ruhst dich aus, Liebes. Ich kümmere mich um den kleinen Mann.«

Es tat so gut, einfach nur dazusitzen, zu wissen, dass mit Serge und mir alles in Ordnung war, zu wissen, dass Mum hier war, um mich zu unterstützen. Selig nickte ich ein.

Kapitel 31

Vier Wochen später und nachdem wir langsam in einen Rhythmus gefunden hatten, erlebte ich immer noch alles wie mit Weichzeichner. Bei der endlosen Abfolge von füttern, Windeln wechseln und schlafen spürte ich vor allem eines ganz deutlich – meine Liebe zu meinen beiden Männern.

Doktor Gerard hatte gekichert, als ich mit einem kleinen Jungen ankam.

»*Oh là*«, hatte er mit verlegener Miene gesagt.

Eigentlich hatte ich ihm die Leviten lesen wollen für seine »Fehldiagnose«, aber ich war viel zu überschwemmt mit Glückshormonen, und als er dann auch noch sagte, der kleine Noah habe das süßestes Jungengesicht, das er je gesehen habe, vergab ich ihm auf der Stelle seinen Irrtum.

Ray und Mum waren eine große Hilfe und schafften es, obwohl sie jetzt in ihrem neuen Haus wohnten, immer zur Stelle zu sein, wenn sie gebraucht wurden. Ihre Energie hielt Serge und mich in Gang, während wir unsere neue Rolle als Eltern lernten. Die beiden waren ganz in ihrem Element. Vor allem Ray, der nie eigene Kinder gehabt hatte, nahm seine Aufgabe als Großvater so ernst wie ein Comté den Reifeprozess. Ray schmolz jedes Mal dahin, wenn er den kleinen Noah auf dem Arm hielt, und ich wusste jetzt schon, dass die beiden einander viel beibringen würden. Mum war natürlich auch ganz vernarrt. Manchmal musste ich ihr befehlen, nach Hause zu gehen, damit ich das Baby auch einmal für mich hatte.

Billie war wie geplant in Frankreich eingetroffen, ein paar Tage vor Noahs ursprünglichem Geburtstermin, und konnte es kaum erwarten, ihn zu sehen. Noch so viele Videos von ihm hatten sie nicht zufriedenstellen können.

Nachdem sie mich kurz umarmt hatte, schaute sie sich hektisch um. Mum hatte sie am Bahnhof abgeholt und bei uns abgesetzt, zusammen mit einer Kiste Lebensmittel und einer Suppe, die sie für uns gekocht hatte. »Wo ist er?«, war Billies erste Frage.

»Schläft. Du wirst dich mit mir begnügen müssen, bis er aufwacht«, erwiderte ich und umarmte sie erst einmal fest.

Ich wies Serge an, mit Noah zum Verkostungsraum zu kommen, sobald er aufwachte, und ging mit Billie schon einmal vor, um ihr einen Flat White zuzubereiten.

Wir setzten uns auf die Sofas mit Blick auf Rays sich prachtvoll entwickelnde Hecke. Es war ein sonniger Tag, und es tat gut, aus dem Haus zu kommen.

Marie hatte sich als geschickte Cafémanagerin entpuppt, so sehr, dass ich mich fragte, ob ich überhaupt wieder zur Arbeit zurückkehren sollte. Mit ihrer aufmerksamen, kompetenten Art hatte sie das Café zu einer Institution gemacht, und dank ihrer Kontakte zu den Dorfbewohnern verkaufte sie auch eine Menge Käse.

Sie schaffte es sogar, dass die Einheimischen Latte tranken und sich die Kunde von ihren Ziegenkäse-Tartes verbreitete. Serge war begeistert, ich ebenso, und endlich entwickelte sich der Verkostungsraum so wie erhofft.

Während wir unseren Kaffee in Melbourne-Qualität schlürften, erzählte ich Billie noch einmal in Ruhe die Geschichte von Noahs Geburt. Dann berichtete ich von meinem Streit mit Serge, wie wir uns darüber ausgesprochen hatten und wie sich seit der Rückkehr aus dem Krankenhaus alles verändert hatte.

»Und jetzt genießt du dein französisches Landleben?«, fragte sie.

»Tatsächlich, ja.« Ich nickte. »Als wir herzogen, hab ich mich furchtbar gelangweilt, aber davon kann jetzt keine Rede mehr sein. Es gibt so viel zu tun, und so viel, was ich noch tun möchte! Ich glaube, wir könnten diesen Verkostungsraum auch überregional bekannt machen. Und Serges Ziegenkäse ist mittlerweile richtig gut.«

»War er das vorher nicht?« Billie klang so verwirrt, wie ich es gewesen war, als ich hörte, dass Serge keinen guten Käse produzierte.

»Ich weiß nicht, was anfangs los war. Vermutlich musste er sich erst einmal einfinden.«

In dem Moment wurden wir unterbrochen, da Serge mit Noah hereinkam.

Billie war sofort hin und weg und mochte sich gar nicht mehr von dem Kleinen trennen.

Marie kam kurz zu uns, um mir zu sagen, dass sie für heute Feierabend machen würde. Sie reichte mir die Schlüssel, und nachdem sie schnell noch Noah geknuddelt hatte, der herumgereicht wurde wie eine begehrte Kostbarkeit, eilte sie davon.

Serge, Billie und ich gingen darin auf, den Kleinen zu bestaunen, bis wir von Chuck unterbrochen wurden. Seit der Zugfahrt nach Paris hatte ich ihn nicht mehr gesehen. Mein Blick ging sofort zu Serge, um zu prüfen, wie er auf Chuck reagierte. Chuck schien die negativen Schwingungen zu spüren und verharrte an der Tür, als warte er darauf, hereingebeten zu werden.

Serge stand auf und ging ihn begrüßen. Die beiden Männer redeten leise miteinander, nickten dann beide und reichten einander die Hand. Dann kamen sie zu uns in die Sofaecke. Serge klopfte Chuck freundschaftlich auf den Rücken und sagte: »Dann lasse ich dich mal hier, damit sie dich auf den neuesten Stand bringen.« Anschließend eilte er in die Küche und gab vor, schwer beschäftigt zu sein. Ich lächelte ihn vom Sofa aus dankbar nach.

»Bravo, Ella«, sagte Chuck und beugte sich über Noah. »Er ist entzückend.«

Wieder betrachteten wir alle schweigend das Baby, bis Billie mich in die Rippen stieß.

»Oh, entschuldige, Chuck, das ist meine Freundin Billie aus Australien.«

Chuck löste endlich den Blick von Noah und reichte Billie die Hand. Und dann passierte etwas Seltsames. Chuck wirkte, als würde er plötzlich aus einem langen Schlaf aufwachen. Wenn ich nicht gewusst hätte, dass es spontan passierte, hätte ich geschworen, dass es einstudiert war.

»Was für eine Freude, eine gute Freundin von Ella kennenzulernen«, sagte er lächelnd. Es war das erste Mal, dass ich ihn eine Frau mit einem Ausdruck in den Augen ansehen sah, den man nur als Verlangen bezeichnen konnte.

»Ganz meinerseits«, erwiderte Billie.

Wir plauderten, bis Serge kam und sagte, er brauche mich in der Küche. Ich ließ Noah in Billies Armen und ging mit.

»Was läuft da?«, fragte Serge, sobald wir außer Hörweite waren.

»Da liegt eindeutig Spannung in der Luft, stimmt's? Ich bin froh, dass ich es mir nicht nur eingebildet habe«, antwortete ich.

»Er wendet den Blick nicht mehr von ihr ab«, stimmte Serge zu.

»Hast du spioniert?«, fragte ich. Er sah mich an, als fürchtete er, dass gleich ein neuer Streit ausbrechen würde, aber ich grinste nur und sagte: »Mir ist es auch aufgefallen. Glaubst du, es könnte Liebe auf den ersten Blick sein?«

»Möglicherweise«, sagte er. »Solange du es nicht bist, ist mir egal, in wen er sich verliebt. Denkst du, Billie würde mit ihm klarkommen?«

»Denkst du, dass *er* mit Billie klarkommt?«, gab ich zurück.

Ich holte Noah, und wir überließen Billie und Chuck einander, damit sie sich besser kennenlernten. Als wir zum Haus zurückgingen, dachte ich darüber nach, was für verschlungene Wege das Leben oft einschlägt, mit denen man am wenigsten rechnet. Vielleicht würde Chuck seinen Plan, sich nicht zu verlieben, noch einmal überdenken.

»Ich bin total verknallt«, sagte Billie aufgeregt, als sie endlich zurück zum Haus kam. Sie war gerade einmal ein paar Stunden in Frankreich und steckte bereits in einer Liebesgeschichte.

»Das dachte ich mir fast«, erwiderte ich lachend.

»Du hast mir verheimlicht, wie attraktiv er ist«, konterte sie.

»So attraktiv ist er nun auch wieder nicht. Vor allem im Vergleich zu Serge.«

»Unterschiedliche Typen«, sagte sie kichernd.

»Geht es dir gut? Möchtest du vielleicht kalt duschen?«, schlug ich vor. Es kam selten vor, dass Billie wegen eines Typen derartig aufgedreht war. Normalerweise brachte nichts sie so schnell aus der Fassung.

»Nur nicht übertreiben, Ella. Er ist einfach nur anders als die Männer, mit denen ich in Australien zusammen bin. Er ist sehr interessant.«

»Hey, komm meiner Freundschaft nicht in die Quere. Obwohl ich dir eigentlich dankbar sein sollte, dass du Serge endlich kuriert hast, was Chucks Absichten bei mir betrifft.«

»Ich bin schließlich hier, um zu helfen«, sagte sie augenzwinkernd. »Und jetzt erzähl mir mehr über sein Château.«

Ich versuchte, ihre Erwartungen herunterzuschrauben, aber sie hörte mir ohnehin nicht richtig zu, war abgetaucht in ihre Fantasien von einem Märchenleben auf dem Land in Frankreich. Ich überlegte, wie es wäre, wenn sie hierherziehen würde, verdrängte den Gedanken jedoch rasch, damit ich mich nicht hineinsteigerte. *Nicht voreilig werden, Ella,* sagte ich mir. Aber trotz dieses weisen Ratschlags war ich von der Idee begeistert.

»Könntest du dir vorstellen, in Frankreich zu leben?«, fragte ich sie.

»Bisher dachte ich immer, ich müsse wegen meiner Arbeit in Melbourne bleiben, aber möglicherweise wäre es sogar von Vorteil, wenn ich woanders leben würde. Ich habe ein ziemlich gutes Netzwerk aufgebaut und könnte durchaus von hier aus alles steuern«, sagte sie und fügte dann rasch hinzu: »Wenn ich das je müsste.«

»Du *hast* also schon darüber nachgedacht.«

Sie schaute mich verlegen an. »Vielleicht. Aber nur kurz, während ich mit Chuck plauderte. Aber zurück zu dir – haben wir dich für immer an Frankreich verloren?«, fragte sie.

»Keine Ahnung. Davon bin ich eigentlich nicht ausgegangen, aber Serge kann sich wohl nicht vorstellen, woanders zu leben.«

»Und das ist für dich in Ordnung?«

»Ich weiß nicht. Erst mal abwarten, wie sich alles entwickelt. In meinem Leben gibt es eine überraschend große Anzahl von Dingen, die schiefgehen können.«

»Aber könntest du dir denn vorstellen, für immer hier zu leben?«

Darüber hatte ich seit Noahs Geburt viel nachgedacht und mir auszumalen versucht, wie mein Leben dann auf Dauer aussehen würde. *Würde er hier zur Schule gehen? Wäre Englisch oder Französisch seine Muttersprache? Würde er mit der Angst vor Spinnen und Schlangen aufwachsen?*

»Vielleicht nicht für immer«, antwortete ich.

Nachdem sie kurz geschwiegen hatte, sagte Billie:

»Frankreich oder Australien, du bist ja nur ein paar Flugstunden weit weg.«

»Du meinst fast vierundzwanzig Stunden mit einem Baby im Schlepptau?«

»So kann man es auch ausdrücken.«

»In absehbarer Zeit werde ich wohl nicht zurückkehren«, gestand ich. »Aber wenn Mum und Ray immer das halbe Jahr hier sind und du vielleicht mit Chuck zusammenziehst« – ich zwinkerte ihr zu –, »muss ich vielleicht gar nicht zurück.«

»Und den australischen Lebensstil vermisst du überhaupt nicht?«, fragte sie.

»Ich verstehe allmählich, wie die Franzosen ticken«, sagte ich. »Und da ich jetzt endlich wieder Käse essen und Wein trinken kann, muss ich ein bisschen verlorene Zeit nachholen.«

»Verstehe. Also heute Abend Käse-Dinner?«, schlug Billie vor.

»Oh, ja!« Mir lief sofort das Wasser im Mund zusammen. »Ich gebe Serge und Mum Bescheid.«

Später an diesem Nachmittag waren Serge und ich in der Küche und stellten eine Käseplatte für das Abendessen mit Mum, Ray und Billie zusammen.

»Du möchtest also auf dem Hof bleiben?«, fragte er mich scheinbar beiläufig, als ich gerade ein paar Feigen halbierte.

Das überraschte mich, da ich angenommen hatte, wir wären stillschweigend beide zu diesem Schluss gekommen. Ich fragte mich, was ihn dazu veranlasste, die Frage zu stellen, und überlegte gründlich meine Antwort. Wollte ich wirklich hierbleiben? Mein Bauchgefühl rief: »Natürlich!«, aber irgendwie brachte ich es nicht über die Lippen.

Wir hatten viele Hürden nehmen müssen, um den Hof ans Laufen zu bringen, aber jetzt war alles in der Spur, und wenn wir gehen würden, konnten wir die Früchte unserer Arbeit nicht ernten. Davon abgesehen: Wo sollten wir überhaupt hin? Mit Noah nach Paris zu ziehen vermochte ich mir nicht vorzustellen, und Serge würde noch mächtig bearbeitet werden müssen, bevor er Australien ernsthaft in Erwägung zog.

Ich öffnete den Mund, aber es kam noch immer nichts heraus. Also versuchte ich es mit diesem berühmten französischen Achselzucken, das ich so lieben/hassen gelernt hatte, und eilte hinaus zu den anderen. Serge und ich konnten auch noch später darüber sprechen.

Wir setzten uns, und Billie und Mum beklagten sich stöhnend, dass sie nicht ständig so viel essen könnten. *Anfänger*, dachte ich, und Serge und ich wechselten vielsagende Blicke.

Das Geheimnis bestand darin, nicht zu viel von einer Sorte zu essen und das Brot nicht zu dick zu belegen. Die Kunst des Käseessens bedurfte des Feingefühls. Serge war darin ein Profi. Mir gelang es nur manchmal, die perfekte Ausgewogenheit zu erreichen, aber ich lernte aus meinen Fehlern und verbesserte mich ständig.

An jenem Abend übertrieb ich es allerdings. Unser Leben auf dem Land hatte sehr viel Schönes, und ich fand, es war an der Zeit, das zu feiern.

»Natürlich bleiben wir«, flüsterte ich Serge spontan zu, und er grinste.

»Auf das Landleben!«, sagte ich und erhob mein Glas.

»Auf das Landleben«, wiederholte Serge auf Französisch.

Ich nahm seine Hand und drückte sie, überlegte, ob er sich wohl manchmal fragte, wie es sein konnte, dass er als Ziegenbauer umgeben von einer Horde Australier im Loire-Tal gelandet war.

Ich betrachtete das Käsebrett, meine Familie und meine Freunde, dachte, dass vielleicht nicht jeder Tag so schön sein würde wie der heutige, aber dass ich zumindest in diesem Moment glücklich war.

Als Serge das Thema Landleben anfangs aufgebracht hatte, hatte ich mir vorgestellt, dass es wie im Gefängnis sein würde, aber nun hatte es sich als ganz anders herausgestellt. Wir hatten ein rentables Geschäft aufgebaut, endlich damit begonnen, unser Haus zu renovieren (obwohl ich bereits absehen konnte, dass es sich über Jahre hinziehen würde), ich hatte einen interessanten Berufswechsel hinter mir, und wir waren Eltern geworden. Wir hatten es sogar geschafft, das Apartment in Paris zu behalten, obwohl ich fast so weit war, Serge vorzuschlagen, es zu verkaufen.

Wir hatten ein paar schwierige Herausforderungen gemeistert, liebten uns immer noch, und wenn man bedachte, mit welchen Problemen wir anfangs konfrontiert gewesen waren, grenzte das fast an ein Wunder.

Noch einmal fiel mein Blick auf eine Scheibe Comté. Es mochte ja dieser Käse sein, der mich zu Serge geführt hatte, aber es war Noah, durch den wir aufs Land kamen, und dafür würden wir ewig in seiner Schuld stehen.

Epilog

Kapitel 32

»*Maman*, schnell! *Papa* hat schon den Motor angelassen!«

Ich kam aus dem Schlafzimmer gehumpelt, meine geschwollenen Füße brannten in den Schuhen. Aus irgendeinem Grund machte mir diese Schwangerschaft viel mehr zu schaffen als die beiden ersten. Möglicherweise arbeitete mein älter werdender Körper gegen mich.

»Ich komme, Noah. Lauf schon vor und sag Papa, dass es noch ein paar Sekunden dauert.«

Ich hob Inès hoch, die immer noch friedlich ihr Mittagsschläfchen hielt, und wickelte sie in eine Decke. Es war erst Ende Herbst, aber schon so kalt wie im Winter.

Ich betrachtete ihr süßes kleines Gesicht und bewunderte ihre Fähigkeit, selbst im größten Getümmel zu schlafen.

»Fahren wir los?«, fragte ich, als wir endlich alle im Wagen saßen. Wir mussten nur die etwa hundert Meter bis zum Café zurücklegen, aber momentan waren sogar die zu viel zum Laufen.

»Du siehst aus wie gemalt«, sagte Serge.

»Was? Wie das Bild von einem Elefanten?«, witzelte ich. »Ich fühle mich, als wäre ich seit Jahren schwanger.«

Serge beugte sich herüber und küsste mich. Er war mittlerweile gut an die schwangere Ella gewöhnt und wusste, dass ein kleiner Kuss in solchen Momenten die beste Reaktion war.

»Entschuldige. Ich bin nervös«, gestand ich.

»Weswegen? Wegen der Rede?«, fragte er.

»Nein«, erwiderte ich entgeistert. »Dass meine Fruchtblase platzt, während ich auf der Bühne stehe.«

Serge lachte nur und sagte, dass das eine unvergessliche Geschichte abgeben würde. Aber ich war nicht sicher, ob Chuck es auch so lustig finden würde, wenn ich seine Buchpräsentation in den Schatten stellte. Er hatte so lange dafür gearbeitet, um an diesen Punkt zu gelangen, dass ich nichts tun wollte, um seinen großen Abend zu gefährden.

Mehr als fünf Jahre waren vergangen, seit Serge und ich entschieden hatten, auf dem Land zu bleiben, und fast genauso lange war es her, dass er Fanny seine *fromagerie* in Paris verkauft hatte. Damals, mit einem Neugeborenen und einem Bauernhof, auf dem es unendlich viel zu tun gab, hätte ich nicht gedacht, dass unser Leben noch anstrengender werden könnte. *Wie naiv ich doch war!* Im Vergleich dazu fühlte ich mich heute wie die Hauptdarstellerin in einer französischen Komödie – eine von der Art, in der schiefging, was nur schiefgehen konnte, aber die Liebe stets triumphierte. Doch wenn ich mich dann abends mit Serge zu einem Glas Wein und einem Stück Käse zusammensetzte, machte das den ganzen Stress wett.

Aber an diesem Abend ging es nicht um uns, auch wenn Noah das dachte, weil ich Chuck ankündigen würde. Es ging um Chucks Buch. Seine monumentale Familiensaga, die sich über mehrere Generationen spannte und die zu Papier zu bringen fast genauso lange gedauert zu haben schien. Ich war so stolz auf ihn gewesen, als er endlich das Manuskript fertig und einen Verleger gefunden hatte! Er sagte, dass er kurz nach der Begegnung mit Billie einen Durchbruch erzielt habe. Vermutlich hatte er wegen der Sache mit Natalie so lange festgesteckt, und indem er sich von ihr löste, wurde er frei für seine Schreiberei.

»Falls die Kinder unruhig werden, während du deine Rede hältst, gehe ich mit ihnen raus«, sagte Serge.

»Ich bin ganz ruhig! Und du auch, Inès«, sagte Noah vom Rücksitz aus und stieß seine Schwester an, damit sie aufwachte. Mit hochgezogenen Brauen sah ich Serge an, der aber nur grinste.

»Nach Chucks Lesung treffen wir uns wieder«, sagte ich. »Und Noah, du verrätst nicht, was Oma am Telefon gesagt hat. Versprochen?« Ich drehte mich zu ihm um. Mit stolzer Miene sah mein großer Junge mich an. Wo waren nur die Jahre geblieben?

»Ich verspreche, nicht zu verraten, dass wir nach Australien ziehen, wenn das neue Baby da ist«, sagte er.

»Erstaunlich, wie redegewandt du sein kannst. Wenn ich dich bitte, dein Zimmer aufzuräumen, reagierst du nur mit Murren.« Ich hatte nicht vorgehabt, Noah in unsere Idee einzuweihen, bevor feststand, dass wir wirklich nach Australien gehen würden. Aber er hatte das Telefonat zufällig mitbekommen. Er hatte eben eine Art, unser Leben immer wieder auf den Kopf zu stellen. Insgeheim bewunderte ich seine Eigendynamik.

»Jedenfalls steht es noch nicht fest, sag also auch Tante Billie und Onkel Chuck vorerst nichts«, wiederholte ich streng.

Wir stiegen aus und gingen ins Café. Billie begrüßte uns am Eingang mit einem Glas Wein für Serge und einem Wasser für mich. Ich war es mittlerweile gewohnt, dass sie zu meinem französischen Leben dazugehörte, freute mich aber dennoch jedes Mal, wenn ich sie sah.

»Köstlich«, sagte ich und nippte an dem Wasser. »Danke.«

»Nicht mehr lange, El«, raunte sie mir zu.

Seit sich Billie und Chuck das erste Mal begegnet waren, hatte sich ihre Zuneigung zu einer stabilen Beziehung entwickelt – stabiler, als ich den beiden zugetraut hätte, aber Serge und ich gaben ja auch ein gutes Vorbild ab. Oder auch Ray und Mum mit ihrer Fähigkeit, scheinbar mühelos zwischen zwei Kontinenten zu pendeln und offenbar nie zu streiten. Momentan waren sie für ein paar Monate in Australien, und Serge und mir fehlte ihre Unterstützung an allen Ecken und Enden. Zum Glück wollten sie zurück sein, bevor Baby Nummer drei das Licht der Welt erblickte. Seit der »Fehldeutung« bei Noah ließen wir uns lieber überraschen, was das Geschlecht des Kindes anbelangte. Doktor Gerard davon zu überzeugen, uns nichts zu sagen, war jedoch ein fortwährender Kampf.

Nach Noahs Geburt entschieden wir, mit Baby Nummer zwei ein wenig zu warten. Wir wollten, dass alles andere möglichst glatt lief, bevor wie unserem Leben eine neue Variable hinzufügten.

Dann kam Inès auf die Welt und entpuppte sich als kleiner Engel. Sie war sehr entspannt, schlief viel und fügte sich so geschmeidig in unser Leben wie eine Scheibe Comté in ein Baguette. Serge war vom ersten Moment an völlig in sie vernarrt. Und wenn Mum und Ray in Chinon waren, verlief alles absolut problemlos. So sehr, dass wir ein bisschen nachlässig bei der Verhütung waren und ich nur vier Monate nach der Geburt feststellte, dass ich erneut schwanger war. Der Zeitpunkt war nicht ideal, aber ist er das je? Wir würden unser Leben also um ein weiteres Kind bereichern. Nun mussten wir nur noch entscheiden, ob dieses Leben in Frankreich oder Australien stattfinden sollte.

»Ella, Gott sei Dank bist du da! Ich bin so nervös wie ein Lachs, der während der Bärensaison stromaufwärts schwimmt«, begrüßte mich Chuck, nachdem ich mich an den vielen Leuten im Barbereich vorbei zu ihm durchgezwängt hatte. Er trug ein Hemd samt Krawatte und Wollweste. Darin wirkte er sehr seriös.

»Es wird bestimmt toll, Chuck. Hattest du schon einen Drink? Falls nicht, dann trink schnell einen für uns beide.«

»Danke noch mal, Ella, dass du die Einführung übernimmst. Und dass du die Veranstaltung ausrichtest. Gäbe es einen besseren Ort als diesen?«, fragte er und zeigte auf den Käseverkostungsraum.

Ich hatte Billie und Chuck noch nicht von der Gelegenheit erzählt, die sich in Australien aufgetan hatte. Es schien mir klüger, es nicht zu erwähnen, bis wir uns entschieden hatten.

Serge und ich mussten das ganz in Ruhe besprechen. Es wäre eine Riesenveränderung, mit drei Kindern ans andere Ende der Welt zu ziehen. Andererseits passierte es nicht alle Tage, dass einer der führenden australischen

Hersteller von Molkereiprodukten deinen Freund fragt, ob er die Leitung der Produktion ihres neuen Ziegenkäsesortiments übernehmen möchte.

Serge fühlte sich von dem Angebot sehr geschmeichelt, war aber anfangs zu nervös gewesen, es mir überhaupt zu erzählen. Am Ende erfuhr ich durch Mum davon, die zufällig ein Gespräch mitbekommen hatte, das Serge mit einem Landwirt für Molkereiprodukte führte. Wir vermuteten, dass Ray das Ganze eingefädelt hatte, indem er an der entsprechenden Stelle ein gutes Wort für Serge eingelegt hatte, aber das hätte er nie zugegeben.

»Sollen wir also tatsächlich nach Australien gehen?«, hatte ich Serge ein paar Tage zuvor gefragt. »Und uns Gedanken über die Logistik machen, nachdem du den Job angenommen hast?«

»Klar. Jetzt oder nie lautet die Devise«, erwiderte er halb im Scherz.

»Möchtest du wirklich? Was wird aus dem Hof?«, fragte ich.

»Wir finden eine Lösung. Jacques und Marie helfen uns bestimmt. Das machen sie doch auch immer, wenn wir verreisen.«

»Aber das wäre dann dauerhaft und Vollzeit. Möglicherweise für ein paar Jahre.«

»Wir können nur fragen. Oder wir verkaufen«, schlug Serge vor.

»Das fühlt sich nicht richtig an«, sagte ich. »Nicht nach allem, was wir hier reingesteckt haben. Außerdem brauchen wir eine Absicherung, wenn das in Australien nicht klappt.«

»Bist du denn sicher, dass *du* wirklich gehen willst?«, fragte Serge.

»Ich weiß es nicht«, antwortete ich ehrlich. »Lass mich noch ein bisschen darüber nachdenken.«

Und so waren wir bei der Buchpräsentation unseres lieben Freundes und versuchten immer noch, uns zu entscheiden, ob wir unser hier geschaffenes Leben einfach zurücklassen konnten.

Ich stieg auf die improvisierte Bühne, begrüßte alle Gäste und stellte Chuck vor. Als ich Clotilde im letzten Moment hereinschlüpfen sah, winkte ich ihr kurz zu. Sie trug eine schwarze Kappe und ein schlabberiges schwarzes Kleid, und es überraschte mich nicht, dass ihr Versuch, unauffällig zu sein, dazu führte, dass sie umwerfend aussah. Zum Glück war ihr der Erfolg als Model nicht zu Kopf gestiegen, und sie fand weiterhin Zeit für ihre Freunde auf dem Land.

Nervös begann ich mit meiner Rede. »Es kommt nicht alle Tage vor, dass ein Engländer eine hochschwangere Australierin bittet, seinen neuen Roman in einem kleinen französischen Ort auf dem Land vorzustellen. Andererseits ist mein Leben nie nach Schema F verlaufen, seit ich vor ein paar Jahren nach Chinon zog.« Ich schaute hinüber zu Serge, der Noah wortlos ermahnte, still zu sitzen, während er Inès in ihrer Babyschale schaukelte, damit sie weiterschlief.

Ich fuhr fort, gab einen Überblick über Chucks Arbeit, und als ich kurz zu ihm schaute, sah ich, dass er vor Verlegenheit rot geworden war. Aber ich war der Meinung, dass er ein bisschen Beifall verdient hatte.

Dann bat ich ihn auf die Bühne, um aus seinem Buch vorzulesen.

Ich setzte mich derweil, und meine Gedanken drifteten ab. Ich versuchte herauszufinden, ob ich bereit war, all das aufzugeben. Und war ich überhaupt bereit, Frankreich zu verlassen? Was als wildes, spontanes Abenteuer begonnen hatte, hatte sich zu einem erfüllten Leben entwickelt. Ich hatte Kinder, Serge, einen Bauernhof und ein Café. Würde ich überhaupt noch in das australische Leben passen?

»Es ist diese Liebe, die uns zusammenbringt, ebenso wie es die Liebe ist, die uns überleben hilft, wenn wir auseinandergehen«, hörte ich Chuck seine Lesung beenden.

Er erntete herzlichen Applaus, und das Gewimmel im Café, als er anschließend Bücher signierte, war geradezu berauschend. *Als würde man von Atmosphäre beschwipst*, dachte ich auf dem Weg zu Serge und den Kindern.

»Wie war es?«, fragte er. »Ich habe das Ende verpasst.«

»Es lief gut. Und Chuck hat das toll gemacht«, antwortete ich.

»Und du?«, fragte er.

»Immer noch schwanger, Gott sei Dank«, versicherte ich.

»Unübersehbar«, sagte er schmunzelnd.

»Hast du noch mal über ›du weißt schon‹ nachgedacht?«, fragte ich Serge leise, damit Noah nichts mitbekam.

»Vielleicht sollten wir abwarten, bis Nummer drei da ist«, sagte er. »Und nach ein paar Monaten noch mal überlegen.«

»Ich denke, wir sollten gehen«, erwiderte ich. »Es geht

wirklich um jetzt oder nie. Und wie Chuck es gerade formuliert hat: ›Es ist die Liebe, die uns überleben hilft, wenn wir auseinandergehen.‹«

»Du hast aber nicht vor, mich mit den Kindern zurückzulassen, oder?«, fragte er und zeigte auf die beiden.

»Das würde ich nie tun«, erwiderte ich lachend.

»Lass es uns ein Jahr lang ausprobieren. Wir markieren einen Tag im Kalender und sehen, wie es bis dahin läuft«, sagte ich.

Als Antwort küsste mich Serge. »Klingt nach einem guten Plan«, sagte er und nahm unseren Sohn an die Hand. »Komm, Noah, wir essen besser so viel französischen Käse, wie wir können, solange wir noch auf heimatlichem Boden sind. Und ich brauche ein Glas Wein.«

»Was klingt nach einem Plan?«, fragte Clotilde, die sich angeschlichen und den letzten Teil unseres Gesprächs mitbekommen hatte.

»Lust auf einen Ausflug nach Australien?«, fragte ich.

»Nein!«, erwiderte sie.

»Doch!«

Clotilde verstand, ohne dass ich mehr sagen musste.

»Ich werde schauen, was mein Agent für mich organisieren kann«, sagte sie. In dem Moment wurde sie von jemandem erkannt und um ein Autogramm gebeten. Ihre Verkleidung war wohl nicht so erfolgreich, wie sie gehofft hatte.

Ich ging Billie suchen, um ihr die Neuigkeiten zu berichten.

»Ehrlich gesagt war es Chuck, der mich überzeugt hat«, erzählte ich ihr.

»Ich bringe ihn um«, erwiderte sie lachend.

»Durch seine Worte habe ich erkannt, dass es keine Rolle spielt, ob wir hier oder dort sind. Das Einzige, was zählt, ist die Liebe.«

»Jetzt werde bitte nicht melodramatisch, El.« Sie verdrehte die Augen. »Und schieb es nur ja nicht auf die Hormone«, fügte sie hinzu, als ich auf meinen Bauch zeigte und den Mund öffnete.

»Ihr werdet hier prima ohne uns zurechtkommen«, sagte ich. »Außerdem planen wir natürlich einen Besuch.«

»Vielleicht kann ich Chuck ja überreden, dass sein nächster Roman in Australien spielt«, überlegte Billie.

»Solange du bereit bist, mindestens die nächsten zehn Jahre hier zu verbringen«, gab ich mit ernster Stimme zu bedenken.

»Ich brauche noch einen Drink«, sagte sie und zog mich zur Bar.

Ich ließ den Blick durch den Raum schweifen, der voller vertrauter Menschen war, Franzosen, Engländer, Freunde und Familie, und verspürte Stolz und Freude über das, was wir geschaffen hatte. Marie würde den Laden perfekt managen, aber ich würde es vermissen.

Was Australien wohl für uns bereithielt? Schwer vorstellbar, wie wir dort ankommen und ein neues Leben aufbauen würden. Und ich hatte keine Ahnung, ob es uns genauso gefallen würde wie unser Leben in Frankreich. Aber ich fühlte mich bereit für eine Veränderung.

Hier anzukommen war ein großes Abenteuer gewesen, und jetzt konnte ich ehrlich sagen, dass ich mich darauf freute, mich auf die Heimreise zu begeben.

Autorin

Victoria Brownlee stammt aus Melbourne, Australien. Sie arbeitet als freie Journalistin und schreibt über Essen, Reisen und allgemeine Lifestyle-Themen. Nach einigen Jahren als Redakteurin bei *Time Out Shanghai* lebt sie nun in Paris und lässt sich dort zu ihren bezaubernden Romanen inspirieren.

Victoria Brownlee im Goldmann Verlag:
Liebe ist ein Bauchgefühl. Roman

(alle auch als E-Book erhältlich)

GOLDMANN
Lesen erleben